Fernando Fiorese

UM CHÃO DE PRESAS FÁCEIS
DOCUMENTÁRIO

São Paulo, 2015

Patrocínio

Copyright do texto © 2015 Fernando Fiorese
Copyright da edição © 2015 Escrituras Editora

Todos os direitos desta edição reservados à
Escrituras Editora e Distribuidora de Livros Ltda.
Rua Maestro Callia, 123 – Vila Mariana – São Paulo, SP – 04012-100
Tel.: (11) 5904-4499 / Fax: (11) 5904-4495
escrituras@escrituras.com.br
www.escrituras.com.br

Diretor editorial: Raimundo Gadelha
Coordenação editorial: Mariana Cardoso
Assistente editorial: Gabriel Antonio Urquiri
Revisão: Paulo Teixeira
Imagem da capa: Humberto Nicoline
Capa: Bruno Brum e Raimundo Gadelha
Projeto gráfico e diagramação: Bruno Brum
Impressão: Graphium

Dados Internacionais de Catalogação na Publicação (CIP)
(Câmara Brasileira do Livro, SP, Brasil)

Fiorese, Fernando
  Um chão de presas fáceis: documentário / Fernando Fiorese. — São Paulo: Escrituras Editora, 2015.

  ISBN 978-85-7531-640-5

  1. Romance brasileiro I. Título.

15-05984   CDD-869.3

Índices para catálogo sistemático:

1. Romances: Literatura brasileira   869.3

Impresso no Brasil
Printed in Brazil

*Os personagens e situações desta obra são reais
apenas no universo da ficção; não se referem a pessoas,
lugares ou fatos concretos, e sobre eles não se emite opinião.*

NOTA DO AUTOR

Ao leitor há de causar estranheza que este livro seja designado como DOCUMENTÁRIO. Trata-se de uma dupla homenagem: aos seus verdadeiros autores e à sua gênese singular.

No período de julho a setembro de 2011, os amigos Humberto e Murilo percorreram mais de 1600 quilômetros numa viagem de ida e volta entre Além Paraíba e Divisa Alegre, pontos extremos do trecho mineiro da rodovia BR-116. Partindo de Além Paraíba no dia 7 de julho a bordo de uma Kombi, alcançaram a divisa de Minas Gerais com a Bahia três semanas depois, tempo gasto com entrevistas prévias, escolha de locações e os últimos retoques no roteiro do documentário que realizariam acerca da estrada Rio-Bahia. Iniciadas em 30 de julho, as filmagens pretendiam registrar as vozes anônimas e as histórias de vida daqueles que habitam as cidades e lugarejos às margens da rodovia, que começou a ser construída em 1936 e alterou para sempre a paisagem humana e cultural do Leste de Minas Gerais. No entanto, às vésperas do término das filmagens, na madrugada de 16 de setembro, próximo da divisa com o Estado do Rio, os trabalhos foram interrompidos de forma trágica e abrupta. O documentário jamais chegou a ser editado.

Com riqueza de detalhes que não cabem nos limites e funções desta nota, tais informações chegaram ao meu conhecimento durante uma visita que me fez Humberto, graças ao empenho de amigos comuns. Nesta ocasião, ele me entregou três caixas de papelão com todo o material reunido pelos dois amigos antes e ao longo da realização do documentário nunca concluído, exceto os rolos do filme. Dentro das caixas abarrotadas, sem qualquer ordem aparente, encontravam-se transcrições de entrevistas, cópias de textos extraídos de livros, folhas manuscritas e datilografadas, recortes de jornais e revistas, registros de diálogos ouvidos ao acaso, impressos variados, bilhetes e anotações diversas, algumas poucas histórias inventadas, fotografias, desenhos, *souvenirs* de numerosos tipos e muitos outros itens. Também estavam ali o roteiro do documentário e o diário escrito por Murilo no decorrer da viagem. Humberto acreditava que eu pudesse encontrar alguma serventia para aquele cúmulo de papéis díspares, arranjando-os na forma de um livro a ser publicado para homenagear Murilo.

O trabalho de seleção e organização daquela barafunda de textos foi realizado conforme os indicativos do roteiro e algumas informações fornecidas por Humberto, com o intuito de encontrar um arranjo similar à proposta do documentário. Neste sentido, na medida em que a disposição dos textos escolhidos segue a geografia das filmagens, desde Divisa Alegre até Além Paraíba, foi necessário acrescentar-lhes breves notas explicativas e títulos. Tanto o roteiro do filme quanto o diário de Murilo não constam do presente volume. O primeiro devido à sua natureza eminentemente técnica e provisória. Quanto ao diário, as condições impostas pela família do autor para autorizar a publicação implicariam na supressão de algumas de suas partes mais significativas. Talvez numa segunda edição seja possível incluir ao menos os fragmentos que dialogam mais diretamente com as narrativas aqui coligidas.

De resto, cumpre esclarecer que os verdadeiros autores deste documentário são aqui identificados apenas pelo primeiro nome por exigência do próprio Humberto, expressa nos seguintes termos: "Eu e o Murilo, o que a gente mais queria era desaparecer atrás daquela câmera. [...] Nós somos apenas mais dois personagens dessa história. Então, você inventa os nomes que quiser para a gente, mas não põe sobrenome, não. Sobrenome é coisa de gente metida a besta".

Sendo assim, o mineiro há.
Essa raça ou variedade, que, faz já bem tempo,
acharam que existia. Se o confirmo, é sem quebra de pejo,
pois, de mim, sei, compareço como espécime negativo.
JOÃO GUIMARÃES ROSA,
"*Aí está Minas, a mineiridade*" (1957)

A tocaia é a grande contribuição de Minas à cultura universal.
OTTO LARA RESENDE,
Otto Lara Resende: a poeira da glória (1998)

... o mineiro é um personagem de ficção
que ele mesmo inventou, em legítima defesa ...
ROBERTO DRUMMOND,
"*Os mineiros*" (1984)

AS COISAS QUEREM É PRINCÍPIO

Ai dos que juntam casa a casa,
dos que acrescentam campo a campo até
que não haja mais espaço disponível,
até serem eles os únicos moradores da terra.
Isaías 5, 8

Deus é gordo feito latifúndio. Braços de arame farpado, dentes de eucalipto, estômago de carvoeira, intestino de braquiária, mãos de quem derruba e toma, pés de quem finca e não arreda, língua de queimada sem aceiro, bile muito pior que essas químicas de botar na lavoura. Deus só pensa grande. E os pequenos, nada vezes nada. Sabino sabe sem ser sabido, mas ninguém sabe Sabino, nem o sabedor mais sabido. Porque eu não me deixo. Eu sou a ignorância dos sabidos. Deus é grande e cada dia cresce mais ainda contra o mundo, contra os pequenos do mundo. Com as cercas, com os fazendeiros, com a polícia, Deus demasia. Também com as máquinas, Deus demasia. Com os parentes de sangue, com as igrejas dos sabidos, com as escolas onde eles colocam régua e relógio na cabeça da gente, Deus demasia. E os pequenos? Os pequenos têm de agarrar com Cristo Jesus, irmãozinho dos desgraçados, dos doentes, dos órfãos, dos minguados, dos famintos, dos cegos, dos coxos, dos acanhados, dos desprovidos, das viúvas, dos enjeitados, dos mal-ajambrados, das mulheres de beira de estrada. Deus só não caga na cabeça dos coitados por causa que Deus não tem cu. Então, só faz engordar e engordar. E ainda arrota as leis dos homens e vomita mais cerca de arame farpado e empresta suas línguas de fogo pras carvoeiras e põe revólver na mão de pistoleiro e faz festa pra gato e patrão. O Deus de Abraão, de Isaac e de Jacó é grande, é redondo de

Sabino de Pedra Azul, em trânsito. BR-116, divisa de Minas Gerais com Bahia

Um chão de presas fáceis

gordo, e só quer saber de gente grande e redonda que nem ele. Os pequenos mais os magrelos ficam na míngua, aguentando as onze mil varas de Deus e agarrando com Jesus Cristo. Porque Ele existe na alegria que sobra da doença, porque Ele existe na migalha que serve de pão pros pobres, porque Ele existe naqueles que cantam esmigalhados de tanto trabalho, porque Ele existe no fígado e no coração de gente que nem eu, porque Ele existe e virá – no primeiro descuido dos anjos de Deus, Ele virá, vestido de carne e nuvem. Ele virá. Sabino sabe sem ser sabido.

ABRAÇO E PUNHALADA
A GENTE SÓ DÁ EM QUEM ESTÁ PERTO

Pessoal lá de casa, rapaz, nunca foi muito bom mesmo pra fazer negócio não. Vive trocando os pés pelas mãos. Pra você ter uma ideia, o meu avô por parte de mãe, quando o pai dele morreu, ganhou de herança quatro alqueires de terra. Terra das boas. Eu era pequeno mas cheguei a conhecer. E lembro direitinho. Tinha casa de alvenaria, curral, uma tulha grande, três açudes, uma várzea que não acabava mais... Aquilo dava um arrozal e tanto.

Nem Cotó, quinze anos incompletos, de carona num caminhão de carvão, próximo à divisa Bahia-Minas, sentido sul

E vô ganhou a coisa assim, de mão beijada. Porque vivia numa merda desgraçada, uma penca de filhos pra criar, aí os irmãos dele ficaram com pena. Pois não é que quando vô morreu, uns quarenta e tantos anos depois, não tinha nem um pé de fruta a mais naquelas terras? Esse tempo todo, rapaz, e acredita que o sujeito não fez nem uma melhoriazinha que fosse no sítio? Fez foi deixar tudo caindo aos pedaços, que ele não tinha mais saúde nem pra consertar uma cerca. O pai bem que teimou até, mas a minha mãe e os bestas dos irmãos dela insistiram tanto que acabaram vendendo o sítio em três tempos. Pouco mais que nada, quase dado. E foi tudo pra pagar dívida, porque o velho deixou um montão de imposto atrasado e teve ainda despesa com cartório, advogado, essa coisarada toda. O restinho de dinheiro que sobrou mal deu pra bater a laje dos três cômodos da casa que a gente morava na época.

Mas, em matéria de entrar em negócio furado, o pai também não fica muito atrás não. Esta casinha que a gente tinha lá no Itamarati, por exemplo. Coisinha à toa, simples mesmo. Mas, além de ser o único troço que mãe e pai tinham no nome deles, era todinha de alvenaria e, ainda por cima, ficava num terrenão. Que eu me lembre, devia ter aí uns doze de frente por quinze de fundos o terreno. Dava pra criar umas galinhas, botar horta, chiqueiro, até poço. E não precisava furar muito não, uns dez metros tava de bom tamanho. Que foi o que o vizinho da direita mais o da frente cavaram. Não fosse o tal de Zé Brito, hoje a gente tava no bem-bom. Diz o pai que é o melhor amigo que ele já teve na vida. Sei, amigo uma ova, rapaz! Um dia, sem mais nem menos, chegou lá em casa, disse umas coisas bonitas pra mãe, levou um saquinho cheio de balas pra mim e pras minhas irmãs e chamou o pai porque precisava de uma conversa urgente com ele. Assim, como quem não quer nada. Aí, os dois foram lá pro bar de Durvalzinho, ficaram umas horas, Zé Brito deve ter pago umas pingas e coisa e tal... Só sei que pai, quando voltou, tava resolvido a vender a casa. Porque a filha de Zé Brito ia casar em maio e ele fez uma oferta muito das boas. Coisa de pai pra filho, um dinheirão. Negócio pra não perder de jeito nenhum. Dava pra comprar uma outra igual ou melhor, mais perto da rua. E quem sabe, com o que ia sobrar, a gente ainda não arrumava uma furreca velha pra dar umas voltas por aí?

Quando foi ver, com o dinheiro que Zé Brito deu de entrada, a única coisa que pai conseguiu mesmo foi alugar um barraco de chão batido, ainda mais no meio do mato. Onde a gente tá morando até hoje, bem depois do outro lado do rio. Enquanto isso, rapaz, o tal de Zé Brito reformou a casa pra filha, levantou mais dois cômodos, fez um banheiro direito, varanda na frente e atrás... Aquilo lá virou um casão. Até o poço, o safado mandou cavar. E ainda ficou enrolando bem um ano e tanto pra pagar as três últimas prestações que faltavam. Cada hora era uma coisa diferente. Dizia que ficou todo endividado por conta da reforma da casa, que tinha levado uma pernada do cunhado, que a mãe tava nas últimas e só tinha ele pra ajudar... O pai é mesmo um trouxa! Tanto que, pra quitar a dívida, acabou aceitando um par de enxadas, não sei pra quê, e uma égua que a gente nem tem onde enfiar.

Foi por estas e outras que, quando ouvi o pai na porta de casa fazendo negócio com aquele sujeito que eu nunca tinha visto mais gordo, pensei logo que, mais uma vez, a gente ia ficar no prejuízo. Porque quem não nasceu pra esse troço de comprar e vender as coisas só leva na cabeça. Então, era assim: o pai falava o quanto o homem ia sair ganhando em comprar na mão dele e o sujeito danava a reclamar do preço absurdo que ele tava pedindo; o pai listava as qualidades do que tava vendendo e o fulano desdenhava de uma por uma; o pai mencionava os outros interessados e o tal não se fazia de rogado e retrucava que também tinha outras em vista.

– Pode conferir se quiser, tudo na mais perfeita ordem, de primeira.

– Mas tá precisando de um bom trato, colocar umas coisinhas no lugar. E isto custa dinheiro.

– Olha que não tá gastando quase nada e ainda vai ganhar algum mais pra frente.

– Isso se ficar do meu jeito, do jeito que eu penso que deve ser, porque até lá...

– Até lá, tem um pé de boi em casa. Faz qualquer serviço pesado.

– Isto é o que o amigo tá dizendo. Na hora do vamos-ver, aposto que eu vou morrer com mais algum.

– Que nada! Nunca teve outro dono. Um pouquinho de tato, um agradinho besta, e a coisa engrena.

– Qualquer problema, eu volto aqui e o amigo é que vai ter que dar um jeito na coisa.

– Problema nenhum. Pode confiar.

Ficaram neste chove não molha, nesta lenga-lenga, pra mais de hora. O homem cheio de não, de mas, de talvez-quem-sabe. O pai, mais um pouco e nem pedia um sinal pro sujeito. Foi só quando os dois ficaram assim sérios, apertaram as mãos e o homem passou um canivete muito dos sem graça pro pai que eu vi que o negócio tava fechado. Aí o sujeito desapareceu bem uma semana. O pai naquela aflição, rapaz, toda hora indo espiar a estrada. O caso é que, quando a gente ouviu o barulho do carro parando lá fora, ele foi o primeiro a correr pra porta. De lá mesmo, mandou mãe arrumar as tralhas da Cirlene, dar uma ajeitada nela, colocar um roupa que prestasse, passar uma água na cara, uma escova no cabelo, e correu pra receber o homem no portão. Daí a pouco, o pai entrou em casa carregando aquelas coisas nos braços. Foi a prova de que era mesmo o maior trouxa do mundo. Uma cesta básica, dois litros de pinga e mais aquele canivetinho sem graça. Rapaz, isto não paga nem meia filha!

A GENTE OU É ANGU OU É FARINHA

Vai não, filho! Olha que a mãe morre. De desgosto, de preocupação. Aqui você é um, o Roque, filho do Toninho da Venda, filho da Maria do Toninho da Venda. Tem nome e sobrenome. Todo mundo sabe dizer onde mora e o que faz da vida. Aqui você é um, filho. Vai não, que dá um troço aqui dentro só de pensar o meu caçula

Parada de ônibus, Divisa Alegre

naquelas distâncias. Se eu soubesse que ia perder os meus meninos, um a um, pra esta estrada, nunca que tinha arredado pé da beira do rio Mosquito. Vida miserável aquela, mas pelo menos tinha os filhos debaixo da asa. Nunca que devia ter ido pela cabeça do seu pai. E ele ainda diz que a vida melhorou. Melhorou uma pinoia! O feijão com arroz que sobra é por conta dos filhos que faltam. Preferia estar agorinha amassando barro por mais de cinco léguas pra ir vender lenha nas Águas Vermelhas do que aguentar aqueles cachaceiros arrotando torresmo e ovo cozido na minha cara do outro lado do balcão. Mas seu pai, sempre com aquela cabeça cheia de caraminhola, tanto fez, tanto falou... Seus irmãos, iguaizinhos. Tira isso de cabeça, filho. Lugar bom de morar é onde, se a gente tem um troço qualquer no meio da rua, vem um conhecido e acode, dá um copo d'água, leva pro posto de saúde, manda avisar pra família. Ai, meu Bom Jesus, parece que tou pagando os pecados de nem sei quem. Tá certo que a roça de meia na beira do Mosquito mal dava pro de-comer, mas com os braços de todo mundo junto quem sabe a gente não tinha aprumado por lá mesmo. Mas o seu pai, com aquela boca grande... Os meninos precisam estudar, não quero filho meu o resto da vida no cabo da enxada, estragando as mãos e o resto. Seus irmãos, iguaizinhos. Ficam mandando essas cartas, esses retratos, enfiando um monte de besteira na sua cabeça. O desmiolado do seu pai tinha porque tinha que vir justo pra Divisa Alegre, justo pra beira da Rio-Bahia. Você não vai, filho, não vai e pronto! Meu Bom Jesus do Livramento há de me acudir nesta hora, botar juízo nessa sua cabeça. Além do que, eu fiz tudo nos conformes. O besta do seu pai, sempre querendo ser mais que os outros, teimou de jogar os umbigos de vocês no rio, que deste jeito os filhos iam ganhar o mundo. E com os seus irmãos foi assim, que eu não pude fazer nada. Mas, justo na sua vez, eu bem que enganei o trouxa. Enterrei seu umbigo no chão do terreiro, juntinho de uma roseira. Com os outros não tinha como, de simpatia ninguém escapa. Mas meu Bom Jesus há de me livrar de mais esta morte. Vai não, filho, que a mãe é capaz de ter uma ziquizira qualquer e cair dura em cima do balcão da venda. Ou então, me dá uma coisa nos nervos e fico que nem aquela velha doida lá do Posto Jamelão, zanzando na beira da estrada, cantando quem-parte-leva-saudades-de-alguém e amolando tudo quanto é caminhoneiro com o retrato três-por--quatro de um filho que ninguém viu, nem sabe se existe ou existiu um dia. Você quer sua mãe assim, de miolo mole? Quem tem umbigo enterrado não pode ir pra longe de casa não, arrisca atrair coisa das ruins. Vai não, filho! Aqui, você é um. Lá, só mais outro baiano. E nem adianta dizer que nasceu na beira do rio Mosquito, cinco léguas das Águas Vermelhas. Menos ainda que foi criado na Divisa Alegre. Algum sabe onde fica esta joça? Lá, você não passa de mais um baiano. O sotaque não ajuda. Quando é que alguém naquelas lonjuras vai adivinhar que tem mineiro que também fala deste jeito? Vai não, filho... Deus que me perdoe, mas eu vou amaldiçoar até a morte o dia que pisei nesta Divisa, que de alegre só tem mesmo o nome.

BEM-VINDO AO VALE DO JEQUITINHONHA

Da Bahia mandei vim
Duas tesouras de ouro
Uma prá cortar ciúme
Outra prá cortar namoro

Margarida se eu bem soubesse
Que ocê era tecedeira
Eu mandava vim da Bahia
Pente fino e lançadeira

O dinheiro de São Paulo
É dinheiro excomungado
Foi dinheiro de São Paulo
Que levou meu namorado

Coral Trovadores do Vale,
excerto de "Dança da tecedeira"
(informante: Luíza Teixeira Ramalho, de Araçuaí),
Beira-mar novo (1998)

A cara da gente é esta que o moço tá vendo – cara de miséria. Pode perguntar pra qualquer um aí. O que o povo mais quer nessa vida é sumir Rio-Bahia abaixo. Melhor morrer andando que viver nesse nunca.

Seu Ruão, carroceiro,
cidade de Comercinho

ATRÁS DO POBRE ANDA UM BICHO

Não há ninguém que possa deter-lhe a mão
ou perguntar-lhe: 'Que estás fazendo?'
Daniel 4, 32

Quem me ouve falar língua de gente não sabe. Nenhum sabe Sabino. Eu já falei língua de Deus, do alto onde eu ficava. Eles, os sabidos, me botaram na cabeça máquina-de-fazer-número, aparelho-de-limpar-palavra. Eles mesmos, os sabidos de Deus, me botaram até régua na cabeça, que era pra eu medir mais que os pequenos. Padre, professor, parente, polícia, os sabidos de Deus, eles me engordaram com a matemática deles, com os livros deles, com as leis deles. Fiquei que era um capado de gordo, um poste de alto. E tive que fazer cirurgia no cérebro pra desmontar essas máquinas. Eu mesmo fiz guerra em mim. Três cirurgias com as tesouras

Sabino de Pedra Azul, em trânsito. Entroncamento com a BR-251, entrada para Pedra Azul

Fernando Fiorese

da morte na minha mão, cortando carne e osso, cortando os fios e os ferros das máquinas que eles colocaram aqui dentro da minha cabeça. Tanto que eu não vejo, não escuto, não apalpo, não cheiro, não provo. Não mais, nada mais, nunca mais. Não com o relógio e a régua deles, dos sabidos de Deus. Entanto, eu sei. Porque eu conheço as entrosas deles de dentro e as coisas que eles entortaram pra botar os magrelos debaixo e as palavras que eles limparam do sangue dos meninos e das meninas de beira de estrada. Eu sei tudo, tudinho e mais um pouco. Porque eu desmontei com estas minhas mãos as máquinas que eles me enfiaram na cabeça, os sabidos de Deus, e vi lá dentro como é que eles enrolam os fios, como é que eles azeitam as peças, como é que eles fazem pras coisas tortas funcionarem lá do jeito deles. Daí eu aprendi a desmontar e montar qualquer máquina. Carreta, rádio, aeroplano, fusca, trator, televisão, até chuva, até o veneno de Deus eu sei desmontar e montar. Mas não é pra funcionar na régua dos sabidos não. Sabino é do contra. Bastou uma máquina dessas parar aí no posto, no acostamento, na lanchonete, eu vou e desmonto e monto. E faço tudo funcionar no contrário deles, os sabidos de Deus – eixo, biela, caixa de câmbio, carburador, tudo funcionando no avesso deles.

Em 1935, o governo de Armando Salles de Oliveira decidiu estimular a migração para São Paulo, com o objetivo de suprir a lavoura de mão de obra. Por iniciativa daquele governo foi estipulada, pelo sistema de contratos com companhias particulares, a introdução de trabalhadores mediante a seguinte subvenção: pagamento de passagem, bagagem e um pequeno salário para a família. As firmas contratadas pelo governo para trazer trabalhadores de outros Estados passaram a operar com afinco no Nordeste do país e no Norte do Estado de Minas Gerais. Em 1939, o Departamento de Imigração e Colonização foi reorganizado e criou-se a Inspetoria de Trabalhadores Migrantes com a finalidade de substituir as firmas particulares no serviço de migração subsidiada. [...]
Durante o período de 1941 a 1949 só o Departamento de Imigração e Colonização de São Paulo encaminhou à lavoura do Estado 399.937 trabalhadores procedentes de outros Estados do Brasil. Nesta época,

na Europa acontecia a Segunda Guerra Mundial e a imigração de europeus reduziu drasticamente. Os doze municípios que maior número de migrantes receberam (399.927) foram Presidente Prudente, Rancharia, Marília, Martinópolis, Andradina, Presidente Venceslau, Santo Anastácio, Pompeia, Valparaíso, Araçatuba e Presidente Bernardes. Mas foi nas décadas de 1950 e 1960 que se verifica a efetiva industrialização do Estado e a consequente abertura de um mercado de trabalho de dimensões amplas, uma vez que o processo de crescimento industrial, por seus efeitos multiplicadores, levou também a uma substancial ampliação do setor terciário. A migração em 1950 apresentava o seguinte quadro: Minas Gerais contribuiu com quase 50% do fluxo.
O fato de Minas Gerais ser um Estado vizinho de São Paulo é um motivo a mais a determinar o grande fluxo migratório. O aumento do peso da migração vinda do Nordeste é em grande parte devido às secas que atingiram a região na década de 1950. Outro fator determinante foi a conclusão da Estrada Rio-Bahia em 1949, o que veio facilitar bastante essa migração. Foi por esta rodovia que surgiu o "pau-de-arara", transporte de migrantes feito por caminhões de carga, precariamente adaptados para o transporte de seres humanos. Os migrantes se espalharam por todo o Estado, mas a Região Metropolitana de São Paulo apresentou-se como a mais importante área de atração populacional do Estado, tendo as migrações contribuído com 56,6% do crescimento da população da região no período 1960-1970.

Portal do Governo do Estado de São Paulo (2010)

TÍTULO IV

DOS CRIMES CONTRA A ORGANIZAÇÃO DO TRABALHO

Aliciamento de trabalhadores de um local para outro do território nacional

Art. 207 – Aliciar trabalhadores, com o fim de levá-los de uma para outra localidade do território nacional:
Pena – detenção, de dois meses a um ano, e multa, de quinhentos mil réis a cinco contos de réis.

Código Penal Brasileiro
(Decreto-lei n. 2.848, de 7 de dezembro de 1940)

AUSÊNCIA NÃO TEM RESPOSTA

Você não cansa não, Beto? Faz mais de um mês, toda noite é duas, três horas grudado nesse telefone, ligando, ligando... Será que ainda não percebeu que o Guto não tá querendo falar com você? Senão tinha ligado de volta no mesmo dia. Quantos recados você deixou pra ele? O Guto? Por que que o Guto não ia querer falar comigo? Sei lá! *Nesse tempo todo, você já deixou mais de uma dúzia de recados com a mulher dele, uns trocentos com a empregada, no celular... Impossível que ele não recebeu nenhum. E se não ligou de volta é porque não tá querendo falar com você.* Por que que o Guto não ia querer falar comigo, Jane? Me diz. *Sei lá! Mudou daqui faz tanto tempo, tem lá a vida dele, mulher, filho...* Ele tem filho, não tem? *Acho que um casal. O pessoal comenta que ele tá muito bem de vida. Sabe-se lá o que é que passa na cabeça dele quando alguém que nem é parente telefona daqui. Dependendo, se o cara tá bem de vida mesmo, com você ligando assim todo santo dia, vai que ele pensa que é pra pedir dinheiro emprestado?* Que isso, Jane! Eu e o Guto, a gente é que nem irmão. *Mas as pessoas mudam, uai! Faz quanto tempo que ele não aparece nem pra visitar o pai e a mãe.* O pai dele já morreu, Jane. *Ah, é. Mas tem bem uns sete anos que ele não vem aqui, né?* Não, acho que não tem isto tudo não. O pai dele morreu outro dia mesmo. E ele veio pro enterro, lembra? *Claro que eu lembro. Tem mais ou menos uns sete anos. E foi a última vez que ele deu as caras por aqui.* Não, Jane, depois disto ele não apareceu aí um dia pra batizar uma sobrinha? *Acho que foi. E pelo que eu ouvi falar na época, chegou na hora do batizado e não ficou nem pro almoço. Tirando o pessoal da família, ninguém nem soube que ele tava aí. Morar em cidade grande é assim mesmo, uai! O cara mal tem tempo de cuspir.* Tá legal. Eu só quero ver

---

Casa de Jane e Beto, bairro Sebastião Faria, Pedra Azul

na hora que chegar a conta do telefone. Deixa comigo. Ó, agora tá chamando. *Até que enfim.*

Guto? ——————————————— Porra, cara, mais de uma semana tentando falar com você e só dava caixa postal! ————————————— Não, a sua mulher disse. Mas você sabe como é que eu sou. Pensei que uma hora a bosta desse seu celular... ————————————— Fortaleza, cara? Não tem um mês e você tava em Santa Catarina. Não para mais em casa não? Vai que tem algum Ricardo lá na vizinhança e a patroa... ————————————— Não, tudo bem, tudo bem. Eu vou falar rapidinho. ————————————— Negócio seguinte: você vem pra festa? ————————————— Não, é que a Ederwanda e o Dautinho, eles é que estão organizando a festa e me pediram pra saber se você vem. Porque a Wandinha até falou assim "Se o Guto vem, aí a gente tem que encomendar é o dobro de cerveja". Tá todo mundo na maior expectativa, precisa ver, cara. ————————————— Não, também não precisa dar uma resposta agora não.————————————— Então, tá. Eu fico aguardando...—————————————
Não, eu explico pro pessoal. E desculpa aí incomodar, hein. ————————————— Tá legal. Um abração.

•

Eu não acredito que você tá pendurado de novo nesse telefone ligando pro Guto. Não é celular não. A empregada me garantiu que, agora de noite, ele tava em casa. *Você sabe muito bem que não é disto que eu tou falando, Beto. É dessa sua falta de vergonha na cara.* Ih, lá vem você de novo com essa sua implicância. *Implicância? Não tem nem duas semanas, você ligou e o Guto mal deixou você abrir a boca...* Ele tava numa reunião, porra. Como é que eu podia adivinhar que o cara tava trabalhando? *Trabalhando, Beto? Quase meia-noite de um sábado? Ah, inventa outra, tá!* Você acha que ele ficou rico como? Fazendo meio expediente? Esse pessoal que tem grana trabalha pra caralho. *Além do mais, ele não ficou de ligar pra você pra falar se vinha ou se não vinha nessa bendita festa? Se não ligou até agora...* É isto que eu tou estranhando, uai. A festa é agora no fim de semana e ele nada de ligar. Das duas, uma: ou tá querendo fazer uma surpresa pro pessoal da turma ou aconteceu algum problema de última hora, um filho doente... *Doença? Surpresa? Quando é que você vai deixar de ser bobo assim, Beto?* E quando é que você vai deixar de... Tá chamando ó. *Fala com ele pra deixar de ser besta e atender os pobres.* Jane, por favor!

Boa noite. Eu queria dar uma palavrinha com o dr. Carlos Augusto. ————————————— É a esposa dele? Boa noite, dona Débora. Aqui é o Alberto, aquele amigo dele aqui de Pedra Azul. ————————————— Tudo bem, eu espero.

Não esquece de dar o meu recado, hein! Fala que eu ainda lembro muito bem dele entregando as trouxas de roupa que a dona Arminda lavava pra fora. Pelo amor de Deus, Jane! Quer me deixar falar com o Guto em paz? *Tem jeito não. Nasceu bobo, vai morrer bobo.*

Alô, Guto? ————————————— E aí, cara, tudo certinho? Desculpa ligar uma hora dessas, mas o pessoal da turma me pediu pra saber... ————————————— Não, eu sei como é que são essas coisas. Eu só fiquei preocupado. Até falei pra Jane, vai ver o Guto tá com algum problema, um filho doente... ————————————— Preocupa não, trabalho é trabalho. ————————————— Mas, e aí? Que dia que você chega? Olha, tirando você, até agora só o Carlos Galinha e a Marilene é que não confirmaram ainda se vêm ou se não vêm. ————————————— O Carlos? Eu também queria muito ver aquela figura. Mas acho difícil. Desde que ele foi pra

Um chão de presas fáceis

Espanha... ——————————————— É, Espanha. Você não ficou sabendo? Então, a coisa aqui tava ficando muito difícil pra ele. Você sabe que o pai do Galinha nunca aceitou, né? Viviam brigando. Pra você ter uma ideia, o seu Tatão chegou a pegar ele de porrada na frente do namorado. Quer dizer, na frente de todo mundo, bem no meio da rua. E não foi nem uma nem duas vezes não. Aí, quando eu fiquei sabendo, foi até o Chico Fumaça que me contou, tinha já uns dois meses que ele tinha ido pra Espanha. ——————————————— Ninguém sabe direito não. Diz o Chico que ele tá lá ganhando a vida como travesti. Mas sabe como é que o Chico tem mania de falar mal dos outros. ——————————————— Tá bem, o bocudo. A gente só não pode mais chamar ele de Chico Fumaça. ——————————————— É mesmo uma coisa do outro mundo, rapaz. O cara bebeu todas, fumou metade da maconha de Pedra Azul, e foi só casar que virou crente. Toda vez que eu esbarro com ele, ou tá indo pra igreja ou tá voltando. Pelo menos é o que ele diz. ——————————————— Aí você tá pedindo demais. O Chico Fumaça trabalhando, só se for por milagre. O negócio dele é o sogro. O seu Guerrinha é que banca tudo. Quem é que não ia querer um casamento assim? Até eu que sou mais bobo. ——————————————— Ah, aquela lá continua um tesão, cara. ——————————————— Casou nada! Ficou noiva duas vezes, mas eu acho que os caras não davam conta daquilo tudo não. Sabe, deixa eu falar baixo aqui, é a única mulher que eu me arrependo de não ter comido naquela época. ——————————————— Ah, agora não dá mais não. Casei, e a Jane não me dá uma folguinha que seja. É marcação cerrada, cara. ——————————————— Seu viado! Quer dizer que você comeu a Dayse e nem pra me contar, hein. ——————————————— Então ——————————————— deixa eu ver se a Jane tá por aqui, porque se ela escuta estas coisas, tou ferrado! ———————————————————— , vou te dizer um troço: daquelas meninas lá da turma do fundão, a única que eu não comi foi a Dayse. Sei lá, eu era muito amigo do irmão dela. Ainda sou. ———————————————— Lembra das duas Marias? Aquelas lá, foi de uma vez só. Tá certo que juntando as duas não chegava nem aos pés da Dayse. Mas, sabe como é, quando a gente tem dezessete anos come o que passar pela frente. Além do mais, onde é que eu ia arrumar outras duas meninas a fim de me dar assim ao mesmo tempo? E elas gostavam mesmo do troço, rapaz. ———————————————————— Não se preocupa não. A Jane já deve estar no décimo sono. Agora, eu tenho uma pra te contar que você vai adorar, cara. Você tá lembrado do Bezerra? ———————————————— É, aquele babaca mesmo, aquele que o pai era fazendeiro lá pros lados de Almenara e que estudou com a gente no primeiro ano. Então, o filho da puta foi preso. ———————————————— Nada! Você acha que aquele merda tinha culhão pra matar alguém. Virou vereador lá na cidade dele e foi em cana de tanto meter a mão no dinheiro do povo. Uma ladroagem danada! Deu até na televisão, ele algemado e tudo. Você não viu não? ———————————————— Claro que eu lembro: Arysbure Sander da Costa, o famoso Manteiga. Se ele ficou sabendo que o Bezerra foi em cana, deve até ter soltado foguete. Porque o que o Manteiga apanhou do Bezerra... ———————————————————— Diz o Dautinho que, quando falou com ele da nossa festa, a única coisa que o Manteiga fez foi perguntar se ia ter bolo de chocolate. ———————————————— Não ri não. Ele já não era muito bom da cabeça, depois de levar tanta porrada do Bezerra, aí é que ficou pior ainda. Uma covardia aquilo! ———————————————— O Dautinho parece que

Um chão de presas fáceis

tá bem, cara. Arranjou pra trabalhar na prefeitura, vai levando aquela vidinha dele... Sinceramente, eu custei a acreditar quando ele voltou do Rio. A gente é muito bobo, né? Eu pensei que, do jeito que ele canta e toca violão, era só chegar lá no Rio e fazia sucesso no dia seguinte. ⎯⎯⎯⎯⎯⎯⎯⎯⎯⎯⎯⎯⎯⎯⎯
Foi exatamente isso que ele me falou. Se pelo menos a família dele tivesse condições de ajudar em alguma coisa... ⎯⎯⎯⎯⎯⎯⎯⎯⎯⎯⎯⎯⎯⎯⎯⎯⎯ Não, não, ainda canta, uai. Um dia num bar, outro dia no outro... Agora, só fim de semana, né? Vira e mexe, eu e a Jane, a gente pega e vai ver ele cantar por aí. Agora, deixa eu falar uma coisa: tou estranhando que você ainda não perguntou da Tamires. ⎯⎯⎯⎯⎯⎯⎯⎯⎯⎯⎯⎯⎯⎯⎯⎯⎯⎯ Ah, aquilo lá não tem mais jeito não. Mais do que eu e a Jane conversamos com ela... Tá cada vez mais pirada! Você namorou com ela e sabe como é que a Tamires era, travadinha, travadinha. Mas foi terminar o segundo grau e... sei lá o que deu na cabeça dela. ⎯⎯⎯⎯⎯⎯⎯⎯⎯⎯⎯⎯⎯⎯⎯⎯⎯⎯ Acho que você nem ficou sabendo, mas ela já tá com cinco filhos. Cada um de um pai diferente. E tem um lá, acho que é o caçula ou o do meio, que nem ela sabe direito quem é o pai. ⎯⎯⎯⎯⎯⎯⎯⎯⎯⎯⎯⎯⎯⎯⎯
Não tá nem aí. Quem cuida da molecada mesmo é a mãe dela. A dona Ivete nasceu mesmo pra sofrer, coitada. O marido morreu de tanto beber, o filho só quer saber dele mesmo, não ajuda em nada. E a Tamires, a única coisa que faz na vida é colocar filho no mundo. ⎯⎯⎯⎯⎯⎯⎯⎯⎯⎯⎯⎯⎯⎯⎯⎯⎯ Que eu saiba, o Zé Geraldo é o único que paga pensão. Parece que ele até entrou na justiça uma época pra ficar com o menino, mas a dona Ivete quase teve um troço. E com razão. Afinal de contas, aquelas crianças são filhas dela. A Tamires só fez mesmo foi parir. ⎯⎯⎯⎯⎯⎯⎯⎯⎯⎯⎯⎯⎯⎯⎯⎯⎯ Não, não, aí o Zé Geraldo deixou pra lá. Mas vive pra baixo e pra cima com o menino.

Eu tenho cá pra mim que, quando a Tamires ficou grávida, se ela quisesse, ele até casava. Mas, antes mesmo de ter a criança, ela já tava com outro... ———————————————————— O filho da puta do Rosendo? Continua aqui. Vejo muito de vez em quando, mas faço questão absoluta de nem abanar a cabeça. O pessoal comenta que, depois que a mãe e o pai dele morreram, o safado deu um jeito de passar a perna nos irmãos e ficou com a fábrica todinha só pra ele. ———————————————————— Se alguém teve a infeliz ideia de falar com ele da festa, você acha que aquele viado vai aparecer? Aquilo não se mistura não. ———————————————————— Eu sei, cara, a gana que você tinha daquele bosta. ———————————————————— Pensa que era só com você que ele aprontava merda? Eu é que fingia que não tava ouvindo... Se o pai não fosse funcionário da fábrica e não precisasse tanto daquele emprego, eu tinha partido a cara dele um porrão de vezes. ———————————————————— Então. Sabe o Fefeu? Um dia, não lembro por que cargas-d'água, o Rosendo humilhou tanto o Fefeu, mas tanto, que o Fefeu, sempre na dele, tranquilo, perdeu a cabeça e mandou o Rosendo tomar no cu bem no meio do pátio. Acho que foi no mesmo ano que você mudou. Então, passou uma semana e o pai do Fefeu tava na rua, sem direito a um tostão. O pai daquele filho da puta arrumou uma justa-causa pro pobre do seu Duílio, você acredita? ———————————————————— Não, daquela família não salva um. Mas deixa eu falar um outro negócio que você não vai acreditar. Pensa aí numa pessoa da turma que você nunca imaginou que ia encontrar de novo... ———————————————————— Ah, Guto, que Ana Lúcia o quê! Esta daí acho que foi a primeira que confirmou presença. ———————————————————— Foi gostosa. Agora tá mais ou menos. Mas eu tou falando é de um cara que neguinho pensava até que já tinha morrido, rapaz. ———————————————————— Exatamente, o

Um chão de presas fáceis

Meia-Meia-Meia. Apareceu aqui no ano passado sem mais nem menos. —————————————————Continua. O mesmo porra-louca de sempre. ——————————————————
Ah, pra melhorar a cara dele só se virar do avesso. Agora, numa coisa você não vai acreditar: aquele maluco se deu bem pra caralho na vida! Tem uma transportadora em Feira de Santana, na Bahia. Mais de cinquenta caminhões. Precisa estudar? ———————————————————— Só matemática mesmo. No terceiro ano, lembra? Ele tomou pau em tudo quanto é matéria. E foi pra festa de formatura e bebeu e dançou e zoou com todo mundo, como se estivesse formando também... Depois disto, ninguém nunca mais ouviu falar daquela figura. ———————————————— O nome dele de verdade? Será que alguém lembra? Acho que nem a Wandinha, que é meio parente dele. Foi ela que ligou pra ele e me garantiu: o Meia-Meia-Meia não perde a festa de jeito maneira. ————————————————— Não, você vai ver, aquele porra-louca de sempre. Mas a gente tá aqui falando, falando, falando, e até agora eu tou sem saber. Você vem pra festa?

FESTA DE PRETO, QUANDO NÃO DÁ POLÍCIA, ACABA EM ENTERRO

Em tempo de minha vó, de minha mãe menina, era a miséria. Preto na cidade só a mando. Ou pras necessidades do sal e do açúcar. Vô Romualdo ia, ele mais um filho por vez. Pros meninos aprenderem o que não era. A gente do Romualdo catava lenha no mato, fazia pote e panela de barro. Vô Romualdo ia

Dona Maria Dó, comunidade de Cateriangongo, município de Cachoeira de Pajeú

vender, ele mais um filho. Voltava com as necessidades, uma coisica de mantimento. Das quitandas não tinha precisão, que a gente mesma do Romualdo fazia pro sustento. De pouco em pouco, vô Romualdo falava a cidade, ele menos que o filho da vez. Aos goles, contava o de verdade. Por causa que o filho fantasiava demais, muito besta com o atrapalho de tanta coisa e de tanta gente de uma veizada só. Cachoeira não baralhava com o velho Romualdo porque tinha costume, conhecia um e outro, sabia as conversas, as práticas. Já Pedra Azul um pouco que sim. Voltava revolto e seguia dias em silêncio de velho. Depois, pouco e escolhendo, dava de contar. Do que gostou, mais, do que não, quase nada. Guardava o ruim pra si, que não queria ojeriza na sua gente.

....

O que eu sei do vô Romualdo foi o que desfia minha mãe, os casos que conta o tantão de tio e tia, filhos dele. Tudo aqui no Cateriangongo. Arredar arredou uma vez só e sozinho. Por conta de uma estiagem de mais de ano. Não era exato teimar na terra quando a gente do Romualdo morria à míngua. Arranjou trabalho de capina e não sei que mais em Pedra Azul. Pra engambelar a fome dos seus, mandava uns punhados de coisa que a mulherada espichava até não poder mais. Na primeira chuva, tava de volta e cantava. Diz que foi a saudade que apurou a voz do velho Romualdo. Também que tomou ciência de baile em Pedra Azul. Muito de longe, de ouvir, que preto nem na porta passava. Vô Romualdo pegou de cantar coisa de quando moleque novo. Tanto que os antigos que nem ele também lembravam e daí cantavam tudo junto e as mulheres e as moças dançavam e batiam com as palmas e faziam roda mais as crianças e cavucavam o terreiro com os pés descalços. Uma alegria muito das chiques no Cateriangongo. Nem mais o trabalho separava o povo do Romualdo.

....

O Cateriangongo todinho vestiu de festa, um capricho. E pegamos esse estirão até Cachoeira, cantando e sambando alegres da vida. Muita gente no caminho bateu até a porta pra subir junto. Mas foi

Um chão de presas fáceis

entrar na Cachoeira e a polícia atalhou. Eu disse que era um gosto que tinha o povo do falecido Romualdo de fazer agrado pro Padroeiro, mas o polícia alegou que aquele alarde não era coisa de Santo e que a cidade tava no resguardo e não ia tolerar tambor de preto atazanando as ladainhas. Daí falei que a gente vinha debaixo de ordem e continência desde o Cateriangongo e que todo mundo era devoto cristão igual que na cidade e ninguém tava ali pra afrontar lei nem rei, mas só arredava depois de cantar e dançar pro Santo as músicas de muito encostadas e que nós fomos apanhar na lembrança dos antigos. O polícia pretendeu que a gente tava de picardia, puxou do revólver e deu ordem pros três homens dele fazerem cerca e ainda ameaçou de estropiar os tambores e disse que não responsabilizava de machucar nem as crianças pequenas. Daí eu fiz pro Tião de Nenê e pro Banu arriarem os tambores ali mesmo e puxei a cantoria:

> *Preparai as armas, toda minha gente*
> *Que é tempo de bataia de guerra e fogo.*

E por cima emendei:

> *Esses pretos se soubessem*
> *a força que o negro tem,*
> *não atoleravam*
> *cativeiro de ninguém.*

Estimavam que a coragem nossa não dava e depois recearam algum dormido lustre de briga do Cateriangongo. Neste intervalo, cercou de gente da cidade pra ver e os polícias ficaram sem providência. Houve quem traumatizou de ver aqueles pretos cantando e sambando no meio da rua, mas também gente que apreciou o recreio e acudiu com as palmas e com os pés até fartar. Lá de longe da Igreja do Rosário, o Santo também agradou do batuque que eu sei. Tudo eu faço pela nação do vô Romualdo, mas desta feita faltou tino. Precisava deste empate com os polícias não. Entanto, de tudo que fiz nessa vida, não fiz nada perdido e não arrependo, que daquele dia então ficou mais que provado que Santo não tem dono nem lugar.

....

Eu sei cantar miséria, mas é na alegria que esparramo melhor. Umas três, quatro vezes já apareceu aqui empregado da prefeitura da Cachoeira, carregando pela mão uns moços. Diz que de fora, até do estrangeiro. E pede pra gente fazer festa de batuque, que eles querem tirar retrato e o Cateriangongo vai ganhar o mundo. Mas não tem como. A gente não dança pra fora. É dentro, é pro alto que o povo do Romualdo dança, o santo junto.

Outro sinal – e já tive ocasião de apontá-lo nos Discursos e Conferências – é o nomadismo do mineiro, em busca de terras virgens, as migrações para a zona da Mata, para a Mata do Peçanha, para as matas do Mucuri, do Rio Doce, e, depois, para as matas de São Paulo, do Paraná e de Goiás. Nomadismo que representa a persistência da mentalidade e dos hábitos dos indígenas. O mineiro não emigra como o nordestino, com intenção de regressar. Como o índio, ele parte, levando a família, os animais, as sementes, para fundar nova taba e aí se estabelecer.

Daniel de Carvalho,
A formação histórica das Minas Gerais (1956)

DESAPARECIDA

Maria da Silva, 57 anos, estatura nem alta nem baixa, gordinha, cabelos e olhos escuros.
Desaparecida de Comercinho na noite do dia 10 de outubro de 2007.
Vestia calça comprida preta e camisa de malha bege.
Não precisa voltar. Mas que entre em contato, ao menos para dizer onde enfiou a receita de fio de ovos da mamãe.

Cartaz afixado no Posto Xodó, entrada de Medina

MINEIRO QUANDO ENFEZA, SOBE O PREÇO DA VELA

Quando eu dei pela coisa, ele tinha catado a bruaca pelos cabelos. Nem nunca tinha visto nenhum dos dois por aqui antes. O senhor sabe como é que é, bar de beira de estrada dá de um tudo, de vadia a doutor. Eu lembro direitinho a hora que a fulana entrou. Também, a homarada toda reparou naquela dona de saia curta, boca pintada, uma bunda que não era de se jogar fora – e muito dada. Aí foi um zunzunzum daqueles. Neguinho assoviou, chamou de gostosa, bateu palma, não faltou palavrão. Sabe como é esse povo que fica encostado à toa em bar de beira de estrada. Quanto de gente que devia ter aqui naquela altura? Uns cinco, seis homens pra umas duas, três vagabundas, no máximo. Pouco mais ou menos que isto. O doutor não imagina o quanto a gente perde quando tá aqui entretido nos afazeres por detrás do balcão. Mas devia de ser isto mesmo. E eu nem tou contando ela não, porque aquela bruaca só chegou aqui pra bagunçar com tudo. Foi logo se derramando justo pro lado dos sujeitos que as putas estavam cevando ali. Elas não gostaram nada, nada – e faltou isto pra partirem pra cima dela. Sabe como é, carne nova sempre atrai a homarada e piranha tem estopim curto. Mas ela só tava ciscando, porque parece que tinha agradado mesmo era do Mané Pedra. Veja o senhor, foi agradar justo do Mané Pedra, um sujeito que nem as putas mais rameiras têm coragem de passar perto. Consta aí que o homem tem uma vara descomunal, em comprimento e calibre. Coisa de meter medo. Tanto que, o pessoal é que fala, diz que ele já sangrou muita buceta de puta aí pelas redondezas. De Vitória da Conquista até Araçuaí, de Salinas até Almenara, nenhuma piranha aceita abrir as pernas pro Mané Pedra. Nem que ele pague o dobro, o triplo. Por dinheiro nenhum.

Bar e Lanchonete Flor do Jequitinhonha, saída de Itaobim, próximo ao entroncamento com a BR-367

Diz que a última vez que ele deitou com mulher foi num puteiro bem pra lá de Taiobeiras, isso porque a fama dele ainda não tinha chegado lá. Eu até que tenho pena do pobre. Não deve ser fácil ter que viajar esta distância toda só pra encontrar uma buceta desprevenida. E neste caso, pelo menos foi o que me contaram, parece que ele teve que sair fugido da zona, correndo com as calças na mão, porque a mulherada queria porque queria capar o coitado. Também pudera, parece que a pobre da moça sangrou quase até morrer. Não sei se foi o caso dela largar a vida, do jeito que o povo comenta por aí, mas que teve que fazer cirurgia, isso teve. Então, doutor, quando aquela bruaca foi se arreganhando toda pros lados do Mané, eu vi logo que ou não era destas bandas ou tava estreiando no ramo. Das duas, uma. Porque difícil existir uma marafona neste pedaço da Rio-Bahia que nunca botou os pés aqui no meu modesto estabelecimento. Tem umas que ficam aí sozinhas, tristes da vida, outras vêm fazer farra com as amigas, ou então aparecem enganchadas no pescoço de algum caminhoneiro, fazendo que é namoradinha só pra economizar a passagem até Teófilo Otoni ou, no máximo, até Governador Valadares, porque quando chega lá o sujeito já cansou e dá um jeito de despachar a sirigaita. Também, dá final de mês, esse povo mais quebrado que arroz de terceira, a zona fica entregue às baratas e as putas têm mais é que vir ciscar por aqui mesmo, feito quem não quer nada. Sempre aparece um motorista ou outro disposto a pagar um pê-efe em troca de uma rapidinha, nem que seja de pé mesmo, ali no banheiro de mulher. E olha, doutor, que eu já pedi, já coloquei cartaz, até já botei gente pra vigiar... E adiantou? Porra nenhuma! Se eles não trepam no banheiro, vão lá pra trás da merda desse posto abandonado ou no meio daquele bambuzal ali. Uma pouca-vergonha! Afora o banheiro, que fica uma imundície, eu ainda perco uma montoeira de freguês. O senhor imagina: um pai de família passa de carro aí na estrada e vê um casal atracado no meio do bambuzal. Nunca que vai parar. Nem pra esvaziar a bexiga. Que dirá pra comer um pastel e tomar um refresco... Mas é

Um chão de presas fáceis

o que eu ia dizendo, a tal da bruaca – o senhor disse que ela chamava Rosário? – bem, quando reparei nela direito, a tal dona já tava de papo com o Mané Pedra, tão dada que eu até acho que ele ficou meio de pé atrás. Sabe como é, tudo quanto é mulher vive desguiando do infeliz, de repente, sem mais aquela, aparece uma sujeita com um rabão daqueles dando mole... Mas também a alegria do pobre não durou mais que umas três cervejas. Porque os dois estavam já naquela esfregação quando o outro entrou pela porta adentro. Eu bem que reparei no sujeito, mas nunca que ia adivinhar que ia dar no que deu. Tudo muito ligeiro, doutor. Parecia que o diabo tava com ele. Foi logo xingando a dona de tudo quanto é nome e ameaçando qualquer um que quisesse se enfiar no meio. Daquele tamanho todo, o Mané Pedra até quis peitar o homem, mas foi o sujeito tirar o facão da cinta e todo mundo arregou. Ninguém ali era trouxa de se arriscar só por conta de uma bruaca que ninguém nem conhecia. O doutor tá dizendo que era Maria do Rosário, mas não foi este o nome que ela deu pro Mané Pedra não. Era uma coisa assim feito Priscila, Patrícia – não lembro direito, mas o Mané com certeza deve ter guardado... A bem da verdade, eu tou sabendo que o sujeito era o pai da tal porque o senhor contou. Pelo tanto que ele falou, pensei que fosse marido. Porque praticamente só ele falou. Falou não – gritou, berrou, esbravejou. Quando a fulana fez que ia abrir a boca, ele deu nela um murro na cara que qualquer um tinha despencado na hora. Mas não, a tal da Rosário, Patrícia, sei lá, escorou o corpo no balcão e continuou justo aí onde tá o doutor. A boca sangrando, mas nem uma lágrima. Só aquele olhar de ódio pro sujeito. Edésio era o nome dele? Pois é, depois disso, ele quase que não disse mais nada. O que deu pra entender foi só que aquela não era a primeira vez que a bruaca aprontava uma coisa destas, de fugir da casa deles lá em Salinas pra ficar vadiando na beira da Rio-Bahia. Daí, o sujeito gritou mais uma meia dúzia de palavrões, catou a infeliz de novo pelos cabelos e saiu arrastando lá pra fora. Sempre com o facão na mão. Eu e mais uns dois ou três fomos pra porta espiar. O resto, o Mané inclusive, ficou ali na janela. Ninguém que ia se meter com um sujeito daqueles. Parecia que tava com o diabo no corpo... Lá fora, os dois ficaram um tempinho se olhando, se medindo. Ela não abria a boca, ficava só espiando pro coitado – de uma altura, com uma soberba que, se fosse comigo, dava uma surra de criar bicho. Como é que pode alguém que tá no malfeito ficar olhando o outro daquele jeito, de cima? Um despautério! Mas, pelo que a gente pode ver, o homem foi afinando, foi maneirando o tom de voz – acho que ali ele recobrou um pouco juízo, mas a tal não disse uma única palavra. Só aquele olhar do alto. E o que aconteceu depois, ficou todo mundo aqui sem entender porra nenhuma. Do nada, o homem caiu de joelhos nos pés da dona, agarrou as pernas dela e danou a chorar, parecia um bezerro desmamado. Só faltou mesmo beijar a sola dos sapatos da tal. Como é que pode um sujeito se rebaixar tanto? Depois, ele foi levantando devagarinho, beijando os pés dela, as pernas, a barriga, os braços, os ombros – e quando a gente viu, estavam os dois beijando na boca. Beijo desses de novela! Agora que o senhor disse que era pai e filha, até me dá nojo. Coisa mais cabeluda! Fosse marido e mulher ainda dava pra relevar aquela sem-vergonhice. Não o beijo propriamente, que isso já não causa espécie em ninguém. Mas a sem-vergonhice dele, onde já se viu? Tão homem, tão macho, e acaba se sujeitando àquela soberba, quase mendigando um beijo da bruaca? E ela, então? Leva no meio da cara e depois... Pra mim, até que a sem-vergonhice da dona foi menor, porque ela não fez nem um gesto que fosse, ficou o tempo todo dura feito um toco de pau. Mas que coisa, hein, doutor? Então era pai e filha. Como é que pode uma coisa dessas, gente? Ninguém que tava aqui vai acreditar num troço assim. Eu já vi muita coisa escabrosa na vida, mas uma história feito esta é de botar qualquer cristão de cabelo em pé. Vejam só, pai e filha... Depois desta, o que que eu posso dizer pro doutor? Assim que eles acabaram de beijar, o homem afastou dela, baixou a cabeça, virou de costas e, devagarinho, sumiu no meio daquele matagal ali na frente. A bruaca ainda ficou tempinho aí na beira da estrada, uma meia hora, pedindo carona. Até que parou uma Scania, ela entrou na boleia e o caminhão desceu aí pela Rio-Bahia. Nunca mais vi nenhum dos dois. Nem ouvi falar. Até que o senhor chegou aqui hoje com esta fotografia, falando que acharam o corpo do pobre boiando no Jequitinhonha. Foi ali entre o campinho de futebol e a embocadura do corgo São Roque? Será que o doido pulou mesmo da ponte ou foi alguém que despachou o coitado?

> *Alguém vai me trazer de volta*
> *Sem fortuna e sem amigos*
> *Alguém me ajuda a voltar*
> *Num lombo de burro*
> *E dá uma festa ao chegar*
> *Do passado ou futuro*

Banda Fellini, "Rio-Bahia"
(Cadão Volpato, Thomas Pappon e Ricardo Salvagni),
3 lugares diferentes (1987)

DE COMO SURGIU A CIDADE DE ARASSUAY AO REVÉS DO ALVEDRIO DUM TAL PADRE CARLOS PEREIRA E A RAZÃO DELA HAVER PROSPERADO ÀS MARGENS DO RIO DE MESMO NOME E DO RIBEIRÃO DO CALHAU

[...] Não cuidando de descansar das fadigas da justa guerra que intentavam aos índios Botocudos, até que fossem de todo ocupados os sertões e estivessem manifestos o superior espírito e o alentado engenho dos oficiais d'el-Rei, dos aventureiros reinóis e de todos quanto aí arribaram das comarcas do Serro do Frio e

Uma página de História (quase oficial)

de Vila Rica, as gentes das margens do Arassuay e do outro rio maior que está ao pé deste, deixavam muita vez da disposição de ouvir missa, no que espertavam demasiado escândalo. E daí vinha o dizerem que, assim para quitarem a vida aos índios gentios ou se lhes aldearem como para manterem roças e criação de vender, e também assegurarem o mercadejo que tem lugar nestes rios, e nos ribeiros, que neles dão, faltava aos homens que assistiam nessas longes paragens do Termo das Minas Novas da Comarca do Serro Frio a católica índole de evitar, mais que a nenhuma outra cousa, as afrontas de Deus e os pecados públicos. E porque número grande de gente reuniam essas ribeiras, aonde vivia à custa de cuidar da lavoura e da criação e de guardar o comércio dos canoeiros, os quais proviam os habitantes do necessário e também carreavam para vender as cousas por estes cultivadas ou criadas, fazendo com o favor das águas do Arassuay as vezes dos tropeiros que os densíssimos matos embaraçavam ou em caminho o gentio antropófago abatia; mal tardou não fazerem as pessoas mais caso de respeitar o serviço de Deus, e tomarem a matéria mundana como da última importância, e regalarem de mesa e cama quase sem nenhuma diferença dos Botocudos.

[...]

Isto de há muito os homens e as mulheres dessas barrancas se aproveitarem do sozinho alheio sertão para desfavorecer as leis divinas e humanas, deu causa ao padre Carlos Pereira para a sua custa e de alguns amigos e parentes querer melhorar de fortuna o lugar banhado pelo Rio das Araras Grandes na língua vernácula, porque não deixava o Clérigo de acatar na soltura de maneiras e nas vidas inteiramente desairosas e sem preceitos dos que habitavam esses extremos, tal o contágio com o ambiente caatinga e a faina agreste ressalvassem os ditos do serem assinalados homens civis e cristãos. Era então o ano de 1835 e o Rev. Vigário foi encontrado de um Alferes por alcunha "Marrão", do qual nome não ficou registro em tombo, e cuidando eles dois de vigiar os modos desvergonhados dos habitantes do Arassuay e as práticas católicas de mostra bem rara entre estes, e vendo da necessidade de topar termo para tal monta de estragos dos bons costumes porquanto o demasiado zelo de consciência deles não mais podia tolerar sem castigo as cousas abomináveis e escandalosas que naquelas brenhas avultavam desenfreadamente, e dos portos dessas ribas ajustando ambos o melhor dos que aí vizinhavam da fartura d'água de beber, da lenha de cozer, das roças lavradas e dos cercados de criação e o pior dos que em si assim homens como mulheres consentiam o desenfreio e a dissolução, o padre Carlos Pereira, o Alferes e alguns mais devotos homens de bem e de trabalho se resolveram assentar neste lugar uma aldeia sob o nome de Bom Jesus da Barra do Pontal. Já então trabalhavam estes no bosquejo do arruamento e nas demais diligências para emprestar forma à aldeia, e ordenar nas terras separadas o lugar das casas de morar, da capela, da escola e dalgum outro edifício público, da praça e das fontes vindouras, da venda e da estalagem, das construções para abrigar os ofícios de marceneiros, pintores, oleiros, boticários, ferreiros, curtidores, pedreiros, alfaiates, sapateiros, tecelões, carpinteiros, ourives, seleiros, mecânicos, carniceiros, mercadores e padeiros; e como estro se lhes valia para tanto a ciência do padre Carlos Pereira do que tinham de graça, pompa e lição de civilidade as cidades do Serro, Diamantina, Mariana, Outro Preto e outras mais longes por ele visitadas.

E, com efeito, estava o Vigário todo sagrado às providências para alevantar a aldeia, e sob as ordens dele já obravam muitos escravos, mulatos e índios aldeados nas empreitadas de abrir ruas e de dar medida às terras e de alargar e melhorar o desembarcadoiro e de os mestres prover do exigido para requintar a então existente dezena de fogos e para a fábrica das primeiras novas habitações; e foi em tal caso que o Clérigo entendeu do desútil destes feitos se desacompanhados duma justa ordenança moral que houvesse de purgar as nódoas cumuladas desde quando esses ermos alcançaram paulistas e baianos cerca de cinco ou mais dezenas de anos dantes. E por um exame o Rev. Vigário julgou ter aí ocasião de retomar o ânimo de um édito mandado publicar e fixar no ano de 1733 pelo Conde das Galveias, então Governador e Capitão-Geral da Província das Minas Gerais, o qual mandava "que toda a mulher de qualquer estado e condição que seja, que viver escandalosamente, seja notificada, para que em oito dias saia para fora de toda a comarca do Serro do Frio; e quando o não execute no dito termo, será presa e confiscada em tudo quanto se lhe achar; e toda aquela pessoa, que por si ou por outrem, com conselho, com obra, ou com diligência alguma, intentar impedir o que determino neste bando, incorrerá na mesma pena e se remeterá presa para esta vila". E como havia de fazer o mesmo para ter na sua aldeia apenas a gente mais escolhida, mais católica e mais decorosa, ajuntou o Padre as forças de uma vintena de homens entre livres e escravos, e mandou que aos pares estes cuidassem de colocar fora dos limites da novel Aldeia de Bom Jesus da Barra do Pontal todas as meretrizes famigeradas e todas as mulheres assinaladas por escândalo ou qualquer outra igual falta e também aquelas todas ditas duvidosas, dissimuladas, irreverentes, jocosas ou dadas. Foram tão grandes o zelo e o brio que puseram os homens incumbidos para o inteiro e reto acatamento da ordem do padre Carlos Pereira, que o remate desta limpeza moral em três dias se deu; a braços tão só ou ajudados de armas fizeram eles embarcar as meretrizes do lugar e as outras mulheres conformes em canoas que subiam o Arassuay ou se meterem as transviadas, na pior das hipóteses, pelas veredas incógnitas e perigosas daqueles sertões. E sendo-lhes instado o asseio do lugar, aqueles da milícia do Vigário alijaram daí também homens, uns ociosos ou frascários, outros de fé vaga ou baixos intentos.

Em sua maior parte as rameiras enxotadas da Aldeia de Bom Jesus da Barra do Pontal foram dar num porto várias léguas acima na junção do Rio Arassuay com o Ribeirão do Calhau em terras de Dona Luciana Teixeira, e muito se surpreenderam quando esta fazendeira se enjoou, e injuriou com palavras a conduta dos homens encabeçados pelo aludido Vigário, e sem mais exame achou de acolher aquelas desvalidas nas suas terras da fazenda da Boa Vista da Barra do Calhau. E desta sorte, com destemido valor e indústria, houve esta boa senhora de principiar um aldeamento à margem direita das águas do Arassuay e do Calhau, aonde cada qual das meretrizes tomou um seu lugar, e após outros homens e mulheres nojados, avessos ou aterrados do que sucedia na Barra do Pontal; sendo assim que um a um acabaram por se apagar os fogos e se esgotar em pouco a gente daquela Aldeia, porque toda ela já não encontrava aí o com quê nem como. ou para quem trabalhar. O todo e as maneiras sem reservas das meretrizes e os mais outros prazeres mundanos, as pequenas intrigas, e o jogo, a aguardente e as cousas comestíveis achadas no embarcadoiro da Barra do Calhau cuidaram de atrair assim para o comércio como para a diversão e o ócio um grande número de canoeiros, e mudar de rumo e paragem estes e muitos dos demais outros que arribaram do Pontal e suas cercanias, inclusivamente as povoações mais longes, encontrando aí o trabalho de que esperavam manter-se. A julgar como prestes a freguesia do Calhau se fez Vila de Arassuay ao primeiro dia do mês de julho de 1871, e dentro em pouco elevou-se a cidade por força da Lei Provincial nº 1870, de 21 de setembro de 1871, se lhe podemos adivinhar as ruas e as vendas em grande barafunda, a febril azáfama de homens e cargas no porto e seus arredores, os calos e os suores de quantos livres ou escravos amanhavam a terra, cuidavam da criação ou prestavam algum serviço certo e reconhecido. E não falo das festas de Igreja e populares com fogos do ar, touradas, folguedos, danças, farsas, e mais cousas de alegria, quando os moradores e forasteiros achavam ocasião de se fartar de tudo o que a gula e a lascívia costumam apetecer, e buscar. Quanto ao mais, ao ver a pompa e avaliar a boa ordem desta insigne cidade do Arassuay, qualquer homem de espírito há de saber que aí ao revés se dá o ditado, quando neste vale estou, outro melhor me parece.

> Moral da história:
> das cidades de Minas,
> o rio é pai, a luxúria, mãe.

TUDO LHE FEDE, NADA LHE CHEIRA

Eu tava picando um molhe de cebolinha-de-cheiro pra botar na vaca-atolada quando ela me disse: *Já vou indo, mãe.* A única coisa que me ocorreu foi perguntar: *Você não vai comer nem uma coisinha? Olha que viajar de estômago vazio não é nada bom.* Mas antes mesmo de eu acabar de falar, ela respondeu: *Não, não. Melhor não ficar de bobeira, senão acabo perdendo a carona.* Era a quinta vez que a Betinha tentava chegar no tal Rio de Janeiro. E cada vez que voltava, voltava mais descabeçada. Da primeira vez, ficou fora uns três meses. Mal pôs os pés em Teófilo Otoni e já tava de volta. Chegou aqui em petição de miséria. Antevéspera de Natal. Mais parecia um pau de virar tripa, de tão magrinha. O máximo que arrumou foi pra lavar roupa em casa de gente rica lá mesmo em Teófilo Otoni. Com certeza depois de passar muita necessidade e humilhação por essas estradas. Nunca que tinha pego no pesado, escalavrou as mãos até. Dava dó de ver. Não conseguia nem segurar o garfo direito pra comer. Que dirá partir um pedaço de linguiça! Fiz o que era da minha obrigação como mãe, mas ela demorou mais de mês pra aprumar o corpo. E não ficou assim cem por cento não. Pensei que a arnica

Casa de dona Jovita, São João Grande, município de Ponto dos Volantes

e a alfavaca também iam dar cabo daqueles sonhos de grandeza. Coisa nenhuma. Quatro, cinco meses enchendo o pandulho com a comida da mãe, ganhou uma corzinha e logo começou com aquela mesma lengalenga de que São João era um ovo, de que Ponto dos Volantes era o fim do mundo, de que nem Teófilo Otoni, veja só, prestava pra ela. E era a praia, e era o mar, e era o Rio de Janeiro e o Corcovado e Copacabana e sei lá mais o que. O dia inteiro e a noite também numa ladainha de tirar o sossego de qualquer cristão. Um belo dia, quando dei por mim, lá estava ela juntando umas poucas mudas de roupa numa mala emprestada da vizinha de parede-meia. *Estas roupas que estão aqui no gavetão de baixo a senhora pode dar pra Luiza ou pra Terezinha, porque eu nunca que tinha coragem de vestir isto numa cidade de verdade.* Ora, pensei cá comigo, vejam só como ficou metida a besta essa daí! Mas eu não disse um nada. A língua até que coçou, mas pensei bem, contei até dez e fiz que não era comigo aquela malcriação. Afinal de contas, a gente dá o que pode pros filhos e ainda tem que aguentar estas coisas. E quem era eu pra empatar a vida da menina? O que é que eu tinha pra oferecer em troca? Nem segurar ela no grupo eu consegui. Mal aprendeu as primeiras letras e achou que já era gente, que já tava pronta pro Rio de Janeiro. Também, parece que o grupo aqui em São João não é lá essas coisas. E como é que gente analfabeta que nem eu pode colocar juízo nessa mocidade? E que serventia tem estudar pra depois ficar batendo roupa na beira do ribeirão, trabalhando em casa de família ou, quando muito, no balcão de alguma venda? Às vezes, o estudo até atrapalha, porque a pessoa fica zureta das ideias, pensando grande, querendo colocar a mão onde não alcança. Então, quando a Betinha largou da escola, achei que já tava mais do que na hora dela caçar um serviço. Que nada! Virava e mexia e o estrupício dava um jeito de escapulir pra beira da Rio-Bahia. Ainda bem que aqui todo mundo é conhecido e sempre tinha um pra avisar ou mesmo pra trazer a danada pelo braço, antes dela cair botar o pé na estrada. Eu não tiro a minha culpa não. Tivesse arranjado umas trouxas de roupa pra ela dar conta e talvez não sobrasse tempo de ficar pensando esse tanto de besteira. O certo é que lá se foi a Betinha pela segunda vez. Tinha então uns quinze anos. Já quase moça feita, até bonita. Pelo que contou na volta, muito pouco, porque nunca foi de muita prosa, parece que mal e mal chegou a Governador Valadares. E por lá ficou um ano e pouquinho. Primeiro, trabalhando num supermercado, depois, faxinando um hotel numa tal Ilha. Eu nem sabia que Valadares tinha ilha... O quanto passou por essas estradas, onde dormia, o que comia, com quem andava, estas coisas ela nunca comentou. Minto. Um dia ela falou de uma colega, uma tal de Cilmara ou coisa assim. Parece que dividiram um quarto de pensão durante um bom tempo. Pelo visto, era moça trabalhadeira. Tanto que tinha até dois serviços. E instruída, porque, se eu entendi bem, tava juntando dinheiro pra ir pra um lugar fora do Brasil. É como se diz, um gambá cheira o outro – de forma que a Betinha só podia mesmo arranjar uma colega com um sonho de grandeza igual ao dela. Maior até. Onde já se viu? O que é que essa moça tinha que fazer tão longe de casa? Não sei o que foi feito da tal. Nem do sonho dela de ir pro estrangeiro. A única coisa que eu sei, com certeza, é que nesse meio-tempo a minha moça deixou de ser moça. Não soube com quem nem como, e nunca que ia entrar nestes particulares. Nem sendo minha filha. Pra dizer a verdade, quando vi a Betinha parada ali na porta, as pernas chegaram a bambear. E devo ter ficado branca feito cera, porque ela me disse: *Credo, mãe, parece que viu um fantasma!* E era mesmo. Mais de ano e apenas duas cartas, que eu pedi à Adelina pra ler. Umas poucas palavras, nada que aquietasse um coração de mãe. De qualquer jeito, ali estava ela de volta. Magrinha, magrinha. Apenas com a roupa do corpo e uma sacola de plástico com umas outras coisinhas. Ainda bem que eu não dei aquelas mudas de roupa como ela mandou, senão ia ter que andar pelada por aí. Mas o que me botou as pernas bambas foi que naquela magreza dava pra ver de pronto que devia estar com quatro, cinco meses. A minha vista chegou a embaralhar... Pobrezinha, dezesseis pra dezessete anos e já com um filho na barriga. O que que ia ser dela mais dele? Uma criança cuidando da outra, e ainda por cima neste miserê. Mas mais tem Deus pra dar do que o diabo pra carregar. Fiz a minha obrigação. Engordei a bichinha dentro de casa, no bem-bom, mas debaixo das minhas vistas, porque já me bastava o que esse povo tinha de torto pra falar dela. Com muita peleja, consegui comprar um berço de segunda mão e até arranjar um enxovalzinho com os vicentinos lá de Itaobim. Quando a comadre Myrthes me disse que eles faziam estes préstimos pra gente pobre assim que nem eu, custei a acreditar. Mas não é que era verdade verdadeira. Cueiro, macacãozinho, fralda, manta, sapatinho, até babador. Tudo de primeira, tudo muito benfeitinho, melhor do que o que eu pude dar quando nasceu a Betinha. Ainda tem gente caridosa nessa terra. Deus conserve e guarde! E foi graças aos vicentinos que o Biel tinha o que vestir quando veio ao mundo... Do pai, nunca soube. Nem perguntei. Pra mim bastava que o moleque nasceu perfeitinho, quase dois quilos e quinhentos, cabeludo que só vendo. E a certeza de que, com aquela coisinha nos braços, a Betinha ia sossegar o facho e tomar jeito na vida. Engano meu! Foi o Biel desmamar e ela começou a desmerecer de tudo e de todos em São João. Até da comadre Myrthes, que curou o umbigo do menino, deu os primeiros banhos e sempre trazia pro Biel uma roupinha ou outra que já não servia nos netos dela. Tudo lavadinho, passadinho, dobradinho. Coisa nova não era, mas fazia as vezes. A Betinha nem agradecer agradecia. E ainda enchia a boca pra dizer: *Se a senhora e a dindinha pensam que o meu filho vai usar o resto dos outros a vida inteira, estão redondamente enganadas. O dia que eu conseguir dar o fora deste cu-de-mundo, o meu*

Biel vai ter as coisas só dele, tudo do bom e do melhor, tudo com cheirinho de loja. Me aguardem! Falava isso pra mim e mais ninguém, que ela não era besta. Sabia que, se dissesse um troço destes pra madrinha ou pra algum parente, ia ter que se haver comigo. Mas chegou uma hora – tanta falação dela, e mais os afazeres da casa e cuidar do Biel e as vinte e tantas trouxas de roupa pra lavar e passar toda semana – que eu não aguentei. *Das duas, uma: ou você coloca essa cabeça no lugar e cumpre com as suas obrigações de mãe, ou me dá o Biel de papel passado. O que eu não posso mais é viver nesta agonia, sem saber se me apego ao menino de vez ou melhor não, porque daqui a pouco você carrega com ele pra longe e arrisca eu cair doente de saudade, de preocupação... Eu não tenho mais idade nem saúde pra viver assim não, minha filha!* Pois não foi nem uma coisa nem outra. Nem a Betinha virou a mãe que eu queria e o Biel precisava, nem me deu o menino de papel passado. Não que ela fosse a pior das mães. Nada disso. Como não encontrava nada do seu agrado entre a gente e as coisas de São João, até que cuidava do pobrezinho. Dava banho, fazia carinho, levava pra passear na rua, brincava... Sempre que tinha disposição. Difícil encontrar a tal disposição, porque na maior parte do tempo era o enfado em pessoa. Disposição só não faltava pra falar do dia em que ia ganhar o mundo, deixar aquele cafundó pra trás e dar pro filho tudo que ela nunca teve. Falava como se fosse pro Biel, mas só quando eu tava por perto. Tudo de caso pensado, pra eu ir acostumando com mais uma das suas. De forma que não me causou espécie quando ela veio perguntar se eu não me incomodava de ficar cuidando do Biel por uns meses, até ela se firmar no Rio de Janeiro. *Logo que me ajeitar por lá, ou eu mesma venho buscar o Biel ou mando um dinheiro e a senhora leva pra mim.* Eu já tava tão calejada com os caprichos daquela doidivanas que ficava difícil ponderar qualquer coisa. Porque, pra Betinha, pouca ou nenhuma serventia tinham as minhas palavras. E logo vinha com quatro pedras na mão, dizendo cada coisa – um horror, pra machucar mesmo. Melhor concordar com ela, senão era bem capaz da destrambelhada encasquetar de levar junto o meu neto em mais uma daquelas suas patacoadas. Só de birra! Além do que, o Biel já vivia mesmo grudado na barra da minha saia... E acontece que ele acabou aprendendo a falar "mãe" comigo – e daí não tinha mais precisão de papel passado. Por essa época, a Betinha tava fora fazia uns três meses. E pelo visto, tinha chegado mais longe do que das outras vezes. Mandou uma carta de uma cidade chamada Leopoldina. Segundo ela, pertinho do Rio de Janeiro. Parece que tinha arrumado pra fazer limpeza numa fábrica de roupa e, como estavam gostando muito do serviço dela, a encarregada ficou de ensinar umas coisinhas de costura e arranjar uma colocação melhor. Aí, ganhava um pouquinho mais e tinha condição de juntar algum pra chegar no bendito do Rio de Janeiro. Palavras dela. Mas o que a Betinha fala, a gente não escreve. Então, só vendo com os meus próprios olhos... Ah, quem me dera a Betinha aprender um serviço direito, virar uma costureira ou coisa que o valha e parar de meter os pés pelas mãos. Nem precisava ajudar com algum na criação do Biel não. Bastava botar um pouco de juízo naquela cachola que eu ia pelejando com as minhas trouxas de roupa e não deixava faltar um nada pro moleque. Só de saber que ela arranjou uma colocação, que não tava passando necessidade nem dormindo no relento, já me serenava a alma e tinha forças pra ir tocando a vida. Mesmo com esta dor nos quartos que não me larga nem na hora da reza. Daí que eu pensei que a Betinha tinha emendado quando, depois de um tempo, recebi uma outra carta. Desta feita, com um dinheirinho dentro. Eu fiquei toda boba. "O Biel deve estar precisando de quase tudo. A senhora usa esta grana como achar melhor. Por mim, a senhora podia dar um jeito de ir a Itaobim e comprar uma calça comprida pra ele. Pode ser à prestação. A senhora me diz quanto ficou que me incumbo de mandar o dinheiro todo mês." Feito quem não quer nada, contei a coisa toda pra uns dois ou três escolhidos a dedo e eles trataram de espalhar por aí. Agora eu queria ver esse povo ter a cachimônia de meter a peia na Betinha... O Biel não tava precisado de nada, de forma que achei melhor guardar o dinheiro pro caso de uma necessidade qualquer. E ainda bem que não entrei na prestação, porque a minha alegria durou pouco, muito pouco. Passou mês atrás de mês e nada da Betinha dar sinal de vida. Tivesse feito aquela prestação e ia ter que tirar da boca do menino pra pagar a loja. Sem necessidade, porque onde já se viu um tiquinho de gente daqueles usando calça comprida? Ainda mais aqui em São João. Coisas da Betinha! Quando foi no batizado do Biel, porque eu pedi pra Adelina escrever uma carta avisando, até que enfim ela deu o ar da sua graça. Mandou um tênis que o pobrezinho só foi calçar uns dois anos depois. E só pra ir na igreja, nada mais. Foi esta a última vez que eu soube da Betinha, até aquela quarta-feira de cinzas. Ouvi um automóvel parando na porta de casa e fui ver na janela do que se tratava. Era o compadre Juca. Foi levar de volta pra Santana do Araçuaí uns primos que sempre passam o carnaval na casa dele e, quando parou no posto da Rio-Bahia, deu de cara com a Betinha. Parece que pedindo carona. *Olha aqui, comadre, quem é que eu trouxe pra passar a quaresma.* Depois eu soube pela própria Betinha que o compadre foi muito correto com a gente. Deu de comer pra ela, arranjou um banho lá no próprio posto e, ainda por cima, esperou uma hora em que a rua aqui de casa tava mais vazia pra trazer o estrupício. Imagino como é que ela devia de estar quando topou com o compadre... Nem sei como é que ele reconheceu. Coisa de dar medo, de dar dó! Um fiapinho de gente – e, ainda por cima, um braço engessado, a boca deste tamanho, três dentes faltando na frente, a cara toda amarrotada e as pernas cheias de manchas roxas. Saí porta afora gritando: *Ah, meu Deus do Céu, o que é que fizeram com a minha filha?* Pois não é que o entojo passou por mim com aquele narizinho empinado e só disse: *Menos, mãe, menos*. Eu não aprendo mesmo. Devia ter por aquela coisa a mesma consideração que ela tem comigo. Por isto, achei bem feito quando o Biel cruzou com ela na cozinha e não deu a menor pelota. O castigo vem a cavalo. Também, queria o quê? A mãe que ele conhece sou eu. Na hora do joelho esfolado, da dor de barriga, do medo de assombração, quem é que tá ali junto dele? Não era eu ter tomado as providências e o menino continuava pagão até hoje. E a estrovenga veio pro batizado? Não, mandou um calçado que, de tão grande, demorou anos pra caber nos pés do filho dela. Vive levando na cabeça, mas não aprende. Quase virada do avesso, mas a mesma empáfia de sempre. E nem perguntou pelo menino! Depois ainda veio me jogar na cara que eu é que botava o Biel contra ela. E eu lá tenho culpa se ele me chama de mãe e ela é só a Betinha. Fui eu que ensinei isto não. Onde é que tava a bruaca quando ele aprendeu a falar? Quando começaram a nascer os dentes de leite? O pobre só tem a mim pra recorrer. E olhe lá!

RESENHA ACERCA DAS ORIGENS DA CIDADE DE ITAOBIM

[...]
São várias e desencontradas as notícias acerca dos rumos que seguiram as muitas mulheres e os homens expulsos das terras da Barra do Pontal por ordem do impiedoso padre Carlos Pereira. Certo é que cronistas e historiadores dão conta de que alguns poucos desceram o rio Araçuaí, alcançaram o Jequitinhonha e, à margem esquerda deste, se fixaram em terras vizinhas à foz do ribeirão de São Roque. Em fins

Outra página de História

do século XIX, à gente que habitava a dezena de casas do povoado somaram-se uns tantos lavradores pobres fugidos da seca no estado da Bahia. Não é, pois, de estranhar que o povoado de São Roque, já em 1911, fosse elevado a distrito do município de Araçuaí e, por haver nas suas cercanias uma serra constituída por rochas de tom esverdeado, rebatizado em 1923 com o nome de Itaobim, topônimo de origem tupi que significa Pedra (*Itá*) Verde (*Oby*).

Nos primeiros anos da história de Itaobim, nada mais há digno de nota senão a cheia do Jequitinhonha que, aos 19 dias de janeiro de 1919, vitimou os habitantes da povoação ainda denominada São Roque e causou perdas materiais de elevada monta. O depoimento de uma testemunha de vista, bem intencionada e insuspeita não numera mortes ou desaparecidos, mas atesta o poder destrutivo e a altura demasiada atingida pelas águas, bem como a persistência daquela catástrofe na memória do vilarejo. É de igual espírito e tom o que escreve o nosso historiador Abílio Fernandes Lopes e Souza: "Por um mau juízo, a população de São Roque não soube decifrar, nos funestos eventos de dezenove, os sinais de advertência que acaso lhe davam as águas nervosas e casuais do rio. Aqueles dramáticos acontecimentos logo se converteriam, nas vozes do povo, em prosas aventureiras, quando não jocosas; e nada fizeram os cidadãos para escapar de uma nova fúria do Jequitinhonha. Parecia que, baixadas as águas e realizados os reparos das habitações, uns e outro voltariam a conviver sem maior litígio".

Além do natural apego à terra e aos bens amealhados à custa de trabalho penoso, esta postura a determinara também os traços típicos do temperamento da gente mineira, quais sejam, entre outros: a tendência ao conformismo, o amor pela rotina, a indolência e o fatalismo. Em meio onde imperavam a prostração e a monotonia, mesmo os temores cumulados no cataclismo de dezenove não haveriam de vaticinar a tragédia que, por volta das cinco horas da manhã do dia 28 de janeiro de 1928, acometeu o lugarejo. Segundo a mais antiga notícia que desta inundação nos chegou, o caudal do Jequitinhonha, fazendo do ribeirão de São Roque via de montante, adentrou as ruas e casas de Itaobim, alcançando grande volume e altura, inclusive nas lavouras e pastagens da planície circunvizinha. As águas começaram a retroceder somente para o fim do sexto dia, dando a ver as perdas irremediáveis e permitindo aos itaobinenses recolherem e enterrarem os seus mortos. Não há neste documento qualquer estimativa precisa acerca das vidas humanas ceifadas pela execranda cheia, afiançando o autor apenas que foram elas entre três dezenas e meia centena. Quanto aos prejuízos materiais, o escritor registra que a quase totalidade das construções do distrito ou foi arruinada pela força das águas ou ficou deveras danificada, sem espera de conserto. De igual modo, não poucas roças malograram de vez, enquanto incontáveis animais de criação afogaram ou foram extraviados e perdidos. Neste passo, os moradores mais abonados trataram logo de encontrar refúgio num planalto a algumas léguas do povoado em ruínas, no que foram seguidos pelos demais. Dali já conhecido e estimado em razão do leite de vaca, dos grãos, verduras, frutas e animais que seus habitantes faziam vender nos mercados de Pedra Azul, Araçuaí, Jequitinhonha e outros próximos, o distrito de Itaobim não tardou a erguer novas habitações no atual sítio e recuperar as lavouras e os campos de pastagem.

Moral da história:
em Minas,
apenas quando em dobro,
o desastre ensina.

HÁ MALES QUE VÊM PRA PIOR

Mas o pior eu nem te conto. Pois não é que a desinfeliz da Betinha tava prenha de novo. Foi um deus nos acuda. Não deu uns três dias e ela começou a vazar sangue. E quem me socorreu nesta hora, como sempre, foi outra vez o compadre Juca. Porque precisou a gente baixar lá no hospital de Itaobim. O médico queria até chamar a polícia pra gente dar conta de quem é que tinha deixado a Betinha moída daquele jeito. Aí, o compadre Juca, sempre muito jeitoso, ponderou com o doutor que a coisa já não podia ser desfeita, que ela precisou andar pra mais de três dias na boleia de um caminhão fugindo do salafrário e que meter a polícia naquilo ia causar amolação só pra Betinha, porque o autor do malfeito se escafedeu sabe-se lá pra onde. E também que a afilhada dele tinha levado uma bela de uma lição, porque perder um filho daquela maneira era pra nunca mais olhar na cara do sujeito, nem se meter uma outra vez com gente daquela laia. Foi aí que fiquei sabendo alguma coisinha sobre a sova que deixou a Betinha naquele estado – e, ainda por cima, deu no que deu, mais um anjinho pro céu. Dela mesma não ouvi nadica de nada. Porque comigo é assim. Quer falar, fala, sou toda ouvidos. Não quer falar? Tá tudo muito bem. Não vou ficar especulando a vida alheia não. E neste bololô todo, coitadinho do Biel, ficou sem saber pra onde correr, feito cachorro sem dono. Ainda bem que a comadre fez a gentileza de ir lá pra casa e ficar tomando conta dele. Compadre Juca e comadre Myrthes, nem se eu tivesse três vidas pela frente era capaz de quitar a dívida que tenho com estes dois. E nem tou falando do dinheiro do hospital não. Porque este eu tinha que lavar as roupas das famílias todas de São João mais Ponto dos Volantes e Itaobim durante uns

Casa de dona Jovita, São João Grande, município de Ponto dos Volantes

cinco anos, ficar sem comer e sem vestir um tempo igual e, ainda assim, não pagava. Não que o compadre fosse cobrar. Deus me livre e guarde pensar um troço destes do compadre! Eu falo mesmo é da dívida de gratidão. Esta a gente paga é com muita reza e consideração. Porque o compadre sempre me valeu nas horas mais difíceis. Então, pra mim, é Deus lá no céu e o compadre Juca aqui na terra. E quer me ver perder as estribeiras é algum excomungado vir falar um á que seja do compadre. Não deixo mesmo, viro bicho... De todo jeito, foi pra mim que sobrou botar a Betinha de pé uma outra vez. Quem mais? Custou, mas consegui aprumar aquela ingrata. Eu sozinha, não. Foi Deus em primeiro lugar, que ouviu minhas preces, e mais a comadre Myrthes, sempre ela, que mandou buscar em Araçuaí uma garrafada de um raizeiro dos mais afamados, um que responde pelo nome de Bilô. Pois não é que não deu quinze dias e a Betinha tava novinha em folha? Afora os dentes. Mas não achei ruim a banguela não. Vai ver assim aprendia a não ficar arreganhando as canjicas pra qualquer ordinário que ela encontrava nesses lugares por aí. Eu nunca pensei que filha minha ia apanhar de homem... Eu que sou mãe nunca ralei um dedo nela! Mas é o que eu sempre digo, mais tem Deus pra dar do que o diabo pra carregar. Em pouco tempo, a Betinha tava aí vendendo saúde. Mais até do que devia, porque parece que engatou um namorico com o Zaia da dona Biá. Ah, como eu rezei pra dar certo. Quem sabe agora ela não encontrava um paradeiro? O Zaia era um amor de rapaz. Fazia todas as vontades da Betinha. E as do Biel mais ainda. Mas a Betinha não levava o namoro a sério, não queria compromisso... Aí acabaram se desentendendo e ele desmanchou tudo. Só faltava isto pra ela começar de novo com a mesma toada de sempre. *Não tem mais ninguém me querendo por aqui... Nem meu filho me trata como mãe.* Sempre arrumando uma desculpa, das mais esfarrapadas, pra sumir nesse mundo de meu Deus. E o pobre do Biel, quando já ia acostumando com ela em casa e pegando estima, lá vinha a Betinha dando o fora de novo. A minha vontade era dar nela pra ver se curava aquela mania de querer abraçar o mundo com as pernas... Mas não, fiquei quieta, consenti em tudo. Porque, agora, o meu maior receio era ela cismar de levar o Biel de qualquer maneira. Então, se quer ir, vai. Eu me encarrego do menino e fica tudo do jeito como tem que ser... E lá se foi a destrambelhada. Passou um mês, outro, mais outro, e nada da Betinha. Quando completou o quarto mês sem uma notícia sequer dela e eu já começando a pensar besteira, chegou uma carta. Só podia ser da Betinha. Corri lá na Adelina pra ela ler pra mim. A cada linha, eu dava um "Graças a Deus". Porque tava tudo bem com ela, porque não teve mais nenhum problema de saúde, porque arranjou um emprego com carteira assinada, porque tava pensando em voltar a estudar... Palavras dela. Mas o que a Betinha fala, sabe como é. De qualquer jeito, a gente finge que acredita que é pra não sofrer além da conta. Acredita que foi morar numa cidade chamada Juiz de Fora? Nome mais esquisito, né? Nunca tinha ouvido nem falar. Mas a Adelina confirmou pelo carimbo na carta. Isto mesmo, Juiz de Fora. Bem pertinho do Rio de Janeiro. Coisa de três horas de viagem segundo a Betinha. Pois foi por essas bandas que ela passou quase uns dois anos. De quando em vez pingava uma cartinha. De forma que eu fui me despreocupando dela, porque ao menos não tava mais zaranzando nessa excomungada da Rio-Bahia. Também as notícias eram sempre o melhor possível – e por quatro ou cinco vezes até mandou um dinheirinho, que eu guardei pro caso de uma necessidade. Eu mesma não mandava notícia pra ela não. Umas duas cartas, se muito, neste tempo todo. Pra mandar um retratinho do Biel. Não tinha costume. Nem ia ficar amolando a Adelina ou a comadre com uma bobagem destas. Também, que novidade eu tinha pra contar aqui de São João que pudesse interessar à Betinha? A vida dela agora era lá na tal de Juiz de Fora, beirinha do Rio de

Janeiro. Como ela sempre quis. E quanto ao Biel, no caso de acontecer alguma coisa, ela sabia que eu dava um jeito de avisar. Então, ninguém ficava atazanando ninguém por conta disto não. Quase assim como um trato entre a gente: ela cuidava da vida dela e eu cuidava da minha e da do Biel. Qualquer apuro, aqui ou lá, e uma arrumava uma maneira de inteirar a outra do ocorrido. O tempo foi passando como Deus manda e eu bem satisfeita da vida, com o Biel debaixo da minha asa, crescendo a olhos vistos. E confiando que a Betinha tava levando uma vida direita. Até que um belo dia, lembro como se fosse hoje, eu tava trancando a porta da rua pra ir fazer umas comprinhas quando ouvi um fiapo de voz atrás de mim, *Dona Jovita, a senhora ainda lembra da sua filha?* Reconheci na hora a Betinha. Ou melhor, reconheci a voz, porque, quando virei, aquelas feições eram de outra pessoa. Uns vinte anos mais velha. Acabada. Mal se aguentava nas pernas. Levei pra dentro, pus na cama e lá a coitadinha ficou por mais de uma semana. Primeiro, pensei que fosse a canseira da viagem mais a falta de comer direito. Sabe-se lá o que aquela abilolada colocava no estômago por essas paradas de ônibus. Depois, como ela não melhorava daquela prostração, achei por bem chamar a dona Rosa do seu Remídio pra benzer. Foi a conta de mandar o filho de criação da Adelina levar o recado pra dona Rosa e a Betinha começou a variar, com um febrão que deus nos acuda. Aí, danei a gritar pelo moleque de volta pra mudar o mandado. *Esquece a dona Rosa do seu Remídio. Você vai na marcenaria do compadre Juca, mas vai num pé e volta no outro, e fala que eu tou precisando dele aqui com urgência, sem falta. Ah, diz também que se ele puder vir de carro... porque eu acho que vai precisar. Vai logo, moleque, vai! E vê se não fica por aí medindo rua não, hein. É caso de vida ou morte.* O compadre chegou em três tempos. Foi botar uma saia e uma blusa na Betinha, enfiar uma chinela nos meus pés, dar uma ajeitada na cafuringa, mandar o Biel pra casa da Adelina, entrar no automóvel do compadre e rumar pra Itaobim a toda. Eu pensei que a gente fosse chegar era nunca. Parece que, com o nervoso, o tempo demora mais a passar... Assim com a cabeça deitada no meu colo, a Betinha ficou variando a viagem inteira. Falou uma quantidade. Isto quando não engrolava a língua toda de um jeito que eu mal atinava. E eu ali, coitada de mim, ouvindo aquela montoeira de coisa. Que Deus me perdoe, mas eu preferia ter ficado surda pra não ter que escutar tanta besteira. Foi uma falação sem trégua, tudo descosturado, coisa de botar medo em qualquer um. *Mas que merda! Eu já falei que não é pra beijar na boca, sou filha da dona Jovita do seu João Ba, filha única e direita, faço essas coisas não, de graça não, que eu tenho filho pra criar e mãe doente morando longe, sei lá, a comida não para no estômago, pode acreditar, com cuspe e jeito vai, mas aí é mais caro, cento e cinquenta, isto aqui tá parecendo uma íngua? E ainda ganha um boquete, uma dor de cabeça dos infernos, e com um troço grande assim, vai devagar, moço, ai ai, tá pensando que eu achei no lixo? Ai, comer eu como, ai, achei não, sou filha de gente trabalhadeira, nem uma palavrinha de alemão, acho que vim no mundo foi pra isso, sem camisinha, nem morta! Mas nada para no estômago... Me dá mais cinquenta e pode fazer tudinho, o que quiser, de menos dar porrada,* fuck me very much, *eu gosto, claro que eu gosto, mesmo quando a gente apanha umas tristezas, que isso é da vida, foi um engenheiro da Mercedes que me ensinou, o senhor tá vendo aquela foto ali? Ou eu vomito tudo na mesma hora ou fico o dia inteiro cagando pelas pernas abaixo, pode me ligar sempre que quiser e precisar, falo inglês nada! Umas palavrinhas só, febre alta assim nunca que tive antes, pelo menos que eu me lembre, falar inglês com quem? Não aparece mais gringo aqui, dona Maria, eu mal me aguento em pé... Eu nasci no cu-do-mundo, pra lá de deus me livre! De alemão, merda nenhuma! Um febrão, porque eu nunca ganhei nada de graça nesta vida, minha mãe? Nem sonha com uma coisa dessas! É o meu filho mais eu, euzinha mesma, tudo bem, eu*

Um chão de presas fáceis

dou um jeito de arrumar o dinheiro da senhora até sábado, beija não, ô porra! Dona Jovita vive repetindo, a gente é pro que nasce, já não falei que tou com a merda da boca toda cheia de sapinho, foi nesta vida que eu ganhei corpo, meu pai morreu, do coração, olha, Jussara, avisa pra dona Maria que hoje não vai dar não, quando eu cheguei aqui, era um palito, São João Grande, o senhor nunca ouviu falar não, fome mesmo nunca passei, só necessidade, e muita, o que é que eu posso fazer? Fica pra lá de onde Judas perdeu as botas, tou cagando pelas pernas abaixo, largar essa vida pra fazer o quê? Já tem uns três ou quatro dias, o que é que você quer que eu faça? Não tá em nenhum mapa não, emagreci pra caramba, a última vez que vi meu filho tem pra mais de um ano, eu prometo pra senhora que vou ganhar corpo de novo, acho que se São João acabasse amanhã, ninguém nem ia ficar sabendo, o médico mandou tomar uns comprimidos pra ver se para com a porra desta caganeira, só se for de mãe e filho, acho que vou vomitar de novo... amor? De homem e mulher? Não acredito mesmo, e falou pra fazer repouso, meu pai trabalhava na roça, homem só quer saber de trepar! Fazer exame pra quê? Minha mãe, coitada, lava roupa pra fora, eu sei que homem gosta de ter no que pegar, ando meio sem apetite, trinta e nove e meio, este febrão não passa de jeito maneira, a senhora não pode fazer isso comigo não, dona Maria, ainda mando bordar um monograma nesses lençóis, já disse que fiz a bosta do exame, amanhã eu passo lá e pego, me tratar feito um cão sarnento, parece que a minha cabeça vai explodir, vai ficar bonito demais, o doutor tá gozando da minha cara, também sou filha de Deus... Estas coisas, assim mais ou menos desencontradas, a Betinha foi despejando pela estrada. Como mulher, mais até do que como mãe, fiquei morrendo de vergonha do compadre Juca estar ouvindo aquelas bandalheiras. Porque o compadre não era nem um pouquinho trouxa, e claro que acabou juntando lé com cré. Mas fazer o quê? Antes ele do que um linguarudo qualquer que ia sair por aí contando pra deus e todo mundo. E agradecer que, quando chegava nas partes mais cabeludas, a língua da Betinha engrolava de um jeito tal que... Agora, o que tinha pra saber, a gente já sabia. E da boca da própria. Desgraça nunca vem sozinha. Eu fico só imaginando o que que o compadre tava pensando naquela hora... Ainda bem que o meu João já tava morto e enterrado, senão bem capaz dele fazer uma desgraça. Foi a gente entrar no hospital, tacaram ela no soro e eu vi logo que não era pouca coisa não. Passei mais de semana ali, sem dormir e sem comer direito. Sem nem uma notícia. Até que o compadre Juca foi lá, pediu pra falar com o médico e ele, meio sem jeito, disse que a coisa era muito pior do que a gente podia pensar, que a Betinha precisava levar uma vida muito das regradas e tomar uma batelada de remédio. Não tinha cura, mas, se ela fizesse tudo direitinho, podia viver mais do que eu e o compadre juntos. O doutor disse também que a Betinha sabia do que se tratava, mas tava fingindo que a coisa não era com ela. Então, a gente da família tinha que ajudar o quanto pudesse pra ela fazer tudo do jeito que o médico tava mandando. Passou dez dias certinho até que a desinfeliz teve alta. Não arredei pé daquele hospital. Nem pra ver o meu Biel. O coitadinho devia estar se sentindo um enjeitado. E tinha motivo. Ele era muito miudinho ainda pra entender o que tava acontecendo... O certo é que a gente passou até o São João naquela peleja. Eu nunca fui muito de festa, mas a Betinha... Tou pra dizer que a única coisa que ela gostava em São João Grande era da festa do padroeiro. Aquele tanto de gente na rua, fazendo algazarra, enchendo a cara, e nós duas enfiadas no hospital de Itaobim. No dia que o compadre Juca foi lá buscar a gente, ele pediu se podia ter uma conversa com ela. Em particular. E quem sou eu pra dizer não pro compadre. Não sei o que ele falou pra ela, mas foi chegar em casa e a Betinha parecia outra. Tomava os remédios do jeito que tinha que ser, almoçava e jantava direitinho, não faltava a uma consulta com o doutor – e, ainda por cima, me ajudava em tudo, tudo mesmo. Até lavar roupa pra fora, ela lavava. E não foi que o Biel deu de chamar nós duas de mãe. Eu virei a Mãe Velha. A Betinha era Mãe Bé. Parecia que as coisas tinham entrado nos eixos. Finalmente. Acabou aquela cara magra de doente de fome da Betinha, arrumei mais umas cinco trouxas de roupa pra lavar, inclusive da família do médico que tratava dela, e o Biel mais feliz do que nunca com as duas mães dele. Melhor impossível. Mas alegria de pobre, sabe como é... Peguei a Betinha contando um dinheiro que ela guardava no fundo do gavetão de baixo da cômoda e nem precisou que a zureta me dissesse alguma coisa. Pra bom entendedor, um risco é Francisco. Podem me chamar do que quiserem, mas eu não costumo tapar o sol com a peneira não. E nunca fui besta de pensar que a Betinha tinha criado juízo. A gente finge que acredita pra ver se assim a coisa vai. O São João já tava chegando outra vez e ela achou que ficava mais fácil arranjar uma carona boa com o povo que vinha de longe. Até de Pedra Azul, de Catuji, de Caratinga, costumava aparecer gente. Então, ela começou a arrumar as tralhas, conversou muito por cima com o Biel, tudo no escondido, porque, foram palavras dela: *Se o padrinho Juca ficar sabendo de alguma coisa antes da hora e vier com conversa fiada, fazendo sermão ou metendo o bedelho na minha vida, eu nunca mais que perdoo a senhora. Isso se eu não soltar os cachorros pra cima dele. Então, é bom a senhora ficar com essa matraca fechada.* Mas eu sabia que ela não tinha coragem de enfrentar o compadre. Pra ele, a Betinha saiu daqui fugida. Acha que ela ia chegar lá na marcenaria e dizer na cara dele que tava indo embora de novo? Nunquinha que ia. E, de caso pensado, ela arranjou carona justo com uma gente que o compadre conhecia direito e nunca que ia ficar sabendo. Coisa de última hora ainda por cima. Mal o pessoal começou a curar a cachaçada do São João, ainda tinha uns gatos pingados nas barraquinhas, e a desmiolada passou por mim na cozinha, *Já vou indo, mãe.* O que é que a gente diz numa hora dessas pra uma criatura assim? *Você não vai comer nem uma coisinha? Olha que viajar de estômago vazio não é nada bom.* Peguei o Biel pela mão, uma carinha de dar dó, e fui com ele levar a Mãe Bé até a portão de casa. O que será que tava passando na cabecinha do pobre? Já era a quinta vez, desde os quatorze anos, que a Betinha tentava chegar no Rio de Janeiro. E cada vez que voltava, voltava pior do que foi. As únicas coisas que eu podia fazer por ela, cuidar do Biel e rezar, rezar muito, eu fazia. Fiquei ali olhando aquela destrambelhada virar a esquina, com o Biel segurando a minha mão, sem saber se, algum dia, pelo menos um de nós dois ainda ia ver a Betinha com vida. Porque do jeito que as coisas estavam... Também, se ela morre por aí, não se perde grande coisa não.

MANTENHA-ME DEUS ONDE ESTÃO OS MEUS

Quanto tempo que eu não faço esta viagem? Aqui na cabeça, acho que todo dia eu vou e volto. Agora, de verdade, já tem uns dez anos. Mas sei de cor e salteado. Se mudou, só se foi pra pior. Parece que tem muito mais caminhão de carvão, né? Um absurdo estes troços balangando assim de um lado pro outro, tempo de tombar em cima de um carro de passeio... Não sobrava era ninguém. Na minha época tinha bastante caminhão também, mas não deste jeito.

Viagem de ônibus de Itinga a Teófilo Otoni

Bem, eu saía de Itinga às sete horas da manhã e chegava em Teófilo Otoni mais ou menos por volta do meio-dia. Ônibus parador, sabe como é. Qualquer cachorro que abana o rabo arrisca da gente parar. De certo mesmo, tinha Pasmadinho, Pasmado e Itaobim. Depois entrava na Rio-Bahia e parava em Fonte Nova, São João Grande,

Morais, Padre Paraíso, Ponto do Marambaia, Catuji, Mucuri, até chegar Teófilo Otoni. Teve um tempo que a linha servia também Itaipé, mais uns vinte quilômetros de estrada de terra. Hoje eu não sei como é que andam as coisas. Naquela época, tinha lugar que a gente entrava, tinha lugar que o povo ia esperar a condução na beira da estrada mesmo.

Reclamação? De monte. *Ô seu Chupeta, esse troço não anda mais depressa não? Olha que eu tenho passagem pra São Paulo e custou os olhos da cara.* Era o que eu mais ouvia. Fazer o quê? Antes ser chamado de molenga do que enfiar o ônibus num buraco ou dar de cara com uma carreta dessas aí. Reclamavam de tudo. De ficar esperando debaixo de chuva, do preço da passagem que aumentava todo dia, da poeirada que o ônibus levantava, da quantidade de gente viajando em pé... Como se eu, um pobre de um motorista de linha, pudesse fazer alguma coisa. O Arlindo, que foi meu cobrador por uns dez anos, é que não tinha a menor paciência com esse povo. *Ô seu Rubens* – porque o meu nome mesmo é Rubens, Chupeta é apelido de criança – *para essa joça aí que tem um engraçadinho aqui que eu acho que prefere ir a pé!* O pessoal tinha razão, mas fazia alguma coisa pra melhorar essas estradas? Fazia nada. Era só reclamar e xingar o molenga do Chupeta e o desaforado do Arlindo. Esse povo só se junta pra beber pinga ou chorar defunto. De preferências, as duas coisas ao mesmo tempo. Não seria o caso de pedir pro governo dar um jeito nas estradas, construir umas paradas de ônibus decentes, com um mínimo de conforto? Pra isto ninguém tem língua. Olha só a desgraça desse trecho, a buraqueira. Uma vergonha! E ninguém faz nada.

Também não sobrou muita gente pra reclamar não. Vinte e tantos anos nesta linha e cansei de carregar o povo daqui até Teófilo Otoni pra pegar ônibus pra São Paulo. Por isso que Itinga tá daquele jeito, só mulher e criança soltas no meio da rua. Chega abril, maio, e começa a debandada, tudo pra usina. E não é de hoje. Não tem serviço, o jeito é ir trabalhar na cana em São Paulo.

Não sei agora, mas tinha vez que a empresa colocava até carro extra. Afora os cabras que davam jeito de ir pedindo carona. Ou, pior ainda, os que caíam na lábia de um espertinho ou outro e faziam daqui até a usina trancados dentro de algum caminhão-baú. Guiando ônibus de linha, a gente acaba conhecendo todo mundo. E dava dó ver aquelas mulheres apinhadas de filhos se despedindo dos maridos, uma choradeira só. Tem até os que voltam, depois de oito, nove meses. Mas muito traste nunca mais dá as caras por aqui. E se manda algum dinheiro no começo, ainda tá de muito bom tamanho. Porque, a maioria das vezes, fica a pobre da mulher aí, junto com os filhos, passando o pão que o diabo amassou, sem nem notícia do marido. Quando muito, vivendo de esmola do governo.

Houve uma ocasião em que a coisa ficou tão feia por essas bandas que eu devo ter levado mais da metade dos homens de Itinga pra Teófilo Otoni. Velho, moço, casado, solteiro, até menino, tudo morador lá de perto de casa. Gente que eu conhecia de muito e que ficou sem trabalho assim ó, de uma hora pra outra. Mais de uma semana com o ônibus saindo lotado. E ainda o mundaréu de gente que eu ia catando até Itaobim e, depois, pela Rio-Bahia afora. Pensei de não sobrar nem um caboclo aqui pra contar história. De uma veizada só, que eu me lembro, foi o Aílton Cabeção, o Juca de Inácia, o Nego Lamê, o Chico Binha, o Geraldo Bar, o Duão do Trompete, o Pela-Égua, o Alfredo Pituleira, o Abimael do Zezito Teixeira, o Toninho Amargo, os irmãos Ismael e Isaías do Jacaré, o Armando Calhau e até o Fidélis Tesourinha, que fechou a barbearia porque não tava dando nem pra pagar a água. Tudo gente lá de perto de casa. E mais o pessoal que fazia roça por aí, que eu conhecia só de vista. Até os que trabalhavam batendo enxada pros fazendeiros ficaram com uma mão atrás outra na frente e tiveram que ir pra usina em São Paulo. Quantos voltaram? Uma meia dúzia, se muito. Uns dois ou três ainda mandaram buscar a mulher e os filhos. Devem ter arranjado alguma coisa que preste por lá. Agora, os outros, nem carta. Também, quase tudo analfabeto. Aí, fica esse bando de mulher e de criança passando a maior necessidade, sem nem saber se o marido tá vivo, se o pai volta um dia. É de cortar o coração, porque as crianças criam é sofrendo.

A família? Pois é. A gente fica falando dos outros e esquece dos nossos. Eu tenho três filhos. Todos fora. É como eu disse, não tem emprego, o pessoal caça o caminho de São Paulo, de Belo Horizonte, do Rio... A minha mais velha foi porque casou. O marido é natural daqui de Itinga mesmo, mas foi criado em Teófilo Otoni. Eu nem não queria que ela fosse pra lá. A cidade tá muito violenta, muito perigosa, ainda mais o marido dela sendo da polícia. Mas, pelo visto, ela tá feliz lá e é isso que importa. Já o do meio, foi terminar o ginásio, juntou com os colegas e... Direto pra usina em São Paulo. Andou aquilo tudo, trabalhou feito um excomungado, até virar caminhoneiro. Mora em Araraquara, mas viaja esse Brasil todo. Quanto ao caçula, teve uma época que cismou de ser garimpeiro e andou pelejando nessas lavras de turmalina um tempão. Mas chegou uma hora que eu mesmo falei pra ele que aquilo não tinha futuro, que não valia a pena gastar a mocidade dele trabalhando a troco de banana e que o melhor era meter o pé na estrada e ir caçar oportunidade onde tinha. Porque aqui é nenhuma. O coitado rodou por aí até. Passou uns tempos na casa da irmã em Teófilo Otoni, esteve com o irmão em Araraquara, mas se ajeitou de verdade foi em Belo Horizonte. Amigou com uma dona mais velha, a patroa não gosta nem de ouvir o nome dela, e os dois têm um comércio na Lagoinha. Coisa pouca, mas parece que o negócio tá indo bem.

Então, a minha vida é essa: a patroa lá em casa, os filhos por esse mundo de meu Deus e mais os três netinhos. Quase nunca vejo, mas tenho três netinhos, dois em Teófilo Otoni e um em Araraquara. Já em Belo Horizonte, acho que daquele mato não sai coelho. De qualquer forma, tá tudo muito bem. O que importa é que não tem mais nenhum batendo cabeça por aí. Todo mundo casou direitinho, quer dizer, tem o problema do caçula, mas é como diz o pessoal: amigado com fé, casado é. De qualquer jeito, vão levando a vidinha deles, trabalhando direitinho, criando os filhos. É o que conta.

A aposentadoria, eu nem acho que tava na hora. Foi uma coisa meio de supetão. Quando o caçula se despediu de mim lá em Teófilo Otoni, me veio na cabeça o tantão de gente que eu já tinha carregado pra longe da família, essa montoeira de criança sem pai e sem futuro, umas meninas novas que ficam aí se oferecendo na beira da estrada por uns trocados, às vezes de braço dado com a própria mãe. Eu até que tive sorte, porque os meus pelo menos deram em alguma coisa que preste. Agora, e os que afundaram no vício, e os que morreram no meio de algum canavial lá em São Paulo ou se meteram em enrascada com a polícia? Naquele dia, vim por essas estradas com o coração apertadinho, apertadinho. Tinha tempo de sobra já pra aposentadoria. Sempre fazendo esta linha. Aí, cheguei em casa, chamei a patroa e falei com ela. Não dava mais. O meu caçula foi a última pessoa que eu carreguei pra fora daqui.

A ALEGRIA VEM DAS TRIPAS

Vê a obra de Deus:
quem poderá endireitar o que ele curvou?
Eclesiastes 7, 13

Deus não tem cu. Tem não. E por conta disto não sabe a disenteria de ser gente humana, não sabe o nó das tripas do mundo, nem a beleza do ônibus contra a nuvem. Foi com a mão do homem que Deus colocou seus pregos pra prender Cristo na cruz. Os pregos são dele e de jeito nenhum

Sabino de Pedra Azul, entre Itaobim e Ponto dos Volantes, quilômetro incerto

que Ele arranca. Por causa que Deus tem seus eleitos – pastor, patrão, professor, parente, polícia – e não quer Jesus estragando as maquinações deles só pra colocar o povo de férias e fazer a festa dos pequenos nas ruas, nas fábricas, nas feiras, e dar comida pra quem tem fome e vinho pra quem tem sede e remédio pra quem tá de cama e sono pros que vigiam de noite e uma rosa vermelha pros amantes desencontrados. Mas Sabino sabe e diz: no primeiro descuido dos anjos, Jesus dá um jeito de escapulir e vem. Eu sou Sabino e sei. Então, a maiúscula de Deus vai cair, vai cair tudo quanto é sabido no oco abismo, vai cair cada eucalipto, cada moirão de cerca, cada banco de escola, os cruzeiros e as cruzes de cima das igrejas vão cair por terra e se acabar. Eu sou Sabino, eu sei. E é por conta disto que eu ando légua mais légua nesta terra pedrenta e podre. Ando e ando, légua e mais légua, junto com os doentes da cabeça, com as putas, com os surdos, os desaparecidos, os sem-trabalho, os carvoeiros, os perseguidos, os motoristas de linha, os caminhoneiros, os chapas, ando junto dos rebelados contra Deus. Ando e não empaco é nunca. Lá pros lados de Aparecida do Norte, um dia esse povo todo se ajunta e aí a gente vai ser os braços e as pernas de um corpo muito maior que os cercados do mundo. Cristo Jesus é a cabeça. Eu sou Sabino, eu não importo. Também não importam os retireiros, as perdidas, os tuberculosos, os analfabetos, os extraviados, os magrelos. A gente é só os braços e as pernas. Importa mesmo é a cabeça, Jesus Cristo Nosso Senhor. E, nesse dia, vai ter alegria e guerra. Então, Sabino diz: varre sua casa, arruma sua mesa, entrega sua criação, sua horta, tudo que tiver de seu e começa a andar. Porque Jesus vem e vai ter alegria e guerra e vai acabar o pão minguado e a água medida e os mortos vão bater palmas e o povo vai dançar muita música vermelha e, com uma gargalhada só, Cristo vai trespassar sete vezes sete o coração dos sabidos.

ANTES DE ENTRAR, VEJA POR ONDE SAIR

Rapaz, eu acho que não contei da outra vez não. É que pai me avisou pra não ficar falando isto pro primeiro que aparecesse, perigava os caras baterem lá em casa e aí, sabe como é. Mas agora que eu tou por minha conta, assim solto no mundo, acho que não tem mais problema não. E o moço vai até gostar de saber desta história. Quando eu

Nem Cotó, quinze anos completos, pegando carona para Santana do Araçuaí

peguei meus onze pra doze anos, comecei a trabalhar lá mesmo no Itamarati, mas era muito pouco serviço e só pra fazer coisa que não presta. E quando achava era uma mixaria, só trabalhando com os cascos e com as unhas. Aí arranjei uma carona com um conhecido meu e, que eu me lembre, ele tava indo lá pros lados de Almenara, Rubim, sei lá, pra aquelas bandas. Mas, rapaz, quando a gente tava quase pegando a Rio-Bahia, o cara resolveu e falou que não tinha condição de me levar mais, que eu era menor de idade, que não devia nem ter documento direito e se, por azar, a polícia para o carro, ia ser uma aporrinhação só. Por conta disto, foi chegar na entrada de Divisa Alegre, o cara parou e me mandou descer do carro. Aí eu fiquei lá, ainda dei uma volta e, do nada, apareceu um sujeito e falou assim *Rapaz, não quer trabalho não?* Eu digo *É pra já, quero*. Tinha mais uns dez que nem eu na carroceria do caminhão.

Pra dizer a verdade, o caminho que os caras pegaram, nunca que eu sabia fazer de novo. O trechinho subindo a Rio-Bahia, até aí tudo bem. Mas depois eles entraram por umas estradas de terra e subia e descia e tome sol e tome poeira. Só pararam mesmo quando já era tarde da noite, um breu dos diabos. Aí arranjaram lá um fogareiro, passaram um café daqueles bem água de batata, deram um pão dormido e, ainda por cima, sem manteiga pra cada um que tava na carroceria e mandaram a gente se ajeitar por ali

Um chão de presas fáceis

mesmo e tratar de dormir, porque tinha ainda muito chão pela frente e era só o tempo do motorista tirar um cochilo pra poder encarar a estrada de novo. E foi. Mal raiou o dia, sem nem tempo de passar uma água na cara e sem um nada no estômago, já tava a gente na estrada outra vez. Mais um dia e meio pelo menos na mesma batida, chacoalhando por aquelas bibocas e comendo poeira. Até chegar na tal fazenda, todo mundo com o estômago nas costas.

Passei ali um ano e pouco, rapaz. Um ano e pouco sendo humilhado de tudo quanto é jeito e maneira. Se a pessoa falava de ir embora, eles queriam matar, ameaçavam cortar de foice na cabeça, de facão, e o sujeito ficava com medo. E também os caras tinham arma, tinham fuzil, tinham 12, tinham 20. É perigoso. Eu tava cortando uma bola de capim lá dentro de um brejo, que eles me mandaram roçar, e quando levei a foice uma jararacuçu foi e pulou assim pertinho do meu pé. Só o tempo de afastar pra trás e eu gritei. O cara veio pra mim e disse: *Rapaz, deixa de ser cagão e trata logo de aumentar no serviço senão arrisca não ganhar a diária de hoje e ainda fica sem janta*. E mesmo assim a pessoa tem que aguentar, ou mordida de cobra, ou pegar uma doença ruim por conta da comida estragada, uma caganeira. Mas a pessoa tem que aguentar. Os homens só aliviam quando veem que o cara tá nas últimas, que vai morrer mesmo. Aí eles jogam o pobre do sujeito numa rede e deixam pra lá.

Agora, a tal fazenda era fazenda porcaria nenhuma. Diz que ficava no Piauí, mas por mim mesmo eu não sei dizer. Aqui que aqueles caras falavam alguma coisa do lugar que tinham metido a gente. O negócio deles era tirar o couro da pessoa. Porque o patrão não queria ninguém molengando, porque cada um que tava ali precisava ainda de pagar a viagem, a comida, os apetrechos de trabalho, pra depois começar a ganhar algum. Por que de onde é que a gente tirou que alguém dá alguma coisa de graça nesse mundo? O patrão era bom, mas não tava rasgando dinheiro ainda não. De forma que, enquanto uns ficavam dia e noite por conta de derrubar o mato, tinha aqueles que cuidavam de carregar a madeira, e também uma outra turma que arrumava tudo nos fornos pra fazer carvão. Porque, como eu disse, aquilo lá era fazenda coisa nenhuma. Nem sei se as terras ali eram de verdade do tal do patrão. O negócio é que, depois que eles derrubavam tudo quanto é árvore com um correntão amarrado em dois tratores, a gente cortava os troncos num tamanho assim, aí vinha um pessoal, lotava o caminhão e levava pra carvoeira. Dava pra ver de longe a fumaça, noite e dia subindo. E também teve uma vez que eles me mandaram pra lá pra carvoeira. Parece que um sujeito pegou o outro de faca e precisavam de uma pessoa pra ajudar a ensacar o carvão. Fui eu. Um trabalho desgraçado de ruim. Ainda se fosse pra dar uma mão pro forneiro, até que não desgostava. Daí eu podia aprender a profissão de forneiro. Vou dizer um negócio, rapaz, o sujeito que sabe fazer um forno benfeito, eles pagam muito bem e nunca que falta serviço. Mas foi um dia só. E a única coisa que eu aprendi é que lidar direto com carvão é pior que tomar banho de piche.

Fugi de lá devia ser umas duas horas da manhã. Saí no pezão. E toda vez que eu via um carro, entrava no meio do mato com medo. Será que não eram eles atrás pra me matar? Aí, mais de meio dia andando sem nem beber um gole d'água, vinha passando uma caminhonete e o sujeito deu uma meia trava e perguntou: *Ô rapaz, tá indo pra onde?* Eu disse *Rapaz, pra onde você vai?* E ele falou que ia pra Bahia, Vitória da Conquista. E eu nem atinava quanto que o lugar que eu tava era longe lá de casa. *Vou pra lá também. Quanto é a passagem?* Aí eu entrei, mas ele não cobrou logo na hora não. Já era no outro dia quando a gente chegou em Vitória da Conquista e o cara: *Quede o dinheiro da passagem?* Eu digo: *Olha, não tenho não, pode chamar a polícia.* Daí, contei minha vida pra ele, que eu não sabia nem pra que lado ficava minha casa. *Rapaz, tou saindo é fugido, porque lá daquele lugar o sujeito não quer que ninguém sai, todo mundo vivendo que nem escravo, até no dia de domingo a pessoa trabalha, senão não tem nem o de-comer. Também não pode ir embora, porque eles juram de matar e fica ruim do sujeito trabalhar num troço assim.* Foi e o cara disse: *Não, rapaz, não precisa de pagar então não.* E ainda por cima parou no posto pra eu tomar um banho, tinha até sabonete. Também pagou um almoço de quilo pra mim. Demorei mais três dias pra chegar no Itamarati. De carona e no pezão. Agora, depois desse tempo todo, acho que aqueles caras já desistiram de mim.

NÃO HÁ AUSENTES SEM CULPAS, NEM PRESENTES SEM DESCULPAS

No começo, carta toda semana, telefonema no meio da madrugada, porque aí a gente podia conversar mais e não ficava tão caro... Até cartão-postal chegou uma vez. Da Lagoa da Pampulha. A água azulzinha, com a Igreja de São Francisco e, bem lá no fundo, o Estádio do Mineirão. Depois, a coisa foi rareando, as cartas diminuíram de tamanho, os telefonemas também, e começaram aquelas desculpas esfarrapadas: a gente já não pode confiar nos correios, o orelhão da esquina tava quebrado, a ligação não completou nem a pau. Mas eu não esperava outra coisa não. Aliás, era assim que eu tinha planejado, era assim que devia ser. Então, não pensa que ficou alguma mágoa ou que eu tou contando tudo isto pra mostrar como, no fim das contas, todo homem é um grandissíssimo safado. Não importa a idade, não importa a inteligência, não importa o quanto é sensível, homem é tudo igual. Nada disto. As coisas aconteceram como era pra acontecer, como eu quis e fiz acontecer. Não guardo nenhuma mágoa.

*Bairro
João de Lino,
Padre Paraíso*

Muito menos remorso. Saudade? É claro que sinto. Tristeza também. Mas estas coisas a gente vai contornando – e, no final, ficam apenas aquelas lembranças muito boas, muito doidas de um amor escondido dos olhos e das línguas dessa gente. Um amor só nosso, só meu, porque ninguém sabe, ninguém viu. Agora vão ficar sabendo, né? Mas já não podem nem atrapalhar nem sujar nada.

Na ocasião em que a coisa começou, eu tinha de 34 pra 35 anos. Imagina só uma professora desta idade, separada, sem filhos e bonitona – porque eu não era de se jogar fora não – numa cidade deste tamaninho? Se não queria ficar malfalada, tinha que fazer tudo no escondido ou dar um jeito de esquecer esses troços de mulher, de amor, de sexo... Até por conta da criação que eu tive, sempre fui muito sossegada, não gostava de bagunça e nas poucas vezes que saía era com o pessoal da escola ou com uma prima mais velha que morava na roça e, quando vinha pra cidade, ficava lá em casa. Saía quase que por obrigação. De forma que, pra todos os efeitos, a minha vida se resumia a isto: de casa pra escola, da escola pra casa. Tinha o Pedro, né? Mas disto ninguém podia nem desconfiar, senão era capaz... Sei lá, acho que esse povo me linchava! Onde já se viu uma pouca-vergonha dessas?

Pra todo mundo que me conhecia, eu era a Tia Mari, professora de língua portuguesa e literatura da Escola Estadual dr. Cândido Ulhôa. Moça estudada, trabalhadeira, direita, de família – apesar de ser separada. Imagina se alguém ia suspeitar de mim? Ainda mais com o Pedro. Era tanto Tia-Mari-pra-cá, Tia-Mari-pra-lá que eu quase cheguei a esquecer do meu nome de batismo. Até porque, eu achava ele meio feinho, sabe? Mas na boca do Pedro, Marialva – é esse o meu nome, Marialva Alves dos Santos – parecia música. Aliás, na boca do Pedro, qualquer palavra, por mais besta que fosse, tinha uma outra melodia, um outro sabor, outra quentura. Principalmente quando ele punha aqueles lábios bem coladinhos na minha orelha...

Mas eu não vou ficar aqui contando as nossas intimidades. O que de fato interessa é que não foi um casinho qualquer não. Durou perto de uns três anos. E que eu saiba, a coisa nunca passou pela cabeça dos outros, nem ninguém falou um isso sobre mim e ele. Porque a gente tomava o maior cuidado. Tudo no escondido. Nada de um ficar encarando o outro em público, nada de conversinha pelos cantos, nada de confiar na melhor amiga, no melhor amigo. Nada disso. Tanto eu quanto o Pedro sabíamos que o negócio tinha que ficar só entre a gente, porque, se alguém desconfiasse e saísse falando por aí, ia ser um bafafá daqueles. Capaz até de dar polícia! Mas o Pedro também era uma pessoa muito sossegada, e aí não foi tão difícil assim guardar aquele amor todo só pras oportunidades que surgiam. Foram poucas, raras, mas quando a gente tava juntinho era um deus nos acuda. E nunca que matava a saudade toda! Um suplício daqueles esperar até a próxima vez. Mas fazer o quê? Ou era isto, ou era nada.

Desde a primeira vez que a gente ficou junto, eu já sabia que tinha que aproveitar o máximo possível cada minutinho, cada abraço, cada beijo, sem pensar no futuro ou fazer qualquer plano. Porque um amor daquele tamanho devia ser devorado como a gente faz com uma boa macarronada ou um frango com quiabo e angu. E foi o que eu fiz. E o Pedro também. Mas não pensa que a fome acabou não. Por mim, acho que não acabava nunca. De qualquer jeito, comida de domingo não vai pra mesa todo dia, se não perde a graça. Ih, acho que, pra uma professora, eu fui meio grosseira nesta comparação, né? Então, digamos que o meu caso com o Pedro foi assim como aqueles livros que você lê bem devagarinho, saboreando até as vírgulas e os pontos, pra ver se demora mais pra acabar. Mas eu já não era nenhuma mocinha pra ficar pensando que aquilo ia durar pra sempre ou que tinha algum futuro.

Foi logo que as aulas terminaram. Ainda faltavam uns dias pra formatura do ensino médio e eu mandei um recado pro Pedro:

precisava conversar com ele e tinha que ser na escola. Marquei num horário que eu sabia que não tinha quase ninguém por lá pra gente ficar um pouquinho mais à vontade. Ele chegou todo sem jeito, sem saber onde enfiar a cara e o que estava acontecendo. Mas eu arranjei uma sala mais afastada da secretaria e tratei logo de tranquilizar o coitado. *Olha só, Pedro, eu pedi pra gente conversar aqui mesmo na escola porque na minha casa não ia dar pra falar tudo o que eu preciso falar. Porque chega lá, você fica me olhando com essa cara de cachorro pidão, eu fico vendo esses seus olhos verdes, essas suas mãos, esses braços, essa boca, e fico sentindo o seu cheiro, ai meu Deus! E você me pega e me beija e aí não tem mais jeito de falar nada porque eu perco a cabeça e esqueço tudo o que tinha pra dizer e só quero...* Vou ser sincera, se eu não tou ali, dentro da escola, era bem capaz de agarrar o Pedro, dar muito beijo e fazer tudo, tudinho o que eu tava com vontade. Mas não era hora disto!

Então, respirei fundo e expliquei pra ele que não houve um único dia nos últimos quinze anos em que eu não pensasse o que teria sido da minha vida se não tivesse voltado pra Padre Paraíso quando a minha mãe morreu. Apesar de tudo o que passei em Belo Horizonte pra fazer faculdade, trabalhando, estudando e ainda aguentando a humilhação de morar de favor na casa de parente, foi lá que descobri que a vida é muito maior do que refrescar o calor com um picolé da Sorveteria Brasil ou encontrar os amigos na feira de sábado. Mas sabe como é, filha única, a mãe morre de repente, o pai perde o prumo, eu não podia fazer outra coisa. Agora, o Pedro, não. Foi o que eu disse pra ele. *Eu não tive escolha, mas você pode fazer diferente. Porque se continua aqui nesta cidade, das duas, uma: ou vai arranjar um empreguinho qualquer, casar e ter uma penca de filhos pra passar necessidade, ou então vira um desses bêbados que, a qualquer hora que a gente passa, estão lá espojados na mesa do botequim, falando de futebol, de mulher...* Porque isto me dava muito medo. Uma pessoa inteligente como o Pedro não ia se conformar fácil com aquela vidinha besta e sem graça. E arriscava mesmo começar a beber ou coisa pior. Com aquela inteligência toda e um carisma que ele fazia questão de esconder, podia até virar vereador, prefeito, quem sabe? Mas isto e nada, neste buraco, é a mesmíssima coisa!

O Pedro me olhava com uma carinha de dar dó, como se adivinhasse onde eu queria chegar. Mas não tinha volta, e eu continuei despejando. *Você, Pedro, foi um dos alunos mais inteligentes que eu já tive, e não quero que se perca como aconteceu com todos os outros. Esta cidade pode parecer um paraíso agora que você está com dezessete anos e tem a sua família, os amigos, e todo mundo passa e cumprimenta. Mas daqui a um tempo, e não vai demorar muito, os dias vão ficando cada vez mais iguais. E também as pessoas, as casas, as ruas, as festas... Acho que você não vai lembrar porque ela já se formou faz um bom tempo, mas eu tive uma aluna, a Maiara, que era brilhante. Família pobre, muito pobre mesmo. Então, ao invés de cair fora, resolveu que ia ficar por aqui e arrumar um emprego pra ajudar a mãe e as irmãs. Porque, além do pai ter desaparecido no mundo e a mãe ser alcoólatra, a coitada ainda tinha mais cinco irmãs. As duas mais velhas faziam pista desde o treze anos e a Maiara achava que, colocando algum dinheiro em casa, as irmãs iam desistir daquela vida. Final da história: hoje, ela e as cinco irmãs estão lá na beira da Rio-Bahia, se entregando pro primeiro caminhoneiro que aparece por qualquer dez reais.*

Já leu uma crônica chamada "Valente menina!", do Rubem Braga? Pois bem, não faz duas semanas trabalhei com ela nas aulas do terceiro ano do ensino médio. Foi uma homenagem secreta que, depois de tanto tempo, eu cismei de fazer à minha história com o Pedro. Mas antes disto, eu tinha lido tantas vezes aquela crônica que acabei decorando, palavra por palavra. Conta a história do fim de um caso do Rubem Braga com uma garota que podia ser filha dele. E quem acabou com a coisa foi o próprio. Então, no final da crônica, o velho Braga escreve o seguinte: "Essa moça tem a vida pela frente, e um dia se lembrará de nossa história como de uma anedota engraçada de sua própria vida, e talvez a conte a outro homem olhando-o nos olhos, passando a mão pelos seus cabelos, às vezes rindo – e talvez ele suspeite de que seja tudo mentira." Viu que memória boa que eu tenho? Quando puder, dá uma lida. Vale a pena. Chama-se "Valente menina!".

    Eu bem que podia ter feito que nem o Rubem Braga. Chegava simplesmente pro Pedro e falava que o amor tinha acabado, que foi bom enquanto durou, mas tava mais do que na hora de colocar um ponto final naquilo tudo. Talvez assim fosse muito mais fácil. Ele ia ficar magoado, quem sabe até me odiasse por algum tempo – mas depois vinha aquele despeito bobo e, por fim, o sentimento de alívio de não ter mais que enfrentar os problemas de um caso tão complicado. Mas não tava em mim fazer um troço destes com ele, faltava coragem pra mentir. Afinal, a nossa relação sempre foi muito verdadeira. E não ia ficar inventando historinha agora. Exatamente porque amava demais, eu tava fazendo aquilo. A verdade era a única coisa que podia salvar o Pedro. A verdade inegável do meu amor e a verdade cruel da vida que esta cidade tem pra oferecer. Como eu já disse, o Pedro tava com dezessete anos e tinha tudo pra ir muito além de mim, uma mera professorinha do estado, muito além de Padre Paraíso, muito além do Jequitinhonha.

    Eu falava tão rápido e com tanta disposição que o Pedro nem tinha como interromper. Porque aquilo era dessas coisas que ou você vomita de uma vez só, ou não fala nunca. Mas não precisava de muito mais não, porque o Pedro era um menino inteligente e esta não foi a primeira conversa que a gente teve sobre isto. O que é que Padre Paraíso tinha a oferecer pra um garoto com aquela sede de conhecimento, com aquela fome de vida? Nada vezes nada. Ele sabia disto mais do que ninguém. E eu, mais do que qualquer um, tinha obrigação de dizer aquilo tudo pra ele, mesmo parecendo um exagero, uma crueldade. Porque, da Suelen, o Pedro lembrava. Uma menina linda, cheia de vida e com um dom pra matemática, pra física, que deixava qualquer um de boca aberta. Pois não foi que, no segundo ano, a Suelen engravidou sabe lá Deus de quem – pelo menos na ocasião ela não quis contar de jeito nenhum. E hoje tá ela aí, fazendo as contas da fieira de filhos que vai botando no mundo. Tinha só dezesseis anos. Um desperdício! E o Zé Dudu, então? Amigo do Pedro. De tanto bater a cabeça nesta cidade de merda, acabou virando crente. Pensei *Melhor assim, ao menos não deu pra cachaceiro!* Andou por aí um tempão, convertido num tal José Eduardo, camisa de manga cumprida abotoada no pescoço, repetindo *Jesus seja louvado* a torto e a direito. Irreconhecível! Mas aquela lengalenga de pastor foi demais pra cabeça dele... O pobre apareceu enforcado numa árvore na beira da estrada que vai dar lá na Comunidade do Encachoeirado. Dizem que, antes de se matar, fez questão de desabotoar a camisa de cima a baixo.

Aqui – falei pro Pedro –, *quando a pessoa dá pra alguma coisa, é pra coisa errada. Veja o caso do Geraldinho da dona Pinha. Outro dia, abri o jornal e lá estava, com letras enormes: POLÍCIA CIVIL APREENDE ARMAS E DROGAS EM PADRE PARAÍSO. Tinha uma foto e era da casa do Geraldinho. Agora, nem é mais o nosso Geraldinho, é o Geraldo Bala, matador e traficante procurado...* Mais ou menos um mês atrás, vi um retrato dele estampado no *Estado de Minas*. Morreu trocando tiros com a polícia. A mesma carinha de quando era meu aluno... Fui dizendo estas coisas pro Pedro sem nem dar tempo dele abrir a boca. Porque chega uma hora em que o amor não pode ter meias-palavras, tem que gritar bem alto, tem que sacudir o outro. O Pedro era inteligente o bastante pra ver que não podia ficar marcando passo aqui em Padre Paraíso, mas eu tinha muito medo dele, orgulhoso que só, resolver que ia se virar por conta própria. E eu sabia dos apertos que a família dele enfrentava – e como o Pedro tinha mania de assumir tudo quanto é responsabilidade. Então, arriscava ficar adiando, adiando, e nunca encontrar um jeito de dar o fora daqui. Porque quanto mais o tempo passa, mais fica difícil de ir embora, mais a gente se envolve com coisa que nem é da nossa conta. Aí o sujeito promete – *Assim que resolver esse probleminha da mãe, eu vou* –, mas logo, logo aparece mais um, depois outro, e mais outro, e nunca que a família acaba de ter problema. Isso quando a pessoa não cisma que antes tem de juntar algum pra não passar muito aperto lá fora. Tudo desculpa, porque como é que se junta dinheiro com a miséria de salário que pagam aqui? Não junta de jeito nenhum.

Eu, que não tenho grandes despesas nem moro de aluguel, sei bem o quanto custa fazer sobrar uns trocados no fim do mês. Durante os quase três anos em que eu e o Pedro ficamos juntos, praticamente não botei o nariz pra fora de casa. Até porque, o que me interessava tinha que ficar bem escondidinho no meu quarto, na minha cama. Não arredei o pé de Padre Paraíso nem pra visitar uma tia lá de Novo Oriente. E olha que a coitada ficou entre a vida e a morte por uns três meses. Só fui ao enterro. Assim mesmo porque arrumei uma carona. Se comprei uma ou outra muda de roupa, foi por pura necessidade, pra não ir dar aula muito desarrumada. Economizei em tudo o que podia: cabeleireira, maquiagem, até na comida. De forma que, no final desse tempo, juntando um pouquinho aqui, abrindo mão de uns luxos ali, mantendo as contas na ponta do lápis, sabe que eu acabei guardando um bom dinheirinho? E era isto que eu precisava dizer pro Pedro. *Olha, meu amor* – falei "meu amor" assim bem baixinho e meio sem jeito, com medo de que algum especula ouvisse, mas pra ele ter a noção exata do que que eu tava fazendo –, *dentro deste envelope, você vai encontrar tudo o que precisa pra dar o fora daqui. Tem um dinheirinho que, economizando bem, dura aí uns seis meses; tem o endereço de um primo meu que ficou de ajudar no que for preciso; e também a passagem de ida pra Belo Horizonte. No dia depois da formatura, você entra naquele ônibus e vai embora, sem nem olhar pra trás.*

Como a tribo de Tujucaráma já entregara os filhos aos portugueses, perguntamos a Janoé se ele consentiria em me deixar levar um menino de sua tribo. Respondeu-me que todos tinham ido buscar cocos a alguma distância do rio, mas em compensação ofereceu-me uma menina pequena. O comandante aceitou esse oferecimento, e garantiu-me que seria fácil trocar na vizinhança, a menina por uma criança masculina. Janoé atravessou novamente o rio, e, ao cabo de poucos instantes, regressou com uma jovem índia, da idade de doze anos, aproximadamente, o qual nos disse ser o pai. Entregou-a, com manifestos sinais de alegria, ao comandante; e, acompanhando suas palavras de gestos bastante obscenos, disse a este último que lhe dava sua filha para que a tornasse mãe.

Auguste de Saint-Hilaire,
Viagem pelas províncias do Rio de Janeiro e Minas Gerais (1830)

FOME NÃO TEM LEI

*"... tornei-me objeto de sátira entre o povo,
alguém sobre o qual se cospe no rosto."*
Jó 17,6

João Carlos Rocha Jardim, que nem meu pai, é minha graça. Mas ai se os sabidos escutam meu nome... Por conta de um São Sabino que eu nem sei se houve, me chamam mesmo Sabino de Pedra Azul. Tem gente que diz Profeta, com maiúscula. Profeta não fui, não sou, nem hei de ser. Ai se eles escutam o meu nome de verdade! Outros me tratam de doido e cospem onde eu ando. Mas aprendi os números do homem, aprendi

Sabino de Pedra Azul, Ponto do Marambaia, distrito de Caraí

a carne das mulheres, aprendi as águas e as pontes do Jequitinhonha, aprendi o fim e o começo das coisas, tudo decoradinho, aqui na minha cabeça sem máquina. Aprendi também as palavras todas da Bíblia, palavras que a boca não sujam, mas cavam ocos na carne da gente. Em verdade, eu presto é pra bagunça de menino pequeno. Taca pedra, eu excomungo rindo. Eu não importo, sou zero mais zero vezes zero, sem resto nem fração. Eu tenho nome de homem, mas é nos meninos que eu me vejo e choro. Choro o que eu vejo neles – o doente de amanhã, o louco, a descarada, o humilhado, o assassino, a mulher sem sombra. Tudo com medo de pai e de mãe. Por conta que eu também fui nascido de mulher, fui menino muito antigamente, e minha mãe mortinha da silva vinha me dar aqueles peitos murchos pra chupar um leite azedo de podre. E o pai, então, nem conto. Tinha a mão curta e o ouvido duro do Deus de Abraão, Isaac e Jacó. Foi preciso muito custo, muita perna, pra encobrir meu nome, senão a resposta me pegava. E os sabidos vinham aos montes, do menor ao maior, armados de espada e varapau pra me botar ajoelhado na obra de Deus e dizer meu nome de batismo e me sujeitar de bicho pasmado. Eu tive que carregar muita fome, muita mosca-varejeira, muito mormaço, muito lázaro, muita enchente, muita tralha nas costas. Porque eles, os sabidos de Deus, fazem de uma tal maneira que a pessoa fica feito que perdida no véu de Dona Biá. Aí a vida da gente não passa de trepar, comer e beber. Trepar, comer e beber. E só. Tem condição? Vira bicho pasmado. E pra não ser, tem que matar o primeiro pai. E também o pai de sangue e Aquele maior de todos. Tem que deixar eles na minúscula, que é pro mundo inteiro reparar que você é nascido da estrada e que a peste é ser irmão ou filho ou marido ou funcionário ou crente. O nome do escondido é Sabino e eu sei também as palavras que sujam a boca. O pai me ensinou bem na horinha da morte. Imposto, fome, esculhambação, latifúndio, tóxico e o caralho a quatro. Hoje eu tou de boca suja com estas palavras por causa que Jesus não veio e um corpo sem cabeça é coisa muito das feias que Sabino viu num desastre lá em Além Paraíba. E a cabeça ainda falou assim pra mim *Fica com Deus, meu filho*. Mas Deus só quer saber dos sabidos dele, dos que dão ouro e terra e tijolo pras igrejas, dos que acendem vela de metro e pagam pra rezar mais de mil e quinhentas missas no domingo. É pra estes que Ele faz banquete. O resto do povo fica com o dente limpinho, limpinho. Por conta disto é que Sabino vê a letra e rasga, vê a lei e rasga, vê a lâmpada e apaga. Quero ver se eles me acham neste escuro que eu falo.

MARIDO FORA, MULHER DÁ ESMOLA

Caraí, Posto de Saúde

Veja bem, doutor, o senhor sendo novo aqui, eu vou dizer logo que essas coisas são assim mesmo, acontecem porque têm que acontecer, porque a gente não tem mesmo muito estudo e mesmo aquela pessoa que sabe alguma coisinha, que soletra um pouquinho mais depressa que as outras, o que é muito difícil por aqui, a pessoa acaba descuidando e, quando vê, o troço já aconteceu e, se não faz nada pra remediar o malfeito, capaz até de acabar em morte, porque aqui tem filhos de muitas mães, mas no final das contas é tudo assim que nem eu, que nasci e criei na roça, até que, era quase mocinha, mudei pra cá, quer dizer, aqui é roça também, mas lá era pior, bem umas duas horas de viagem batendo poeira, uma miséria que eu não sei como podia nem porque era não, pai e mãe mais eu e meus irmãos, todo mundo trabalhando junto pra fazer uma roça, pra plantar um pé de milho, um pé de feijão-andu ou outra coisinha qualquer, um pé de manaíba que fosse, e tinha ocasião que até dava pra tirar alguma coisa de comer e o dinheirinho pra um quilo de sal, mas tinha época que estiava um tempão e aí o sol estragava com tudo, nem um pé de quiabo pra contar história, uma coisa difícil demais da conta, por causa que muita vez a gente amanhecia com as mãos imprestáveis de tanto bater feijão e, ainda por cima, tinha que assoprar pra tirar o pó e ficar só o feijão durinho, troço pesado demais, e pai caçava um camarada pra ajudar e não achava, e aí sobrava pra gente, eu devia ter o tamanho desta minha menina aí e batia foice que nem homem, e ai de quem ficava molengando, reclamar a gente nem tinha como, por causa que pai catava o que tivesse na mão e batia tanto, mas tanto na gente, lembro uma vez que eu tava botando umas mudas de roupa pra quarar e mãe me chamou e ela odiava chamar e a gente dizer espera, mas eu sabia que era pra torcer mais roupa, foi aí que eu demorei mesmo, de caso pensado, então ela veio e enfiou a mão na minha cara e eu saí pra lá e fiquei chorando atrás da casa, e depois, quando ela gritou que era pra ir comer, fui cair na asneira de falar que não queria merda nenhuma, o pai ouviu aquilo, tava com uma cana-de-cavalo na mão, eu nunca apanhei tanto na minha vida, doutor, as costas, as pernas, os braços, ficou tudo que era um vergão só, a gente apanhava por qualquer coisinha, e nem adiantava arregaçar a boca de chorar, porque no outro dia tinha que amanhecer já mordendo o cabo da enxada, de forma que, igual o povo daqui, eu criei foi sofrendo, que naquele ermo não tinha condição, era muito tumultuado de dificuldade, tanto que chegou uma hora que mãe enfezou que eu tava comendo mais do que trabalhava e me xingou toda, porque quando a moça apanha lá uns treze, quinze anos, o destino é sair pra cidade e ver se arranja serviço, e pai mais mãe acharam que tava de bom tamanho eu trabalhar de babá em casa de família, vai ver até arranjava um homem pra casar, aí eu mudei pra aqui e fui pajear os meninos dos Bezerra, mas acaba que a gente tem que lavar, passar, cozinhar, arrumar e ainda dar conta das crianças, tudo por 100 reais o mês, e vou dizer pro senhor, tinha vez que eu queria sair de lá, uma que só tava tendo folga de quinze em quinze dias, outra que o menino pequeno era atentado demais, batia, dava chute, beliscava a gente, uma peste, não tinha modo de trabalhar em paz, afora isto, a mãe dos meninos o tempo todo implicando comigo, até de eu ir num forró ela implicava, queria que a gente trabalhasse feito condenada a semana inteira e, quando eu tava saindo pra distrair as ideias no forró, ela arranjava um jeito de inventar mais serviço, fazer o quê? Cem reais não valem nada, mas pra mim serviam demais naquela época, ao menos pra mandar uns mantimentos lá pra mãe, coisa pouca, por causa que pai teve um derrame de cachaça e sem ele é que a roça não dava nada mesmo, e foi aí nessa ocasião que eu conheci Louro, o nome dele é Lourival, mas, se o doutor sair por aí pedindo notícia de Lourival, ninguém não conhece, acho que se chamar assim nem ele atende, todo mundo só trata de Louro, Louro pra cá, Louro pra lá, e ele nem é louro, é mulato fechado, mais escuro que eu, então, quando conheci, Louro capinava essas ruas aí pra prefeitura, e quem simpatizou demais com ele, desde o comecinho, foi pai, disse até que a gente devia casar logo, não ficar esperando não, e mãe também gostou dele, mas implicava com o negócio de casar, acho que era medo de eu deixar de mandar o pouquinho de mantimento que eu mandava, mas daí virou a política, trocou de prefeito, a família de Louro era do outro lado do povo que ganhou, de forma que ele ficou sem serviço e, de uma hora pra outra, ninguém mais lá em casa fazia gosto da gente casar, nem pai, porque ele não tinha mais condição, trabalhava um dia pra um, um dia pra outro, um miserê dos diabos, e olha que meu Louro é de enjeitar serviço não, era pra roçar pasto, pra catar lenha, pra plantar capim, ele tava lá, sem mentira nenhuma, aquilo pesou, mas eu não ia largar mão dele por causa de um troço que ninguém tinha culpa, muito menos meu Louro, e eu tenho muito amor por aquele homem, desde a primeira vez que eu vi, ele tava jogando bola na rua, sem camisa, umas pernas grossas, falei assim pras minhas colegas gostei desse preto, e eu nem sou muito namoradeira não, mas ele ficava mexendo comigo, implicando, e eu já achava que ele era assim bonitão, acabou que, deu uns seis meses, fui de mala e cuia morar junto com ele, assim mesmo, quando assustei eu já tava casada, tinha nem dezoito anos, vou falar que foi fácil não, no começo foi difícil pra burro, ainda mais com o pessoal lá de casa torcendo o nariz, mas o de-comer nunca faltou, quase que não tinha era roupa de vestir, de qualquer jeito, a gente ia levando a vida, até que meu Louro mais uns dois irmãos dele arrumaram um tabuleiro pra plantar de meia, era longe pra danar, coisa de uma hora, hora e meia andando, lá eles botaram roça de arroz, roça de milho, até horta, a coisa parecia que tava engrenando, tanto que nessa altura eu tinha largado já a casa dos Bezerra, mas mulher, sabe como é, sempre arruma um servicinho e eu também sei me virar, um trocadinho aqui, outro ali, sempre ajuda, se bem que chegou uma hora que eu achei que podia até folgar um pouquinho, que Louro e os irmãos dele tiraram quatro alqueires de milho, aí eu pensei cá comigo, é agora que a gente sai dessa mixórdia, burrice minha, por causa que aqui é aquela coisa, pessoa planta a lavoura e na hora de vender não tem preço pra gente, deu uma mixaria, e o pior é que eu tinha pego gravidez, pior é modo de falar, porque, desde que nasceu, Carol só trouxe foi alegria, um agarramento com o pai que dá até nojo, o senhor precisa ver, mas a gente naquela dificuldade, Louro achando que aqui não tinha mais jeito mesmo, conversou com uns companheiros e acabou conhecendo aí um gato, tal de Zé Américo, daí falou comigo que um homem bom de facão ganhava dinheiro na cana em São Paulo, em três tempos, mal Carol nasceu, ele tava no trecho, agora, depois desses anos todos, eu fico aqui folgada, mas na primeira, na segunda vez, até na terceira, era uma aflição, um estado de nervo, só queria mesmo ficar trancada dentro de casa, chorando, teve dia que a vontade era tomar veneno, foi nisto que o médico que ficava aqui antes me deu remédio tarja preta, hoje nem precisa mais, também Carol me segurou, tinha ela pra distrair, agora, não tem jeito, toda vez que meu Louro vem de São Paulo, eu falo dessa vez você não volta de jeito maneira, eu não vou crescer essa menina sem pai, porque ela é doida como ele, e eu mais Louro, a gente sempre foi muito agarrado um com o outro, fazer o quê?, é o que ele vive dizendo, o dinheiro aqui é devagar demais, não dá pra ganhar suficiente igual ganha na usina, doutor, de modo que, chega o começo de abril, Louro já vai embora e só volta lá pra novembro, dezembro, mais de oito, nove meses, igual uns aí, ele nunca ficou não, e olha que o povo lá gosta dele demais, tanto que começou de bituqueiro e hoje em dia tá fiscal, fichado e tudo, serviço pra meu Louro não falta na cana, agora, o que que ele apronta por lá, se pega mulher da vida, se vai pra boteco, pra farra, isto eu não gosto nem de pensar, também, sabe como é que é homem, os companheiros não falam nada da vida deles lá fora da usina, e se alguém vem comentar comigo isso ou aquilo, eu trato logo de desviar o rumo da conversa, não quero saber de porcaria nenhuma, já me basta a angústia dele pra lá e eu mais Carol pra cá, a pessoa não tem que ir pela cabeça dos outros não, eu conheço muito bem o meu homem, pra umas coisas ele é muito acanhado, pra outras é até atirado demais, e se tem uns aí que voltam só com a roupa do corpo, de tanto beber e gastar com as vagabundas de lá, meu Louro sempre foi muito direito comigo e com a filha dele, nunca falhou um mês com o dinheiro, porque o único dinheiro que vale mais aqui é esse que o pessoal manda da usina, não fosse essa rendinha, mesmo as mulheres que nem eu, que arranjam um servicinho aqui, outro ali, iam passar miséria, porque, além disto, doutor, trabalhar distrai a pessoa, não fica pensando em bobagem, caçando motivo pra fazer besteira, de conversa fiada com outro homem, e nisto eu sempre fui muito positiva, não sou que nem umas e outras aí que ficam torcendo pro marido virar as costas pra poder ir pro forró, tomar cerveja com o dinheiro do pobre, até porque, isso daqui é do tamanho de um ovo e, tirando os que estão na cana, os parentes de meu Louro moram tudo por aí, e de jeito nenhum que eu quero meu nome na boca desse povo, eu amo demais aquele homem, foi dessas coisas que acontecem, a pessoa fica na míngua, acaba descabeçando, nunca me tinha acontecido, coisa de cervejada, as colegas atiçando, sem mentira nenhuma, uma única vez, como é que foi acontecer um troço destes, doutor?, com que cara que eu vou olhar pra meu Louro, doutor?, ele pra mais de seis meses em São Paulo e eu aqui grávida, beirando os quatro meses, capaz até dele me esfolar viva, e aí o que que vai ser de minha Carol, doutor? A mãe morta, o pai na cadeia ou fugido, Deus me livre e guarde, doutor, tem outro jeito não, ou o senhor me arranja um remédio pra tirar essa criança logo, ou eu sou capaz de dar cabo de minha vida e de Carol junto...

BEM-VINDO AO VALE DO MUCURI

Sabe-se que as distâncias que se tem de vencer dificultam o comércio, acanham ou condenam ao mais triste abandono a agricultura, e por consequência tornam impossível a riqueza; nunca pois será para os recôncavos centenários de léguas afastados dos pontos comerciais que se conseguirá fazer afluir a emigração, e os naturais do país que por necessidade viverem estabelecidos nesses esquecidos retiros verão as suas forças perdidas, o seu trabalho mal aproveitado e a sua pobreza sempre irremediável.

Theophilo Benedicto Ottoni,
Companhia do Mucuri – História da empresa.
Importância dos seus privilégios. Alcance dos seus projetos (1856)

NÃO SEI QUEM PINTOU O CÉU DE AZUL, EU QUERO É O RESTO DA TINTA

Catuji

O caminhão de mudanças estaciona defronte da casa e logo dois meninos descem da boleia. Estacam diante da fachada entre surpresos e ensimesmados. Embora o cheiro de pintura recente e o brilho da fechadura do portão de entrada, por detrás das janelas a casa nova é um enigma. Os meninos colocam-se na ponta dos pés como para estar à altura da casa. Os olhos procuram adivinhar as plantas do quintal, escolher o quarto do tamanho dos brinquedos, antecipar os caminhos da bicicleta, os desvãos para o pique-esconde, os lugares das grandes alegrias e das pequenas dores.

Fechada em portas, janelas e paredes, a casa nova é mistério e promessa para os dois meninos, os corpos paralisados como se diante de um deus desconhecido. Mas eis que a porta do caminhão se abre e a roda da mudança empurra os meninos para dentro da casa vazia. Nos cômodos sem mobília, despojados da presença humana, os meninos medem a estatura da casa nova. Apequenados pela dimensão das paredes nuas, eles enfim iniciam a mudança secreta e particular que só os meninos sabem.

Não se trata de armar camas e parafusar armários, de dependurar quadros e ajeitar roupas, de encerar a sala e podar as árvores do terreiro. Ou melhor, também isso participa do mudar, embora os meninos cumpram outras tarefas, mais sutis, mais próprias ao que a mudança enseja de metamorfose nas pessoas e nas coisas. Trata-se de assentar o corpo à casa, de descer o pé-direito para a altura das gentes, de reconhecer as marcas dos antigos habitantes, de aprender a trajetória das formigas até o pote de açúcar, de assinar o muro com as mãos sujas de terra, de amoldar os cômodos aos verões de sol a pino e aos invernos do edredom.

•

Alheios ao azáfama dos carregadores, os dois meninos estão deitados no chão da varanda dos fundos. Catalogam as telhas, procuram um prego onde dependurar os calos de bilosca, sondam goteiras e nuvens. O caçula descobre uma lagartixa no muro e acompanha distraído o seu passo líquido, enquanto o mais velho, já senhor do território, planeja mentalmente um cachorro, uma tartaruga e os muitos amigos da rua. Vez ou outra a mãe vem espiá-los, e se espanta com tamanha mansidão. A lagartixa desaparece para o outro lado do muro e o caçula volta a si. Levanta, apruma o corpo e, com ares de inspetor, vai observar o trabalho dos homens do caminhão de mudança. Roda pela casa, pergunta um, indaga outro, chama o pai, reclama pela mãe; enfim volta até a varanda e diz ao irmão:

– Agora eu sei por que a gente mudou pra cá.
– Sabe? E por que foi? –, indaga o mais velho.
– Porque os móveis foram feitos pra esta casa.
– Ih, deixa de ser besta! Quando a mãe comprou estes móveis, a gente nem sabia que vinha morar aqui.
– A gente podia não saber, mas os móveis sabiam...

A mudança já se realizara.

MINEIRO, NEM A PRAZO NEM A DINHEIRO

... daí eu falei pra ele assim e foi como se eu não existo merda pra tudo quanto é lado eu tentando botar as coisas no lugar explicar o que que tinha acontecido e ele só vai-tomar-no-cu vai-pra-puta--que-pariu-seu-viado e não deixava eu abrir a boca nem a pau berrando comigo ali na frente de todo

Robson Ângelo de Oliveira, vulgo Cadão, Mucuri, distrito de Teófilo Otoni

mundo pensei até que era uma outra pessoa eu pedindo quase que pelo amor de Deus que era pra ele parar de xingar porque aquilo já tava passando das medidas ele não parava nem com a Dorinha implorando que era pra ele escutar o que que eu tinha pra dizer que ele tava falando muita merda e quando eu achava que ele ia deixar eu explicar ele vinha pra cima e gritava mais alto ainda tou pra dizer que aquilo não podia ser só cachaça não porque o homem tava doido de tudo com um ódio que eu nunca tinha visto e dava de braços e esbravejava e xingou minha mãe xingou meu pai disse que lá em casa não tinha um que prestava e eu tentando contornar as coisas uma amizade de tanto tempo a gente até teve um caminhão de sociedade a minha mulher é madrinha de consagração da filha dele e o sujeito me tratando feito eu fosse um cachorro excomungado gritando comigo na frente de todo mundo ali no meio da rua xingando minha família até pra coitada da Dorinha sobrou ela que não tinha nada a ver com o troço quase que leva um murro no meio da cara porque ele parece que tava cego ninguém podia chegar nem perto que ele já vinha xingando tentando bater nada que o pessoal falava adiantava merda nenhuma o homem parece que tinha endoidado de vez uma coisa tão besta se ele ao menos deixasse eu explicar mas não era só filho da puta pra cá eu-te-arrebento-todo pra lá chega uma hora que não tem outro jeito a gente parte pra ignorância mesmo a primeira facada que eu dei foi pra ver se ele parava de falar um pouquinho mas o sujeito fez um movimento lá daí pegou assim meio de raspão perto da orelha e mesmo com aquele sangueira toda na cara ele continuou me xingando e ameaçando deus e todo mundo tanto que eu pensei que dando uma na barriga ele podia assustar e calar a boca mas não adiantou porra nenhuma por isso que eu acho que aquilo não era só cachaça não o homem sangrando daquele jeito e não parava todo mundo pedindo gritando um bafafá dos diabos e ele continuou como se tivesse com alguma coisa ruim no corpo quanto mais sangue mais xingação só merda umas coisas sem pé nem cabeça aí eu dei outra facada acertou um pouco na boca um pouco na mão e mesmo assim o beiço cortado meio caído ele continuou berrando que eu era isso que eu era aquilo safado sem-vergonha vagabundo daí pra baixo eu achei que aquilo não valia mais a pena ele não ia deixar eu explicar mesmo bosta nenhuma do que que tinha acontecido dei só mais uma três quatro facadas pra ver se ele parava quieto e entrei pra dentro de casa pra esfriar um pouco a cabeça mas mesmo daqui ainda dava pra ouvir os berros do desgraçado...

Adauto Jacques –
Alzira Barbosa Franco – Agredida e expulsa de casa depois que a mãe descobriu que era lésbica e tinha um caso com uma vizinha de 25 anos. Acionado pela escola, o Conselho Tutelar obrigou a família a recebê-la de volta, mas as brigas continuam. Mãe, filha e a namorada já foram parar três vezes na delegacia.
Ana Lúcia Silva Guerra –
Arysbure Sander da Costa –
Carlos José Dias Miranda – Flagrado no banheiro pelo servente quando exibia um revólver 38 para os colegas. Segundo a polícia, o pai escondeu a arma no forro de casa antes de ser preso por assassinato.
Dário Rosendo de Melo – No início do ano, escreveu uma redação sobre as férias que passou na cracolândia de Belo Horizonte junto com a mãe. Não voltou no segundo semestre. A coordenadora me disse que os dois mudaram de vez para lá.
Dayse Mara Pinheiro –
Dione Coelho Neumann –
Djenany do Socorro Perpétuo – Vítima de estupro, apareceu grávida no final do ano passado. A mãe não denunciou o fato à

Anotações à margem de um diário de classe de alunos da 7ª série, escola e cidade não identificadas

polícia alegando que não sabe se o estuprador foi o próprio pai ou o irmão mais velho.

Ederwanda Ferreira da Cunha –

Edilton Forezzi Barreto – A avó procurou a direção para reclamar que o aluno passa o dia inteiro lendo e não quer mais ajudar em casa nem na roça. Também a tia veio conversar com a coordenadora da tarde e ameaçou processar a escola se o sobrinho tiver algum problema de cabeça ou na vista.

Fernando Lopes dos Anjos –

Hudson Patrão Filho – Cortou o braço da servente com um canivete porque a mesma perguntou o que ele estava fazendo tanto tempo dentro do banheiro.

Jane Christina Fonseca Neves – Menina linda e inteligente. Os colegas comentam que foi ela que inventou a moda de fazer programa por 1,99.

José Augusto Medeiros da Silva –

José Geraldo Ponciano –

Keyla Lourenço Lins – Depois de muitos bilhetes enviados através de um primo, a mãe procurou a diretora para explicar que a aluna não vai mais frequentar a escola. Motivo: como estava jurada de morte pelo tráfico, fugiu da cidade.

Lidiane Soares dos Santos –

Lívia Helena Godói – Agrediu verbalmente o professor de História porque ele pediu que parasse de conversar durante a aula. Comentam que também furou o pneu do carro da professora de Educação Física.

Luís Fernando de Oliveira Alves –

Lorran Godinho Leal – Ótimo aluno. Todos os professores concordam, tanto que me incumbiram de conversar com ele depois de uma queda repentina no seu rendimento escolar. Confessou que está apavorado e não consegue dormir nem estudar direito. O pai e os irmãos desconfiam que ele é *gay* e ameaçam matá-lo se for verdade.

Maria Aparecida de Jesus – Tentou matar a irmã gêmea misturando chumbinho no guaraná porque estavam disputando o mesmo namorado. Parece que foi presa pela polícia na divisa com o Espírito Santo.

Maria Imaculada de Jesus – Internada no hospital por quase quinze dias.

Marilene Coimbra dos Reis –

Misrael Lucas Ribeiro da Silva – Aluno sempre atento e esforçado, começou a dormir em todas as aulas. Depois de muita conversa, acabou confessando que está com o sono atrasado porque a mãe e as duas irmãs fazem muito barulho de madrugada, desde que começaram a receber os fregueses em casa.

Mirthes Soriano de Almeida – Algumas vizinhas procuraram a escola para denunciar que a aluna grita à noite para que o tio pare de tocá-la. Depois que a mãe desapareceu de casa e o pai foi preso, o tio ficou com a guarda de dois irmãos mais novos e dela.

Paulo Carlos Magalhães – Durante as férias de julho, foi morto com quatro tiros dentro de casa. Fiquei sabendo pela rádio.

Raquel Matos de Souza –

Riverton Cardoso Araújo – Várias vezes apreendido pela polícia por posse de droga e roubo. Um dos seus irmãos mais velhos, apelidado Gão, foi morto a pauladas por uma gangue rival. Depois disto, a família resolveu voltar para a Bahia.

Rosalinda Oliveira Jacques –

Shirlei Santana Martins – Sumiu de casa após uma discussão com a mãe. Três meses depois, foi encontrada pela polícia num bordel da cidade.

Sônia Maria Soares Porto – Internada por problemas mentais.

Tamires Gomes Aparecida –

Tairone Pinheiro Rosa – De tanto ser espancado pelos pais alcoólatras, aos nove anos cavou um buraco no barranco atrás de casa, onde passou a morar. Apresenta problemas de retardo. Fica na escola em horário integral para receber alimentação e outros cuidados. Relatou que, em casa, come apenas os restos que a mãe coloca na vasilha dos cachorros.

Úrsula Andreia Pinto –

Waldilene Meneses – Grávida do segundo filho. As amigas dizem que, desta vez, ela se deu bem porque o pai é um dos chefes do tráfico.

A MULHER É CAPAZ DE TUDO, E O HOMEM DO RESTO

— Negritim? Aquilo é maluco, rapaz, doidinho, doidinho. Se eu não dou um chega pra lá nele, era capaz de enrabar o otário. E ainda ficou puto comigo. Toda vez que a gente vai esculachar um mané é a mesma merda. Tou de saco cheio! Tem que ficar segurando o cara, porra. Pintou um babaca pra gente enquadrar, a primeira coisa que o Negritim pensa é "Eu vou fuder o cu deste viado". Parece que tem fixação, véi. Acaba, o cara pega uma dessas doenças aí, tá fudido pro resto da vida. Por isto que ele não engata com uma mulher direito... Nunca vi gostar tanto de um cu. E as donas querem mais é levar na buceta, porra! Mas, na hora lá, eu falei com ele "Caralho, Negritim, esta parada é coisa minha, rapaz. E ninguém aqui vai comer o cu deste filho da puta não". Por causa que eu queria mesmo era fazer o boyzinho de frango assado. Daí eu mandei o pessoal tuchar uns panos na boca do cara... Porra, véi, fui enfiando o cabo de vassoura no cu do sujeito, o babaca sem poder gritar, só vi quando as lágrimas começaram a sair.

Em fuga, do morro do Eucalipto até o bairro Bela Vista, Teófilo Otoni

—————————————————— Na moral, véi, quando a Bebel ficou peladinha ali na minha frente, faltou pouco eu ajoelhar pra agradecer. É foda, se eu não dou uma de esperto, tava até agora babando em cima dela. A mina me botou de escravo daquela buceta. Também, com ela não tem tempo ruim não, a menor frescura. O troço ainda nem passou pela minha cabeça e ela já tá mandando ver. Precisa pedir porra nenhuma. Aquela ali sabe das coisas mais que nós dois juntos. Nunca vi, é sinistro. Tem dia que ela tá com tanto tesão, mas com tanto tesão, que eu tenho que falar "Vai devagar, Bebel, que o bagulho aí não é de plástico não, ô porra!" Fico com o pau todo fodido, uma pustenga, ardendo pra cacete. E a Bebel lá, só me tesando. Parece que não cansa nunca. Quem olha assim, véi, nem imagina, mas a gata é foda. Treze anos e já tá mandando bem desse jeito...
———————————————————— Não, eu falei pra mãe "A senhora sai de lá na moral que eu vou fazer merda e aí, quando eu aprontar a merda, a senhora não tá mais lá e não sobra porra nenhuma pra cima da senhora". A coisa só fedeu mesmo por causa desses bocudos filhos da puta... Se eu acho o merda do caguete que me aprontou essa, ele tá é no cu de zé esteves! ——————————————————Quem me contou a parada mesmo foi a Bebel. Ela tem umas tretas com aquelas patricinhas lá do Ipiranga, leva uns baseados pra elas, mixaria. Daí ela ficou sabendo do troço, chegou pra mim e... É foda, véi, a vontade foi ir lá na hora e arrebentar o safado. Aí é que eu tava ferrado de vez. Estas coisas a gente tem que esfriar bem a cabeça, fazer de otário, armar a parada direitinho... Sujeito não tem pra onde fugir mesmo. ——————————————
Pra mãe desembuchar foi um custo, rapaz. E depois ainda me fez prometer por tudo quanto é mais sagrado que ia eu esquecer a merda toda. Tem condições? Na moral, véi, um babaca vai lá, fode com a vida da sua mãe, só por causa que é filho de bacana e ela precisa daquela mixaria no fim do mês, tem jeito de não esculachar

Um chão de presas fáceis

com o safado? ———————————————— O Gão e
o Belo é que ficaram na responsa de sumir com o filho da puta.
Quis nem saber. Tava na correria, uma parada lá com a Bebel. A
mãe dela acho que tinha ido visitar o pai em Contagem... Aí, já é,
a casa ficou todinha pra gente... Foi o babaca parar de estrebuchar,
falei pro pessoal dar um jeito naquela merda toda e vazei. Porra,
véi, primeira vez que eu trepei com a Bebel. Tava com a cabeça a
mil. ———————————————————— Todo mundo falando,
cara de sorte aquele tal de Serginho. Comia a empregada, rapaz!
Também, morava no Ipiranga, casa de dois andares, acho que uns
três carros na garagem, piscina mais campinho de futebol com
grama e tudo, só usava tênis de marca. Não tinha nem quinze anos
e já carcava a empregada, véi. Diz que quando ela ficava fazendo
jogo duro, dando uma de difícil, o cara tocava o maior terror.
Ameaçava inventar que tava faltando dinheiro na carteira dele,
sumir com uns bagulhos de valor de dentro de casa – aí, a dona
apavorava e... Falador pra caralho. O otário não escondia a porra
de ninguém. Saiu por aí contando pra tudo quanto é chegado dele.
Um boyzinho fala pro outro, que fala pro outro, já viu. O cara acaba
que virou o pica-de-chocolate pros bacanas lá do Ipiranga. Sortudo
pra caralho o tal do Serginho, comendo a porra da empregada na
maior. A merda toda, véi, é que a empregada daquele viado filho
da puta era justo a minha mãe.

O QUE CARCARÁ DEIXA, URUBU NÃO ENJEITA

Sem mentira nenhuma. Eu tava numa distância
como daqui ali ó, mas deu pra ouvir direitinho
quando o pai falou pro homem do caminhão que

Valão, distrito de Poté

Fernando Fiorese

podia olhar à vontade, só não era pra ficar botando a mão. Daí o homem reclamou com ele: como é que podia fazer preço assim de longe? O pai, então, falou que não tinha problema nenhum o sujeito chegar um pouquinho mais perto, era só tomar cuidado pra não assustar a bichinha, porque, uns dias pra trás aí, ela andou meio doente. Quer dizer, nem foi doença mesmo de verdade. Uma besteira qualquer, nem eu reparei direito. Curou fácil, fácil. E agora tava tudo direitinho. Só que o homem do caminhão encrespou com aquilo, ficou meio de pé atrás, e quis saber se, afora a tal doença, tinha mais alguma coisa pro pai vender assim de uma hora pra outra. Aí o pai foi muito direito e falou que a bichinha andava meio arisca, não sabia por conta de quê. Vai querendo colocar a mão, qualquer um ela afasta. Pode ser que estranhou de mudar pra rua. A casa agora era um ovo, um quintalzinho de nada. Pequena ainda cabia, mas foi crescendo e aí a coisa ficou mais difícil de caber tudo. O homem quis saber até porque da gente ter mudado pra cidade. Especula! O pai desconversou. Vergonha. Tinha perdido o pedacinho de terra daquele jeito mas não queria ninguém pensando que ele era trouxa. E nem que o homem do caminhão soubesse que tava precisado. E muito. A parte do preço que o pai tava pedindo eu não ouvi direito, mas o homem achou muito caro por conta da magreza da bichinha. Magra, o pai concordou. Também não tinha como negar, dava até pra ver as costelas. Mas doença não tinha nenhuma. E o homem devia saber que o negócio é assim mesmo. Vai pegando esse tamanho, até engordar demora. De qualquer jeito, tinha a vantagem de ser muito sossegada. O tempo de habituar com o dono, uma semana, quinze dias, e tava comendo na mão dele. O pai foi explicando as coisas assim direitinho, mas parecia que o homem tava meio afobado. Disse que tava precisando era pra ontem, que não tinha mais idade nem paciência pra ficar pelejando com troço complicado, e perguntou quanto tempo o pai achava que ia demorar pra bichinha ficar no jeito.

Daí o pai falou que era só uma questão de paciência e nunca que ele ia se arrepender do negócio. Tinha que esperar engordar um pouquinho, acostumar com o dono novo, com o lugar... Dois, três meses, no máximo, tava pronta pra ele fazer o que bem entendesse com ela. Até vender pra outro. O homem do caminhão coçou a cabeça, olhou em volta, botou as mãos pra trás, deu uns passinhos pra lá e pra cá e, no fim, disse que tudo bem. Agora, só precisava saber se o pai tinha os documentos dela. Daí o pai ficou apertado, com o medo da coisa encroar. Mas o homem nem ligou. Achou até melhor. Pegava uma dessas estradinhas aí e sumia no mundo. De noite, a polícia vai parar alguém? O pai falou que era pra eu ficar quietinha lá, eu fiquei. E só fui dar conta da coisa quando o homem do caminhão perguntou se ele não queria fazer negócio também naquela novilha pele-e-osso que tava encostada no fundo do quintal.

BEM-VINDO AO VALE DO RIO DOCE

O Rio Doce era em verdade magnífico e populoso, mas intratável, assim por efeito das febres terríveis, que assaltavam a todo e qualquer ádvena; como dos canibais, acaso mais intolerantes, botocudos ferocíssimos, última expressão dos aimorés decadentes.
Ainda hoje, ao passo que a civilização amplia o seu arrebol sobre as mais remotas plagas de Minas, o Rio Doce persevera nos limbos de sua natureza prepotente e insidiosa. Não lhe valem os tesouros metalários, nem o mais fecundo e generoso solo do mundo, para nos atrair. A luz do seu sol é como a ironia do Anjo rebelde, fascina para cegar, sorri para imolar os que lá andam atrás da fortuna.

Diogo de Vasconcelos,
História antiga das Minas Gerais (1904)

MUITA CACHAÇA E POUCA SAÚDE, OS MALES DO BRASIL SÃO (I)

– Ô Darci, ô meu irmão, você é um bêbado muito dos fedaputa!

Bar do Tobas, próximo da rodoviária, Itambacuri

– Ô meu amigo, eu já pedi uma vez, vamos maneirar essa língua aí. Você não tá na sua casa não. Além disso, eu não chamo Darci, não sou seu irmão, nem bêbado igual você. E muito menos filho da puta.

– Ô moço, pega leve aí. Eu não tava falando contigo não. Era uma coisa aqui só entre eu e o Darci... Como é mesmo a sua graça?

– Ih, a coisa tá mal! O nome é Reginaldo, mas todo mundo aqui me chama de Pimpão. Apelido de criança, sabe como é...

– Então, ô seu Pimpão, ô seu Pimpão, o Darci é um bêbado muito dos fedaputa. Porque, porque...

– Ô meu amigo, olha essa boca suja, pelo amor de Deus. Daqui a pouco, entra mulher no recinto, pega mal. E se o patrão chega de repente aí e escuta, vai sobrar é pra mim.

– Tá legal, tudo bem. O meu irmão Darci, então, é só um grandissíssimo filho da mãe. Tá bom assim, seu Pimpão?

– Melhorou um pouquinho.

– Melhor ainda, eu vou dizer, o Darci é um bêbado, um bêbado sem pai nem mãe.

– Tá bom, meu amigo, tá bom. Mas não tem nenhum Darci aqui não.

– E eu não sei? Tou sabendo. Eu tomei umas cachaças, mas não sou doido não. Agora, a única coisa que eu tou pra perguntar é o seguinte: quede o Darci, aquele fedaputa? Desculpa aí, foi mal.

– Que eu saiba, meu amigo, ultimamente não apareceu nenhum Darci por aqui.

– Porque eu tou aqui, eu tou aqui procurando um irmão meu, Darci Barbalho Alves, meu irmão mesmo, de sangue.

Um chão de presas fáceis

— É, mas eu não conheço não.

— Veja bem, eu já andei acho que pra mais de meio mundo atrás do Darci, o meu irmão, Darci Barbalho Alves, que a gente se separou lá em Alpercata e... Já tem pra mais de uns dez anos, nunca mais vi. O meu irmão, Darci Barbalho Alves, desapareceu aí...

Os índios convidaram os portugueses a vir encontrar-se com eles na outra margem; mas o comandante recusou-se, e exigiu que os Botocudos dessem os primeiros passos. Estes enviaram então alguns velhos, que atravessaram o rio; distribuíram-se presentes, e testemunharam-lhe o desejo de viver com sua nação em boa inteligência. A partir desse momento, os Botocudos cada vez mais se foram aproximando dos portugueses, e o comandante Julião não descurou nada para torná-los homens úteis. Acostumaram-se pouco a pouco com a nossa alimentação, e o gosto pelo tabaco, pelo açúcar e pela aguardente tornou-lhes necessária a vizinhança dos brancos.

Auguste de Saint-Hilaire,
Viagem pelas províncias do Rio de Janeiro e Minas Gerais (1830)

MUITA CACHAÇA E POUCA SAÚDE, OS MALES DO BRASIL SÃO (II)

— Eu vou servir mais esta. Agora, você tem dinheiro pra acertar isso tudo, não tem?

— Dinheiro? Tem dinheiro, sim, aqui ó, dinheiro. Eu não sou caloteiro não, ô seu... Como é mesmo a sua graça? Desculpa.

Bar do Tobas, próximo da rodoviária, Itambacuri

— Reginaldo.

— Ué, mas não era Pimpão?

— Reginaldo, Pimpão, tanto faz! Tá arriscado você nem saber mais o próprio nome.

— Mas o nome do meu irmão, aquele bêbado fedaputa, eu sei de cor e salteado. É o Augusto, Augusto das Graças Fernandes. A gente se desentendeu lá na Galileia, ele ficou meio puto assim comigo, sabe como é... coisa de cachaça. Tem bem uns quatro, cinco anos que a gente não se encontra.

– Olha a língua, meu camarada... Mas, afinal de contas, quantos irmãos sumidos você tem?

– Então, eu tou aqui justamente procurando um irmão meu, Augusto das Graças Fernandes, lá da Galileia. Já rodei tudo quanto é lugar aí pra ver se encontro esse meu irmão, de nome Augusto das Graças Fernandes, aquele bêbado fedaputa. E ninguém me diz nada, o sujeito some assim...

– É, a coisa tá cada vez pior. Você chegou a procurar a polícia?

– Eu vou dizer um negócio...

– Olha que o seu irmão pode estar internado num hospital, na cadeia, ou até morto. Deus queira que não, mas numa hora dessas...

– ... Vou dizer um negócio pro senhor, esse irmão meu, quando ele não quer, nem Deus acha aquele disgramado. Morrer então, aquilo é raça ruim, morre nada. Doente até pode ser, que ele andava bebendo demais... Agora, coisa de polícia, de jeito maneira. Meu irmão, Augusto das Graças Fernandes, é um sujeito muito do direito, trabalhador, pai de família... Afora isso, um tremendo de um fedaputa!

– Pois é. Então, eu não tenho a menor ideia do que que você pode fazer.

Abusando de uma lei que dá dez anos da vida desses selvagens aos que os retirarem da barbárie para civilizá-los, arrieiros dirigiam-se às margens do Jequitinhonha; por um machado, por açúcar, por um pouco de cachaça, decidiam os pais a separar-se dos filhos, e prometiam trazê-los de volta instruídos na nossa religião e sabendo trabalhar. Essas infelizes crianças eram levadas para fora de sua pátria por seus bárbaros compradores, e vendidas nas diversas povoações da região por quinze a vinte mil réis.

Auguste de Saint-Hilaire,
Viagem pelas províncias do Rio de Janeiro e Minas Gerais (1830)

MUITA CACHAÇA E POUCA SAÚDE, OS MALES DO BRASIL SÃO (III)

– Ô seu Pimpão, só mais uma, vai, a saideira!
– Infelizmente, não dá. Já passou da minha hora, a patroa até já deve tá preocupada. Então, você toma essa dose aí e mata a cerveja, que eu tou fechando a conta e o estabelecimento.

Bar do Tobas, próximo da rodoviária, Itambacuri

– Tudo bem. Agora, antes eu queria perguntar só uma coisinha, uma coisinha de nada: o senhor conhece o pessoal lá de Sobrália?
– É, tenho uns conhecidos lá.
– Porque, de verdade, verdade verdadeira, eu tou aqui mesmo é procurando um irmão meu. A gente se desencontrou lá em Sobrália, coisa de seis meses atrás. Um irmão meu, tou procurando faz um tempão já...
– Ih, será que mudou o irmão de novo?
– Vai que o seu Pimpão aí não viu aquele bêbado fedaputa, que ele mora lá em Sobrália e a gente desencontrou e... O cara sumiu, assim ó!
– Esta parte eu até já decorei, meu amigo.
– Pois não foi? Porque aquele fedaputa marcou comigo num botequim lá perto da casa dele e nunca que apareceu. Deve de ter tomado todas por aí e eu aqui feito um besta, procurando aquele bêbado já vai pra mais de mês.
– É o que eu disse, melhor você dar queixa na polícia.
– Mas o seu Pimpão conhece Sobrália, não conhece? Então, eu tou aqui procurando um irmão meu, Francisco Magalhães da Silva, é o nome dele, irmão mesmo, de pai e de mãe. Agora, me deixou esperando lá em Sobrália. Tem cabimento fazer um troço destes? Aí, fico eu, gastando a sola do sapato, pra procurar aquele bêbado, Francisco Magalhães da Silva. Sumiu o fedaputa...
– Então, tá. Mas, agora, você vai é procurar um lugar pra dormir, senão acaba perdendo mais irmão por aí.

MANTENHA DISTÂNCIA

Vem uma vez por ano. Nas férias de janeiro. Apenas para ver a mãe viúva. Quinze dias sendo chamada de Teteca, quinze dias sem pôr os pés na rua. Perdeu o contato com as amigas, nunca conviveu muito com os parentes. Exceção da tia Ritinha, que manda brevidades de araruta exatos dois dias após a sua chegada. E vem visitá-la quando encontra um tempinho. E diz que nunca se esquece da boca boa com que Teteca comia as suas brevidades. E indaga, sempre com muitos esses, porque tia Ritinha nasceu no estado do Rio, acho que em Sumidouro, se asss suasss brevidadesss esssstavam messsmo gossstosasss. E promete fazer mais pra ela levar. E quer saber das novidades – namoro, emprego, viagens. E inventa que outro dia mesmo alguém que não lhe ocorre agora perguntou por ela na saída do culto. E recorda as poucas estripulias da menina. E exalta a sobrinha – cada dia mais linda, sempre a mais inteligente e ajuizada de todas, uma moça de ouro. E confessa a sua inveja pelo fato da irmã ter uma filha assim. E elogia a coragem dela de ir sozinha e Deus pra cidade grande. E coloca Teteca a par dos principais acontecimentos do ano anterior, privilegiando as mortes, os adultérios e os casamentos. Nesta ordem.

Tem pouco ou nada o que conversar com a mãe. Tão distintas e distantes nos hábitos, nos gostos e no jeito de ver o mundo. Maria Tereza puxou ao pai. Fala apenas quando absolutamente necessário, quase obrigada; jamais altera o tom de voz, mesmo nas raríssimas ocasiões em que se aborrece; foge de qualquer discussão, mínima que seja; nunca pronunciou uma única palavra próxima do grosseiro ou do chulo, ao menos que alguém se lembre. Apesar disto, nos seus quinze dias de Teteca, não se exime de responder às perguntas de dona Dalva com a maior paciência, de mencionar como estão bonitas as roseiras do jardim e que reparou que as cortinas da sala foram trocadas, de comentar o quanto seria bem-vinda uma chuva para amenizar o calor que faz nessa cidade, de indagar a quantas andam os poucos parentes e conhecidos de que ainda recorda o nome, de mentir que adoraria não ter que morar tão longe e trabalhar tanto, de referir a memória do pai morto há anos e como ele faz falta. São conversas breves, ainda quando os monossílabos da filha animam a fala de Dona Dalva.

Não que Maria Tereza não reconheça os cuidados da mãe. Dona Dalva prepara os seus pratos favoritos, arruma a mesa da sala como só fazia pra visitas de prestígio – e isto é coisa que não recebe há muito –, faz questão que a filha sirva-se antes dela, pergunta se tá tudo do seu agrado e do jeitinho de quando era criança, especula o que ela gostaria de comer nos próximos dias, encomenda os doces, frutas e queijos que faziam a delícia da menina. Também evita o menor barulho que possa perturbar o sono de Teteca, sequer insinua contar com a companhia dela quando tem de ir à rua, despacha da porta mesmo qualquer visita (exceção da tia Ritinha), coloca a televisão num volume bem mais baixo do que de costume, não reclama da gastrite e das varizes, não comenta o quanto fica apreensiva quando ela passa mais de uma semana sem telefonar, jamais faz menção ao trabalho da filha – porque ela vem pra cá pra poder descansar a cabeça. E tudo porque Dona Dalva sabe a trabalhadeira que deve dar ser enfermeira num hospital de cidade grande. Fazer o quê? Foi isto que Teteca escolheu pra sua vida.

Mas não pense que Maria Tereza passa esses quinze dias de papo pro ar, comendo a comidinha da mamãe e engordando os quilos que depois leva meses pra perder. Ao contrário. Trata-se de uma moça muito prestativa, como a Tia Ritinha não cansa de repetir. Tanto que, no ano passado, ficou dias entretida colocando em ordem as fotografias da família. Organizou pelas datas que ela e a mãe lembravam, colou etiqueta no verso e tudo mais. Já no ano retrasado, foi a vez de ajudar a mãe com a papelada da aposentadoria. Pra estas coisas ela é danada. Precisa ver. Chegou de viagem, mal desfaz as malas e já começa. Agora mesmo, só na primeira semana, ela tirou a louça do armário da cozinha, separou o que não prestava, lavou, pôs pra secar e ainda colocou tudinho de volta no lugar. A mesma coisa o guarda-roupa da mãe. Tinha muda de roupa que a Dona Dalva não usava há mais de década. E tanta gente precisando... Quer ver aquela casa ficar um brinco é a Teteca chegar de férias. Não que a Dona Dalva seja desmazelada, mas a pessoa morando sozinha vai acomodando e nem repara na bagunça.

Dos irmãos, Maria Tereza também evita falar. Pra não ver a mãe sofrendo ainda mais. Os dois moram no estrangeiro. Parece que se ajeitaram por lá. Um nos Estados Unidos, outro em Portugal. Não fosse por eles, pelo dinheiro que mandavam, nunca que ela podia ter feito faculdade. Do irmão de sangue, ninguém ouve falar há pelo menos três anos. Sabem que tá vivo porque notícia ruim chega rápido. Já o adotado telefona uma vez por mês, religiosamente. E ainda manda uns dólares quando pode, porque agora tem família e o custo de vida no estrangeiro tá igual ou pior que aqui. Dona Dalva é quem mais fala dos meninos, das saudades. A última vez que viu os dois mais Teteca juntos em casa já nem se lembra. Mas logo muda de assunto, porque sabe o quanto a filha sofre com isto. Não sei bem, mas às vezes eu penso que é por causa disto que a Maria Tereza não gosta de ficar andando aí pela cidade. Sempre vem um ou outro pra perguntar pelos irmãos. Sabe lá o que passa pela cabeça dela numa hora dessas? Porque foi graças ao sacrifício daqueles dois que hoje ela tá formada e trabalhando.

Então, esta mania da Teteca de ficar colocando a casa em ordem – parece que ainda ontem ela cismou de tirar o azinhavre de um faqueiro que a dona Dalva ganhou de presente de casamento e mal saiu da caixa – é muito mais que uma maneira de facilitar a vida da mãe ou um jeito de compensar a falta dos irmãos. E não me consta que tudo quanto é enfermeira tenha mania de arrumação. Porque bem podia ser um cacoete que ela apanhou no trabalho. Também não me consta que seja um mero passatempo ou porque a dona Dalva já não dá conta do serviço da casa. Muito pelo contrário. A mãe até insiste pra Teteca não ficar inventando moda, porque ela veio pra cá foi pra descansar a cabeça. Tem aí uma qualquer coisa que eu não sei bem como dizer o que seja. Mas, juntando isto com o fato dela só ficar enfurnada em casa e não querer dar nem uma voltinha pela cidade, tenho cá pra mim o seguinte: mesmo pra uma pessoa que trabalha em hospital e tá costumada com estas coisas, deve ser muito doloroso ver tanto a mãe quanto o lugar onde nasceu e se criou morrendo, assim devagarinho, e não poder fazer nada.

ALGUMA COISA SEMPRE FICA NO FUNDO DO TACHO

— Se era só pra isto, nem precisava se dar ao trabalho. Bastava telefonar que eu mandava pelo correio.

— Agora só falta você perguntar que horas eu embarco de volta.

— Desculpa, dadas as circunstâncias, achei que não seria de bom-tom soltar foguete ou colocar uma banda de música na porta de casa pra saudar a sua visita.

Varanda da casa do finado Prof. Esdras Sobrinho, Jampruca

— Menos de 24 horas aqui e já deu pra notar que o seu senso de humor continua mais afiado do que nunca.

— Bondade sua, meu irmão.

— Tou pedindo alguma coisa demais?

— Também, tem muito mais pra levar não. Além, é claro, de tudo que você já carregou enquanto o pai ainda tava vivo.

— A parábola do filho pródigo nunca sai de moda.

— Como?

– Nada não. Esquece.
– Não entendi.
– Bobeira minha.
– Sei...
– Desde que me entendo por gente, lembro dele falando...
– Que quando morresse... Tou cansada de saber!
– Foi do avô dele.
– Era o que ele falava. Nunca deixou ninguém nem encostar o dedo.
– Então?
– Será que ainda funciona?
– Você não deu nem uma olhadinha?
– Eu? Pra quê? Deixou não foi pra você?
– Nossa, que falta de curiosidade!
– Não me interessa em nada. Além do mais, foram tantas recomendações que, se eu abro a merda desta caixa, arrisca ele aparecer pra puxar minha perna de noite.
– Tem o valor sentimental...
– Pra você.
– Aconteceu algum coisa nos últimos tempos entre você e o velho?
– Sempre nos demos muito bem. Morreu nos meus braços.
– E eu agradeço muito você ter cuidado dele. Não deve ter sido uma coisa nada fácil. Velho é mais enjoado que criança pequena.
– Não tem nada que agradecer não. Era meu pai.
– Nosso.
– Morreu nos meus braços. Mas sabe qual foi a última coisa que ele disse?
– Não, mas...
– Já não tinha nem um pingo de ar no pulmão. Mesmo assim, "O relógio, não esquece de entregar o relógio de bolso pro seu..." E morreu. Bem nos meus braços.

– Imagino o seu desespero.
– Não fiz mais do que minha obrigação.
– Você sabe bem que fez muito mais do que a sua obrigação. Filha nenhuma ia...
– A minha obrigação só termina agora, meu irmão. Tá aqui o relógio, ó.
– ...
– Que horas mesmo você vai pegar o ônibus?

Olhei a Ibituruna e me lembrei de quando a gente passava por ali subindo ou descendo a estrada, e o sol estava forte, como a temperatura aumentava quando a gente recebia o calor daquela pedra. A gente ficava pensando como é que o pessoal da cidade aguentava o mormaço que a pedra espalhava, quando o sol batia nela. E também me lembrei de que o Zito falava que Governador Valadares era uma cidade onde a maior coisa que havia era uma pedra.

Oswaldo França Júnior,
Jorge, um brasileiro (1967)

A CONTA DOS VIVOS
QUEM FAZ SÃO OS MORTOS

A vontade era pegar um toloco da merda que saía daquele cu fedido e esfregar na cara dele. Bem devagarinho. Com pena de ter que sujar a mão. Não fosse quem era, não fosse pelo tamanho, não fosse a cara de poucos amigos e o braço pesado. Quando ele metia o cotovelo direito no braço da poltrona, levantava metade da bunda e soltava aqueles peitos barulhentos que empesteavam a casa toda, eu devia mais era mandar pra puta-que-o-pariu. No mínimo. Aquilo me deixava

Frei Inocêncio,
Centro

doente! Pra mamãe, então, era a morte. Ninguém tinha obrigação de aguentar a catinga de um sujeito o dia inteirinho por conta do à-toa, espojado em frente da televisão, enchendo o rabo de cerveja e de uma montoeira de porcaria, só pra ficar peidando na cara da gente. Desde que foi encostado pela Previdência, ninguém mais podia ver televisão sossegado. Muito menos receber a visita de um parente ou de um amigo. A não ser que fosse pra passar a maior vergonha e, ainda por cima, escutar as asneiras que saíam daquela boca suja. Tudo de propósito. Porque quando ele não dava de peidar bem na cara da pobre da visita ou desfilar só de cueca pela sala, vinha com uma conversa atravessada sobre a grande merda que era ficar velho e viver mais duro que arroz de terceira e não sobrar nem um tostão furado pra meter com uma puta que prestasse e ter que se virar com os buchos que sobravam, umas mulheres com os peitos batendo na barriga e a buceta toda arregaçada. Como se mamãe não existisse. Um palavrão em cima do outro, coisa de fazer qualquer um levantar e ir embora, no maior sem graça. Tanto que eu não deixava nenhum amigo meu botar os pés em casa. Sabe-se lá o que aquele viado sacana podia aprontar? Aliás, ele sempre fez questão de deixar muito bem claro que a gente devia botar a mão pro céu por ter um teto em cima da cabeça. E ai de quem falasse qualquer coisinha. Tava arriscado levar uma surra de criar bicho. Porque ele não queria nem saber se a gente já tava grande. Se quisesse viver ali, era desse jeito e não tinha conversa. Onde já se viu alguém ter o desplante de dizer o que ele podia ou não podia fazer dentro da própria casa?

•

A vontade era sair gritando pro meio da rua. E contar pra deus e todo mundo. A mamãe de cama e os dois naquela pouca-vergonha lá no quartinho dos fundos. Uma coisa assim era pior do que a morte. Como é que pode a pessoa fazer um troço destes com a própria irmã, logo a minha mãe, que era a bondade e a inocência em pessoa? A tia Biguinha nunca passou mesmo de uma boa bisca, mas daí a trepar com o cunhado e justo dentro da casa da irmã doente... O maior descaramento aqueles dois. Vira e mexe e eu pegava os sem-vergonha beijando na boca ou ele passando a mão na bunda dela ou a bruaca alisando o corpo do desgraçado, assim como se fosse a coisa mais normal do mundo. Feito dois adolescentes. Uma nojeira! Mas era a mamãe ficar boa que eu contava tudinho pra ela. O problema foi um pra-trás que dei na tia Biguinha. Daí o safado teve certeza que eu tava sabendo das coisas e veio com uma conversa mole de que a carne é fraca, de que se sentia muito sozinho com a mulher doente há tanto tempo, de que aquilo não ia durar muito mesmo, porque sentimento de verdade ele tinha era pela mamãe. Eu fiquei mais mudo do que uma porta. Porque, afinal de contas, adiantava falar alguma coisa? Os dois se mereciam: a traíra da tia Biguinha mais aquele cachorro sem-vergonha. Pena, eu tinha da mamãe, tão boa que era, não precisava passar por uma coisa dessas. E foi só por causa dela que fiquei quieto. Também, depois que os dois viram que eu tava de olho, até que começaram a maneirar... Demorou, mas a mamãe ficou boa de tudo. E aí já não tinha mais desculpa pra tia Biguinha passar o dia inteiro enfurnada lá em casa, fingindo que tava ajudando a irmã, quando o que ela queria mesmo era ficar dando o rabo pro cunhado. Mas como sem-vergonhice não precisa de desculpa nenhuma, eu tenho certeza absoluta que os dois continuaram na safadeza. A única coisa que eu não queria era que a mamãe desconfiasse, porque, se dependesse dos dois, eles não faziam a menor questão de esconder nada de ninguém. De forma que ficava só eu tentando encobrir aquela pouca-vergonha e livrar a mamãe do falatório da cidade inteira.

•

A vontade era colocar o desgraçado pra fora da capela na porrada. Ao menos a tia Biguinha não teve a desfaçatez de botar os pés ali.

Porque só faltava isto mesmo, os dois juntinhos, com a cara mais deslavada do mundo, querendo fazer a gente de besta, como se não tivessem culpa nenhuma no cartório. Quando o safado entrou, o velório ficou num silêncio daqueles... Todo mundo esperando pra ver o que que ia acontecer. Afinal de contas, bem ou mal, era o marido da pobre da falecida. Pois não é que o salafrário ficou um tempão do lado da mamãe, recebendo os pêsames dos desavisados. Porque quem era chegado mesmo da gente nem deu confiança pra ele. E depois ainda veio sentar perto de mim, do Juvenal e da Jamile. A gente só não levantou e foi embora porque a última coisa que a mamãe ia querer era um escândalo no enterro dela. Além do mais, ele é que tava sobrando ali. O Juvenal não aguentou muito tempo. Foi lá pra fora da capela e ficou rodando de um lado pro outro, puto da vida com aquela situação. E não era pra menos... A única coisa que me deixava um pouco mais aliviado é que a mamãe tinha dado o troco direitinho e à altura. De forma que todo mundo já sabia, ou ia ficar sabendo logo, logo, da bandalheira da tia Biguinha com o próprio cunhado. Porque foi justo no dia do aniversário da vagabunda que a mamãe cometeu aquele desvario. Devia ser de madrugada quando ela colocou o vestido de noiva que guardou uma vida inteira e, sem ninguém reparar na coisa, atravessou a Rio-Bahia e mais da metade de Frei, até chegar na Baixada. Tudo de caso pensado, só pra se jogar nas águas do Suaçuí. Deram com ela um dia e meio depois numa parte rasa do rio, lá pros lados da Guarita, já quase na ponte pra Vila Mathias. Eu nem quis ver o corpo, e até tentei dar um jeito no que sobrou do vestido de noiva, porque achava que ela ia gostar de ser enterrada com ele. Mas aquele desgraçado disse que não tinha cabimento fazer velório de caixão aberto, porque o corpo tava todo inchado e com uma fedentina desgraçada. Então, qualquer roupinha tava de bom tamanho. Pra não sofrer mais ainda, preferi guardar na lembrança a imagem da mamãe viva.

•

    A vontade era juntar minhas tralhas e dar o fora, sem sequer abanar o rabo pro infeliz. Que nem fizeram os meus irmãos. Mesmo que fosse igual à Jamile, que arrumou pra morar de favor na casa da tia Zizita e acabou servindo de puta pros filhos mais velhos dela. Ou pra amigar com o viado do Quirino, feito o Juvenal. Ou então pra fazer sabe Deus lá o que em Belo Horizonte, como aconteceu com a Jaciara. Mas o Jairzinho aqui, não. Tinha que aguentar os peidos, a boca suja, a imundície e tudo quanto é humilhação, tudo quanto é sacanagem, que ele vivia aprontando comigo. E, ainda por cima, tinha que cozinhar pro calhorda, lavar aquelas cuecas sebentas, limpar a porqueira que ele fazia pela casa toda. Era binga de cigarro, garrafa de cerveja, copo de café e roupa enxovalhada pra tudo quanto é lado. E Deus me livre se eu ficava fora um único dia. A cozinha virava um chiqueiro, porque, pra coar um café ou esquentar um prato de comida, aquele traste sujava tudo quanto é vasilha e ainda pedia alguma emprestada na vizinha. Bem fez o Juvenal, que chegou na cara dele, disse uma montoeira de desaforo e arrematou gritando pra rua inteira escutar que preferia viver com uma bicha do que com um filho da puta de marca maior feito ele. Juntou as trouxas e nunca mais deu as caras aqui. Quem também não deixou o troço barato foi a Jaciara. Antes de sumir, pegou as roupas dele e fez uma fogueira enorme lá no quintal. Queimou quase tudo. Só escapou mesmo o que tava no tanque pra eu lavar. E ainda saiu espalhando pra deus e todo mundo que ela não era filha dele porcaria nenhuma, mas de um delegado de polícia com quem a mamãe teve um caso. Uma mentira deslavada, mas ele ficou muito puto da vida. A Jamile, muito das cagonas, preferiu sair na boa, com a desculpa de que a tia Zizita tava precisando muito de alguém de confiança pra cuidar daquela renca de filhos e que, numa hora destas, é que os parentes não podem faltar. Ainda mais a tia sendo madrinha de crisma dela. Mas eu sei muito bem que, se não morresse de medo dele, tinha feito mais e pior do que os outros dois. Porque, motivos, aquela ali tinha de sobra.

•

A vontade era cuspir na cara dele. Por tudo que fez com minha mãe, pelas sacanagens que aprontou com o Juvenal, até ele virar aquela bicha escrota, por ter abusado da Jaciara e da Jamile quando as duas nem tinham ganhado corpo ainda, pela catinga daqueles peidos, por cada surra e por cada palavrão, pela imundície que ele deixava a casa, por jamais ter olhado pra mim feito gente, pelo carinho que nunca tive. Chega a ser ruindade falar uma coisa assim numa hora dessas, mas nada é pior que as maldades que aquele bosta fez com a gente. Com os de fora, quando dava na telha ou queria passar por bonzinho, era uma dama. Até emprestar dinheiro pra um sujeito que ele mal conhecia, eu já vi. Pros filhos, no entanto, nem um tostão furado. Nem um gesto de consideração, uma conversa de gente, um elogio, por menor que fosse. Tem coisa que é difícil de esquecer. De todos, eu sempre fui o mais estudioso, o mais caxias. Mas sabe o que ele dizia quando eu chegava em casa com o boletim? Simplesmente: *Não faz mais do que obrigação*. Outra coisa: foi a mamãe morrer, tinha aí a Jaciara, porque a Jamile era ainda muito pequena, mas o Jairzinho aqui é que acabou assumindo de cuidar da casa. Pensa que algum dia o desgraçado disse um muito-obrigado-meu-filho? Nada disso. Era só: *Este lugar tá uma sujeira de dar gosto*, *Não sei como é que eu aguento viver neste chiqueiro*, *Será que vou ter que pagar alguém pra dar um jeito na imundície que virou esta casa?* Uns troços assim a gente pode até relevar, botar na conta da criação meio torta que o excomungado teve. Mas esquecer, não esquece de jeito nenhum.

E não é por estar morto que vira santo. A minha vontade mesmo era cuspir na cara dele, bem na frente daqueles gatos-pingados que apareceram no velório. E saía de lá com a alma lavada. Agora, sozinho na capela, olhando o papai ali, mortinho da silva, a única coisa que me ocorreu foi beijar a sua boca. Aquela boca suja e banguela, que tanto desejei me dissesse uma palavra de carinho, eu beijei demorada e carinhosamente. Porque não é todo dia que a gente perde o amor de uma vida inteira.

AS PERDIDAS SÃO AS MAIS PROCURADAS

Hoje em dia, a gente precisa ter muita cautela com quem põe dentro de casa. Vai saber a criação dessas meninas que descem a Rio-Bahia... É botar cabresto logo no comecinho. E rezar, rezar muito, pra nenhuma encontrar recreio com algum dos nossos. Tudo piranha, comadre, tudo puta.

Mathias Lobato

J. T. DAIRY MORRE AOS 74 ANOS EM CIRCUNSTÂNCIAS MISTERIOSAS

Uma peça a mais, outra a menos na vida do escritor-puzzle

Newark, N.J. – *O escritor John Trench Dairy, 74 anos, morreu na madrugada desta quarta-feira em seu apartamento na cidade de Newark, estado norte-americano de New Jersey. A causa da morte ainda não foi revelada. Através de nota encaminhada ao* The New York

Times *pelo agente literário de J. T. Dairy, a mulher do romancista, a tradutora portuguesa Filipa Baptista Ventura, informou apenas que, despertada por ruídos vindos provavelmente da biblioteca, foi ter com o marido e o encontrou morto junto à escrivaninha. Sobre o móvel estavam os originais do último volume de sua tetralogia romanesca, coincidentemente intitulado* Death in Ironbound. *Um dos mais respeitados, populares e enigmáticos autores contemporâneos do gênero* hardboiled, *Dairy transformou o bairro operário de Newark, onde viveu por mais de 40 anos, no principal personagem da famosa tetralogia* noir *denominada* Provisory Hell. *Na obra,* Ironbound *figura como uma zona de fronteira, cujos limites se dissolvem e se refazem de acordo com a circulação de tipos que oscilam do burlesco ao sublime, incluindo todos os matizes intermediários.*

Personagens de corpos lascivos, degradados ou metamórficos, discursos equívocos e multilíngues, situações entre o trágico e o cômico, intrigas que revelam como a "terra sem males" prometida pelo sonho americano se transformou numa "terra sem lei", ao menos para os imigrantes latinos. São estes os ingredientes da ficção de Dairy, já caracterizada como resultado das mais insólitas acoplagens: do nonsense *de Lewis Carroll com o existencialismo dostoievskiano, da linguagem burocrática de Kafka com o esplendor neobarroco de Severo Sarduy, do antissentimentalismo do romance negro norte-americano com a oitocentista* écriture artistique *dos irmãos Goncourt. O caráter plural e indecidível da escrita dairyana encontra seu duplo perfeito na figura do protagonista José Nonada. Trata-se de um imigrante brasileiro ilegal que, após perambular por numerosas ocupações, se torna funcionário de um famoso restaurante de* fast-food. *A partir do contato com fregueses de diferentes origens étnicas e sociais, o personagem adquire uma estranha habilidade: alterar gradual e sucessivamente o seu corpo, a sua fala e o seu comportamento conforme os adjetivos insultuosos que lhe atribui a clientela do estabelecimento, em geral frequentado por norte-americanos.*

Entre longas jornadas de trabalho e festas regadas a bagaceira portuguesa e cachaça de Minas, os imigrantes luso-brasileiros de Newark se veem às voltas com mortes misteriosas e desaparecimentos inexplicáveis. E encontram em José Nonada um dublê do private eye *consagrado pela ficção criminal, graças à sua aptidão para se fazer invisível. Na medida em que incorpora todos os clichês físicos, linguísticos e morais que lhe são impingidos, o protagonista acaba por se tornar apenas uma imagem que, tantas e tantas vezes repetida, já não atrai nenhum olhar. Assim, a despeito dos rígidos limites socioculturais do* american way of life *e dos dispositivos legais que funcionam contra os migrantes ou lhes são alheios, Nonada se torna uma espécie de* sheriff *de Ironbound, lugar onde a maioria dos moradores estrangeiros encontra-se ao desabrigo de qualquer aparato jurídico. Embora também recorra à violência, em geral o protagonista utiliza apenas a sua habilidade metamórfica e o famoso "jeitinho brasileiro" [*brazilian knack*, no original] para solucionar os crimes que ameaçam os valores e as práticas da comunidade lusófona de Newark.*

Carnaval *noir*

No ensaio "J. T. Dairy, the desconstruction of the noir fiction", o crítico Alonso Revagliatti Jr. atribui ao escritor papel fundamental na renovação da novela hardboiled *estadunidense no último quartel do século XX ao acrescentar complexidade psicológica e recursos de fragmentação típicos da técnica do monólogo interior à narrativa realista de cunho cinematográfico de Dashiel Hammet e Raymond Chandler. Ainda segundo o professor da Universidade do Texas, a sutil e refinada carnavalização do romance criminal realizada pelo autor de* Jack Nobody's diary of trip *denuncia o trágico "mundo às avessas" dos imigrantes latino-americanos radicados em Newark. Recorrendo a uma narrativa que não é mais que a paródia grotesca do realismo bruto do gênero* noir *e empregando uma linguagem que, graças à incorporação dos desvios semânticos e erros sintáticos dos falantes do português, subverte a língua inglesa até o cômico, Dairy constrói um universo concentracionário e claustrofóbico, que se impõe como contraponto do* american dream.
No mesmo sentido, em sua análise dos três primeiros volumes da tetralogia Provisory Hell *e dos contos reunidos em* A light purse and others stories*, a ensaísta Maria Cecilia Muxica Rogers ressalta que a obra de J. T. Dairy constitui uma crítica radical à dissolução das identidades pessoais e sociais dos imigrantes latinos, principalmente os numerosos ilegais, condenados a uma existência invisível e nula. "A inaptidão do americano médio", escreve Rogers, "para lidar com quaisquer diferenças culturais significativas resulta não apenas na marginalização do estrangeiro migrante, mas principalmente na criação de uma pletora de estereótipos e caricaturas que enseja identificá-lo com a barbárie, o crime, o obsceno, a anarquia e a blasfêmia. Apostas à força no rosto do outro, tais máscaras identitárias são antes o repúdio a qualquer mínima diferença, a recusa de toda alteridade, a expressão do desejo violento e inconfessável de confinar a vida à eterna repetição do mesmo." Para Rogers, ao converter o insulto em elogio, Dairy*

desconstrói os estereótipos pela afirmação de uma identidade múltipla e indecidível, rubrica o ridículo e a falácia do que há de elevado, dogmático ou sério no discurso do american way of life *e demonstra como o caráter carnavalesco da cultura migrante luso-brasileira realiza a comunhão utópica de liberdade e abundância, que, no sonho americano, continua sendo não mais que uma distante promessa.*
Retrato cruel e melancólico da vida dos brasileiros e portugueses que circulam no entorno da principal rua de Ironbound, a Ferry Street, a tetralogia Provisory Hell *acompanha a saga de José Nonada, desde a sua entrada ilegal nos EUA em fins da década de 1960 até a conquista do* green card. *Para além da influência do* roman noir, *as ações noturnas e os ambientes fechados, circunscritos ao espaço compreendido entre a Estação Pennsylvania e as margens do rio Passaic, se coadunam com a existência clandestina do protagonista. Nas suas muitas artimanhas para driblar as leis de imigração e sobreviver num universo onde qualquer diferença se torna indício de um crime, José Nonada tanto acolhe as máscaras insultuosas que o norte-americano médio lhe empresta quanto inventa muitas outras. De acordo com a necessidade dos protocolos e representações, o protagonista se desdobra em Jack Nobody, John Doe ou Bobby Blow, dentre outras figuras quase caricaturais. Mas as máscaras são apenas o princípio de um processo que logo domina todo o corpo do personagem, sujeitando-o a um estado de contínua metamorfose. Embora sem jamais alcançar o nível do grotesco, mudanças sutis e irreversíveis alteram o corpo, a linguagem e o comportamento do protagonista, de forma ininterrupta e consoante as relações que mantém com os demais personagens, sejam eles latinos, portugueses ou norte-americanos. Um* puzzle *nunca concluído, porque continuamente acrescentado de novas peças, Nonada encarna o aspecto transitivo do sujeito que habita a encruzilhada de culturas ora tangentes ora adversativas.*

Who done it?

Com a morte de J. T. Dairy, também chega ao fim o enigma que envolvia a sua origem. Embora não se negasse a conceder entrevistas, o escritor restringia as perguntas a questões literárias e políticas, ainda quando eram estas mais polêmicas do que os boatos acerca de sua vida particular. Tais boatos incluíam desde os seus conturbados casamentos até algumas prisões por embriaguez e desacato à autoridade. Mas o principal segredo acerca do autor de I don't know the verb to be *(o erro é aqui proposital) continuava sendo a sua origem étnica e familiar. Em entrevistas e palestras, ao modo do personagem José Nonada, Dairy alternava a sua fala entre um inglês castiço e variados sotaques latinos, com tal perfeição que era impossível depreender qual o seu idioma nativo. Da mesma forma, o tipo físico do romancista pouco auxiliava na identificação de sua ascendência, uma vez que destituído de qualquer traço característico. Guardado a sete chaves pela família e pelos amigos mais próximos, a mulher do escritor decidiu enfim elucidar o mistério.*

De acordo com a nota divulgada à imprensa, J. T. Dairy era na verdade o brasileiro João Climério da Silva, natural de Governador Valadares, Estado de Minas Gerais. Como muitos dos imigrantes provenientes daquela cidade, entrou nos EUA em fins dos anos 1960 com visto de turista e aqui permaneceu como ilegal, estabelecendo-se em Newark após uma breve passagem por Boston. O comunicado informa ainda que a migração de Dairy ocorreu devido a circunstâncias familiares e políticas, mas não há maiores detalhes acerca das mesmas. Quanto ao pseudônimo adotado, a nota esclarece tratar-se de uma homenagem do brasileiro à sua terra natal: "A condição de exilado e de ilegal de meu marido o fez adotar, a conselho de seu primeiro editor, o pseudônimo de John Trench Dairy, no qual John traduz o seu nome de batismo, enquanto Trench (no aspecto semântico, "vala" em português) e Dairy (pela proximidade fônica) expressam uma saudosa referência à sua cidade de origem, Valadares".

Decifrado o enigma que cercava a sua origem, um outro surgiu com a morte de Dairy. Fontes não oficiais da polícia de Newark revelaram que foram encontrados bilhetes e anotações recentes entre as páginas de pelo menos três livros do acervo pessoal do romancista. Considerados chaves para a elucidação das circunstâncias da morte, tais documentos foram redigidos recentemente e apresentam traços de semelhança com a caligrafia do autor de Under lock and key. *Diante da possibilidade de que existam indícios de crime em outros volumes, policiais foram destacados para examinar todas as obras da biblioteca de J. T. Dairy, estimada em vinte mil títulos. A causa da morte continua sob investigação.*

The Trentonian,
Trenton, New Jersey, 28 jan. 2010
(Trad. Angie Miranda Antunes)

UMA É VER, OUTRA É CONTAR

Eu podia contar a história do Serginho, mais conhecido como Quiabo, meu colega no ginásio. Foi embora com uma mão atrás outra na frente – trabalhou de ajudante de pedreiro, balconista de lanchonete, trocador de ônibus, vendedor de enciclopédia, porteiro de edifício, motorista de táxi – morou em Belo Horizonte, em Montes Claros, Uberlândia, Alfenas, no Sul de Minas, em Guarulhos, e mais uma porção de cidades, até em Salvador – agora, pelo que me disseram, o sujeito tá bem demais, com uma banca de jornal lá em Campinas. Também podia falar do Chiquinho da dona Marisa. Pra ele fazer faculdade em Juiz de Fora, a coitada perdeu as vistas na máquina de costura – mais de quatro anos sem comprar uma única muda de roupa – a família se sacrificou pra burro, mas valeu a pena – hoje o Chiquinho dá aula na universidade e, ainda por cima, tem consultório de dentista num prédio bem no centro de Juiz de Fora, 20º andar. Outro é o Samuel, filho do seu Joaquim Palmiteiro. Saiu daqui não tinha nem o segundo grau – foi fazendo curso, fazendo curso, essas coisas de computador – aprendeu inglês sozinho – quando vê, tá morando na Alemanha – o pessoal comenta que a intenção dele é levar os irmãos pra lá – comprou uma casa de dois andares pros pais – quando é que eles podiam imaginar uma coisa destas? E a Cleide, então? Morava ali no final da rua dos Burros, casinha de chão batido, nem laje – dona Conceição, seu Juraci, ela e mais seis irmãos pequenos – quando a Cleide foi pro Rio, não teve um que não achou que ela ia se estrepar toda – depois, até falar que o negócio dela era fazer vida falaram – queimaram a língua – precisou trocar de nome, mas tá a carinha da Cleide lá na novela das seis pra quem quiser ver – ainda no começo desta semana,

Carlito's Locadora, Alpercata

a dona Conceição me disse que antes do Natal vão bater a laje. Tem também o Gilmar do seu Jair da Borracharia. Trabalhou pra deus e todo mundo nesta cidade e nunca ninguém deu o menor valor – sabe aquele posto de gasolina lá da entrada? pois é, é dele, o posto mais o restaurante e a oficina mecânica – sempre foi muito bom de conta, mas era outro que o pessoal não dava nada por ele – a pessoa, trabalhando direitinho, quando tem força de vontade e a cabeça no lugar, vai longe – o Gilmar é a prova disto – agora tem um ou outro boca ruim que anda dizendo por aí que o posto é só fachada, que o negócio dele é roubo de carga, contrabando – não quero nem saber, se deu foi bem – uma pena o seu Jair ter morrido sem ver onde é que o Gilmar chegou.

Estas histórias e mais umas duas ou três, eu conheço de trás pra frente, de frente pra trás – de conviver com pessoas, de ouvir falar – porque tem gente que diz que o povo gosta mesmo é de coisa ruim, mas uns troços assim, do sujeito que sai da merda e sobe na vida, uns troços assim eu acho que meio que aliviam essa vidinha besta daqui. Da minha parte, eu não sou de ficar pregoando isto pros outros não – já tem boca demais pra engambelar esses pobres coitados – não bastasse o diabo da Rio-Bahia chamando! Quando tem que falar, quando perguntam e deixam, eu falo mesmo é dos que nunca passaram de Valadares – dos que vivem dizendo que vão embora, alguns pra mais de vinte anos, e nunca despregam daqui – também dos que saíram uma vezinha só, duas, voltaram com o rabo entre as pernas e ou não gostam nem de conversar a respeito ou ficam horas tentando explicar porque – e mais ainda daqueles que, vira e mexe, despedem de todo mundo, dizem que agora só aparecem de novo pra passear – não dá seis meses, um ano no máximo, estão aí de volta – bem mais magros do que quando saíram – às vezes, até com alguma doença.

PELA ENTRADA DA CIDADE SE CONHECE O PREFEITO

OU

CONJURA, E VIOLÊNCIA DAS MINAS GERAIS

por suas nódoas, e rixas,
com várias notícias nebulosas do modo de manter a Sinecura; gabar,
& beneficiar o Diabo; e tirar Ouro das Mínguas; & encobrir a Canalha;
e dos grandes exemplos, que esta Desdita do Brasil Sudeste
dá ao Reino Animal com estes, & outros venenos, & Conchavos que Tais.

Quem muito se abaixa acaba mostrando o rabo. Dito e feito: espalmou a mão direita na bunda do menino. Sem dó nem piedade. Filho do doutor Jonas não tinha por que ficar choramingando daquele jeito. E onde já se viu perder todas as biloscas de uma vez só, ainda mais pro filho do caseiro? Mas já que perdeu, que tratasse de ir lá

Sítio entre Governador Valadares e Periquito, às margens da BR-381

tomar tudo de volta. Dava uns catiripapos naquele crioulinho sem-vergonha e pegava as biloscas na marra. *Mas, pai, o Adão é muito maior que eu.* Ora, ora, ora, aquele ladrãozinho de merda que se atreva a encostar um dedo que seja no seu Juninho. Tinha mais é que apanhar e ficar calado. Queria as biloscas ali na sua mão agora mesmo, por bem ou por mal. E era bom engolir aquele choro, antes que perdesse de vez a paciência, que já não tinha muita sobrando. *E se apanhar daquele tição, ainda leva mais uma surra. Minha. E de vara.* Tem cabimento um menino pamonha feito este? Nem parecia filho dele. Saíra à mãe? Também não. Nem mesmo ela chegava a ser tão palerma assim. De onde foi

Um chão de presas fáceis

que o Juninho tirou aquela lerdeza toda? *Na sua idade, ai de quem se metia a besta comigo.* O doutor Jonas nunca levou desaforo pra casa. Muito menos perdeu uma bilosca que seja pra um pé-rapado qualquer. E foi assim que construiu a sua vitoriosa carreira política. De vereador a prefeito, duas vezes cada. Depois, deputado estadual, com boas chances de chegar a Brasília na próxima eleição. Tanto tempo a serviço do doutor, a Irene sabia disto e de muito mais. E como ajeitava a mesa do café por ali, riu do desespero do Juninho entre a bronca do pai e o tamanho do Adão. *Tá rindo do quê, sua bruaca velha? E por onde anda o imprestável do seu marido? Eu não falei que precisava dele aqui antes das visitas chegarem?* A empregada engoliu o riso. Não por medo, mas porque a menção ao marido a fez lembrar do quanto devia ao deputado. Não fora a bondade daquele homem, provavelmente ela, o marido e mais os seis filhos tinham morrido de fome. Porque, depois da enchente, ficaram só com a roupa do corpo. E o dr. Jonas, que nem sonhava virar vereador ainda, foi o único que estendeu a mão pra ajudar. Então, era Deus no céu e ele na terra. Por isto, tratou logo de dizer que o marido já tinha chegado. *Mandei o Waltencir passar uma água no corpo, doutor, que ele tava de poeira da cabeça aos pés. E pra conversar com o senhor... Já, já ele tá aqui.*

Assim que o marido botou os pés na varanda, a Irene deu um jeito de desaparecer, porque aquilo era conversa de homem. *Ora, ora, ora, seu Waltencir, pensei que tinha esquecido do nosso compromisso...* Nunca que ele ia esquecer e o deputado sabia disto. Apesar de estar velho pros serviços mais complicados, o Waltencir se esmerava pra continuar a merecer a confiança do patrão. Mas não disse nada neste sentido, menos porque desnecessário do que por receio de parecer impertinente. E também porque sempre foi mesmo de pouca fala. Apenas pediu perdão se fez o dr. Jonas esperar e acrescentou que estava às ordens. *Trouxe a papelada que eu falei?* E ele era besta de não trazer? Um pedido do deputado era mais que uma ordem, era lei naquelas bandas. Mais recentemente é que apareceram uns sujeitinhos querendo peitar o doutor, fazer oposição. Mas, como o próprio patrão dizia, tudo peixe pequeno, um bando de falastrões. E o que quer que significasse esta palavra, eram uns moleques sem eira nem beira, muito dos atrevidos, que assim sem mais nem menos deram de falar coisas as mais cabeludas sobre o deputado. Que falassem. O dr. Jonas dava de ombros. Às vezes, até ria dos fedelhos. De forma que o Waltencir, mesmo quando escutava o maior dos despautérios, fingia que não era da sua conta, desviava o rumo da conversa ou simplesmente caçava um jeito de sair de perto. Porque se o padrão que era o patrão não ligava pra aquele falatório, até achava graça, não era ele que ia ficar criando caso. Agora, no dia que o deputado resolvesse que a coisa tinha passado dos limites, que não admitia mais aqueles merdas difamando o seu nome, enlameando a sua vida, então o Waltencir tava ali, às ordens, pra comprar a briga que fosse. Afinal, o dr. Jonas tinha lá seus defeitos – e quem é que não tem? –, mas ninguém tinha o direito de esquecer o tanto que ele fez pelos pobres e, principalmente, pelos pretos daquela cidade. E fez porque tava nele essa coisa de ajudar os outros. Tanto que, quando ficou um tempo aí sem mandato, continuou ajudando qualquer um que batia na sua porta. Sem pedir nadinha de nada em troca. Pro Waltencir, o povo tinha mais é que fazer por onde do dr. Jonas não resolver, de uma hora pra outra, largar a política e ir cuidar da própria vida. Porque precisar da política ele não precisava mais não. E se tava nisto, era pra ter condições de ajudar mais gente, principalmente os pobres e os pretos, que pra estes a maioria dos outros políticos vira as costas. Então, se o deputado pediu aquela papelada, tava na mão. E o Waltencir nem queria saber pra que que era. O doutor conferiu os documentos um por um. *Amanhã cedo, tem que ser amanhã, sem falta, você vai ao banco e procura aquele gerente que eu falei. Tá lembrado do nome dele?*

Roberto Benjamin Filho. É só com o Benjamin, viu? Aí ele vai abrir uma conta no seu nome. Você pega tudo que ele te der, cheque, cartão, tudo, tudo, e traz aqui pra mim. Alguma dúvida? E o Waltencir era lá de ter dúvidas? O deputado mandou, ele obedecia.

•

Seu pereba! O filho do deputado não tinha como retrucar. Era mesmo um pereba. No futebol, no *videogame*, na bilosca, não ganhava uma. E olha que o Adão nem era assim um craque. E, na maioria das vezes, ainda dava vantagem. Mas não tinha jeito, o Juninho se enrolava todo e acabava perdendo qualquer coisa em que se metia. De que adianta usar tênis de marca, passar férias em Guarapari, estudar em escola particular, ter mochila de rodinha e pai rico? Um pereba! Falar o quê? Era muita humilhação dizer pro Adão devolver as biloscas pelo amor de Deus, senão ele apanhava de vara. O outro sabia muito bem como era o pai dele. Quando encasquetava com uma coisa, não tinha mas nem meio mas. Era muita humilhação usar o nome do pai pra amolecer o Adão. *Não devolvo bosta nenhuma. Eu bem que avisei: vai perder tudinho. Você é que quis continuar jogando. Agora já era.* Muita humilhação ter que inventar que pensou que a partida não era pra valer. Perdeu, perdeu. Paciência. Ia lá, falava com a mãe e ela comprava uma porção de biloscas, ainda mais coloridas. E, quem sabe, até umas daquelas olhos-de-gato. Mas como é que ia se haver com o pai? Pro deputado, humilhação era ficar sem as biloscas, sair no prejuízo. Ainda mais em se tratando de perder justo pro filho do caseiro, um moleque que nem chegou a tirar a quinta série. Mas o Juninho gostava do Adão. Mais até do que devia, segundo o pai. *Brincadeira de homem cheira a defunto.* Afinal de contas, o que que ele queria dizer com isto? Eles nem eram homens ainda... De forma que não tinham lá muita importância aquelas brincadeiras, os dois se engalfinhando pela grama do jardim, na beira do açude, no campinho de futebol, até no pomar. Era um encontrar o outro pra se atracarem feito dois galinhos de briga. Coisa de moleque. Quem é que ia maldar? E maldade não tinha mesmo. Pelo menos até o dia em que o Adão, sem quê nem pra quê, segurou o outro por trás e alisou as suas coxas e roçou o queixo no seu pescoço e apertou a sua bunda com a mão. E não é que o filho do deputado gostou? Tanto que, rapidinho, deu um jeito de se virar e oferecer a boca e o resto pro Adão. Daí em diante, raro era ter aqueles dois por perto. Continuavam se engalfinhando, como todo moleque nessa idade, mas sumiam no meio daqueles matos nas redondezas do sítio e ninguém mais dava conta deles. E ainda assim o Adão ia deixar o coitado do Juninho levar uma coça do pai? Se ao menos ele tivesse coragem de contar o que que tava acontecendo... De jeito nenhum, era muita humilhação. Não ia contar bosta nenhuma. Nem chorar na frente do Adão. Preferível apanhar de vara do que se rebaixar ainda mais.

•

Ora, ora, ora, mas vejam só, quanta honra pra um pobre barão! O deputado se regozijava por receber no seu modesto refúgio campestre o prefeito da cidade e o deputado federal mais bem votado da história daquela próspera região. Tinham negócios. Aliás, o deputado fazia negócios com muita gente, mas pouco usava o escritório que mantinha na cidade. Preferia tratar desses troços ali no sítio. Num lugar assim retirado, mesmo quando o assunto era sério, dava pra ficar mais à vontade, tomar um cafezinho, uma cerveja, às vezes até uma cachacinha, comer uma coisinha ou outra sossegado. Porque o dr. Jonas fazia questão que todo mundo se sentisse em casa. De forma que a Irene sempre deixava à mão alguns comes e bebes para o caso de aparecer alguém de última hora. Se bem que o patrão geralmente avisava com antecedência. Mas nunca se sabe, e a empregada não gostava de ser pega desprevenida. Foi os convidados sentarem e ela se apressou em lotar a mesa de pão, bolo, biscoito, café, leite, suco, queijo, fruta e mais uma montoeira de comida, pra todos os gostos. Depois se escafedeu, que tinha muita coisa pra fazer ainda.

Mas ninguém tava ali pra comer. Primeiro a obrigação, depois a diversão. O dr. Jonas tratou de ir direto ao assunto e perguntou ao prefeito Cara-Suja – ou melhor, Adilson Ferreira, que ele odiava aquele apelido e só usava mesmo na época da campanha eleitoral – se o deputado Sérgio Augusto já estava por dentro do esquema. *Veja bem, Sérgio. Eu nem imagino como é que essas coisas funcionam lá em Brasília, mas não deve ser muito diferente daqui não. A gente costuma fazer desse jeito que o Adilson explicou, agora, se você tiver alguma ideia melhor...* O deputado ponderou da necessidade de redobrar os cuidados, porque esses putos do ministério público mais um ou outro jornalista metido a detetive deram agora de ficar infernizando a vida de todo mundo. E dependendo do negócio, ainda tinha a polícia federal pra meter o bedelho. *Não, não, eu e o Adilson, a gente tá sabendo, isso não é mais coisa pra amador não. Ou faz o troço direitinho, tudo nos conformes, ou amanhã tá em tudo quanto é jornal. Afora a merda de ter que gastar uma baba com advogado... A gente não nasceu ontem não, deputado! Tá achando que eu marquei pra gente conversar aqui, nesta distância toda, por causa de quê? Neste buraco, nem telefone celular não pega. Aliás, se tem uma coisa que eu odeio é o tal do celular. Além disto, tem pelo menos uns cinco homens meus espalhados por aí. Não dá pra ver, mas tá tudo armado. Quero ver se tem algum besta pra vir aqui me encher a porra do saco.* Assim o deputado Sérgio Augusto ficou mais tranquilo. E relaxou de vez depois que ficou sabendo que o contador da prefeitura tava tomando todas as providências e que, não demorava um mês, um mês e meio, um homem da confiança do dr. Jonas, o Waltencir, já era o feliz proprietário de três empresas no Espírito Santo, mais especificamente na cidade de Alegre. Quem é que ia querer escarafunchar alguma coisa naquela biboca?

Ora, ora, ora, e o nosso prefeito, não fala nada? Fica aí caladinho, só escutando? Com efeito, tirando os cumprimentos de praxe, até aquela hora o Cara-Suja não tinha dado uma só palavra. *Aconteceu alguma coisa, Adilson? Você tá com uma ca... Um jeito esquisito. Aquele seu menino andou aprontando merda outra vez? Já cansei de falar que é pra...* Antes de ter que ouvir coisa que não queria, o prefeito atalhou: *Tá tudo bem lá em casa. Porra, o filho da gente faz um negocinho de errado assim e fica todo mundo falando. Aposto que, se fosse filho de outro, neguinho não tava nem aí...* O doutor concordou pra não perder o amigo, porque vira e mexe o caçula do prefeito ia parar na delegacia. Mais de dez vezes até agora: pega de carro, maconha, briga no meio da rua, até bater em mulher. Onde já se viu? Daí, o Cara-Suja telefonava, todo esbaforido, às vezes altas horas da madrugada, e o dr. Jonas é que tinha que ir lá livrar a cara do safado. Tudo em nome da velha amizade. E de graça. *Negócio seguinte: eu tava saindo pra cá e recebi a ligação de dois vereadores. Parece que tem um movimento forte lá na câmara. Tão querendo investigar as obras daquele portal que a gente fez ali na entrada da Rio-Bahia.* O dr. Jonas chegou a espumar de raiva. *Fala, repete isto que você disse. Então, quer dizer que os merdas daqueles vereadores ficam descansando a bunda lá na Câmara, fazendo bosta nenhuma, a gente trabalha feito maluco pra conseguir a verba pra porra daquele portal, pra enfeitar um pouquinho esse fim de mundo, e agora os viados ainda querem investigar... Tomar no cu, viu!*

O deputado Sérgio Augusto deu de ombros, afinal de contas, desta ele tinha ficado de fora, verba do estado, nem fazia ideia do que se tratava. Já o prefeito, ano de eleição, os vereadores querendo mostrar serviço, a cidade inteira de olho, o prefeito estava deveras preocupado. E o dr. Jonas, puto da vida. *Onde já se viu uma coisa dessas? A gente faz todo o serviço, trabalha feito um desgraçado, enquanto os bundas ficam lá no bem-bom, só esperando a parte deles, sem mover uma palha – e agora, ainda por cima, vem essa putaria de querer investigar um troço que já tá pronto e acabado faz um tempão? Pra cima de mim é que eles não vão arrumar voto. Adilson, se preocupa não. Amanhã é segunda, de tardinha eu vou lá na Câmara, dou um chega-pra-lá naquela cambada de viados, e em dois tempos a coisa morre. Aliás, se eu descubro o infeliz que começou com este papo... Deixa pra lá! Amanhã eu resolvo isto. O que interessa agora é ver com o deputado aqui como é que a gente faz com o negócio da merenda escolar e com a verba pro hospital.* O Cara-Suja ainda tentou explicar com mais detalhes o que estava acontecendo na câmara, mas sossegou logo o facho, porque os outros assuntos eram mais urgentes e interessantes, não só pra ele e pro dr. Jonas, mas principalmente pro deputado Sérgio Augusto. Além do que, como frisou o doutor, roupa suja se leva é em casa.

•

Três dias já e o filho do dr. Jonas feliz da vida porque o pai tava lotado de coisas pra fazer na cidade. Ao contrário da dona Gisele, esposa dele, muito irritada com aquilo: *Quando não tá em Belo Horizonte, seu pai só fica lá na cidade, metido com aquela corja, tentando salvar a pele do safado do Cara-Suja. E a gente que se dane aqui neste fim de mundo. Nem pra dormir ele aparece. Vai ver até esqueceu que tem mulher e filho.* Pro Juninho, tudo ótimo. Quem sabe até, quando resolvesse dar as caras de novo, o pai não tinha esquecido aquele negócio das biloscas? Enquanto isto, ele mais o Adão se enfiavam aí por esses matos, fazendo sabe-se lá o quê. Ou melhor, agora todo mundo já sabia, porque os dois nem se preocupavam mais em esconder coisa alguma. Mas quede que alguém tinha coragem de sequer comentar com o pai e com a mãe do Juninho? Também, só se eles eram cegos pra não enxergar aquele troço. É normal um menino educado feito o Juninho, ao invés de querer morar na cidade, preferir ficar naquele sítio e, todo santo dia, ter que ir e voltar da escola chocalhando dentro de uma caminhonete? É normal um garoto nesta idade passar o dia inteiro trancado dentro do quarto, só brincando com outro moleque? E pior, o filho do caseiro, um empregado. Pra mãe dele era até melhor, o Juninho não dava quase trabalho nenhum. O pai, nas poucas vezes que parava em casa, *Quede o Juninho? No quarto? Preferível ele ficar lá do que enfiado nesses matos.* Quer coisa melhor do que um filho que a gente não precisa nem tomar conta?

Pro Juninho e pro Adão, o melhor dos mundos. Quando não estavam enfiados no quarto, tinham o sítio todinho e mais os matos em volta pra fazer o que bem quisessem. E ai de quem se atrevesse a maldar as brincadeiras dos dois! Tinha que ver tudo e continuar fingindo que era só coisa de criança. O pai do Adão até que se preocupava, que podia acabar sobrando pra ele. Mas fazer o que se toda hora o filho do patrão tava lá batendo na porta dele, chamando o Adão pra brincar? *Olha lá, hein Adão, o que que vocês dois andam aprontando por esses matos aí!* Mais, nem sabia como falar. Nessa idade, esses troços são assim mesmo. Depois, conheceu mulher, o menino pega gosto e é como se não tivesse acontecido nada. De forma que o Juninho e o Adão se fartavam, casalzinho de namorados: banho de cachoeira os dois pelados, piquenique no alto do morro, até passar a noite acampados na beira do açude a dona Gisele deixou. Fazer o quê? O que é de gosto regala a vida. E era tão bonitinho ver os dois juntos, um sempre fazendo as vontades do outro, tanto carinho. O Adão

Um chão de presas fáceis

até melhorou aquele jeito meio abrutalhado que ele tinha. E o Juninho, então? Nem parece mais o menino cheio de nove-horas que eu conheci ainda pequeno.

•

O dr. Jonas saudou o Cara-Suja como costumava: *Ora, ora, ora, que bons ventos o trazem à minha humilde residência? O negócio lá na Câmara...* Esbaforido como sempre, o prefeito nem deu tempo do deputado terminar: *Na câmara tá resolvido. O problema agora é a imprensa. Tem um jornalista lá no Estado de Minas, tal de Carlos Lopes, já ouviu falar? Pois esse sujeitinho ligou pro meu gabinete, jogando verde, disse que recebeu uns documentos, uns empenhos, umas notas fiscais da construtora que fez aquela escola, que aí foi no Tribunal de Contas e que o pessoal lá falou que já tava investigando, e ele, então, queria só uma palavrinha da prefeitura a respeito. Debochado o sujeito, ficou me tratando feito eu fosse um burro analfabeto. E na hora que eu falei que não tava sabendo de merda nenhuma, ainda disse que era pra eu ler o jornal de amanhã.* O dr. Jonas foi curto e grosso: *Fodeu! No tribunal, eu até dou lá o meu jeito. Agora, saiu no jornal, o ministério público vai atrás da merda. Eu só queria saber uma coisa, o que é que o filho da puta desse jornalista tem que se meter na vida da gente? É do bolso dele que tá saindo o dinheiro? Igual aqueles três da justiça do trabalho. Depois a gente encomenda o desinfeliz...* Daí, o deputado respirou fundo, tentando colocar as ideias no lugar, andou de um lado pro outro, socando o chão, nervoso pra burro, depois virou pro Cara-Suja e disse que era pra ele ir pra casa e dar um jeito de entrar em contato com o pessoal lá da construtora. *E pelo amor de Deus, não fica falando dessas coisas no telefone não. É pra marcar com eles urgente, ir lá na construtora e ver se aquele povo tá sabendo de alguma coisa*. Nesse meio tempo, o dr. Jonas ia dar uns telefonemas pra Belo Horizonte, levantar a ficha do tal Carlos Lopes, não era este o nome do filho da puta? Trocar umas ideias com uns amigos, ver em que pé que tava a coisa... Quem sabe o tal jornalista só queria mesmo ganhar algum? Melhor não esquentar a cabeça antes da hora. De qualquer forma, cautela e caldo de galinha nunca fizeram mal a ninguém.

Foi o Cara-Suja virar as costas e o dr. Jonas gritou pra Irene que era pra ela caçar o Juninho, onde fosse que o pamonha estivesse metido, porque eles tinham um negócio urgente pra resolver. Tava no quarto, brincando com o Adão. Quando precisava, o Juninho bem que sabia dar uma de coitado. Chegou parecia um bichinho assustado, todo encolhidinho, os olhos baixos, andando devagarinho... O Adão ficou de longe, sem saber do que se tratava. Também a Irene, cheia de dó do pobrezinho. O doutor simplesmente estendeu a mão esquerda aberta; na direita, uma vara de pessegueiro. *Quede a droga daquelas biloscas? Ou o senhor pensou que eu tinha esquecido?* O menino permaneceu com os olhos pregados no chão. Ele até podia fugir pro meio do mato, mas era pior. Porque galinha de casa não se corre atrás e uma hora ia ter que voltar. O pai aumentou o tom de voz, apenas pra perguntar quando é que ele ia deixar de ser sonso e criar vergonha naquela cara, porque já tava mais do que na hora de virar homem. Foi o suficiente pra dona Gisele chegar na varanda e perguntar o que que tava acontecendo. Mas não precisou ninguém responder. Assim que viu a vara na mão do marido, entendeu tudo. Por causa de um punhado de biloscas, nunca que ela permitir que o doutor batesse no Juninho. O menino era asmático, nasceu de sete meses, magrinho daquele jeito, vira e mexe passava a semana inteira vomitando o pouco que punha no estômago, o pai não sabia porque nunca parava em casa e ela preferia não levar mais preocupação pra ele, já bastava a política. Tinha cabimento uma coisa daquelas? Coitado do Juninho, tão doentinho. *Além do mais, quem é que tem culpa do Adão ser mais esperto e ficar passando a perna nele?*

Bem, nisto a dona Gisele até que tinha razão. E como, pelo menos é o que diz o povo, quando cai o filho do patrão, o galo é na testa do moleque, o dr. Jonas foi lá, catou o Adão pelo braço e deu umas boas de umas varadas nas pernas dele, que era pra aprender a nunca mais enganar o Juninho. Podia ficar com a merda daquelas biloscas, mas ai dele se o patrão soubesse que tinha tapeado o Juninho uma vezinha a mais que fosse. O infeliz do moleque correu pra casa feito um desesperado. As pernas ficaram que era um vergão só. Nem do pai dele nunca que tinha levado uma surra daquelas. Por um lado, pensou o besta do Juninho, até que foi bom o Adão apanhar assim que nem boi ladrão. Agora, tava ele lá, triste da vida, precisando do seu carinho, dos seus beijos.

O RABO É O QUE MAIS CUSTA A ESFOLAR

— Mamãe mata a gente de vergonha, tia. Eu sei que ela não faz por mal, mas tenha dó! Foi quase a vida inteira servindo de chacota pros outros. No grupo, na rua, no jardim, até na hora das brincadeiras, até na igreja. E tudo por conta dela. Eu não gosto nem de lembrar...

Trecho de ligação telefônica entre Osasco (SP) e Engenheiro Caldas

— Longe de mim, minha filha, me intrometer na sua vida. Mas quando o seu irmão apareceu aqui em casa, eu pensei que você...

— O Nelsinho ainda tem como esconder que é filho dela. O sortudo é o papai escarrado. Agora, e eu? Não tem escapatória, tia. A pessoa olha pra minha cara e logo vem "Você não é filha da Maria..." e aquele ar de deboche.

– Cidade pequena, minha filha, você sabe como é, as pessoas não têm muito o que fazer...

– O problema é que as pessoas têm razão, tia. Todo mundo evolui, melhora, se corrige, toma jeito na vida, mas a mamãe... Eu, da minha parte, já desisti. A gente fala, mostra, chama a atenção, com toda a delicadeza. Adianta alguma coisa? Nada!

– Desde pequena a Maria sempre foi assim, minha filha, extrovertida como ela só. Mas incapaz de fazer mal a uma mosca. Uma boba mesmo!

– Extrovertida, tia?

– Se deixar, arrisca ela ficar sem comer só pra dar pros outros. Até pra quem caçoa dela.

– Extrovertida sou eu, extrovertida é a senhora. Extrovertido era o padre Zacaron, que adorava contar aquelas piadas cabeludas pro papai na porta igreja. Lembra?

– Claro, minha filha. Mas não custa a gente ter um pouquinho mais de tolerância com...

– Olha, tia, a senhora vai me desculpar... Eu sei que a mamãe deve ficar enchendo a cabeça da senhora. Que eu sou uma filha desnaturada, que quando eu dou as caras é só de passagem pra casa da minha sogra, que parece que eu não tenho amor pelo pessoal daí... Tudo bem, eu entendo.

– Não, minha filha, sua mãe nunca abriu a boca pra...

– Deus que me perdoe, tia, mas eu vou dizer uma coisa pra senhora: só eu sei o que que é ser filha da dona Maria Fala-Alto.

– Eu entendo, minha...

– Não, tia. A senhora me desculpa mesmo, mas ninguém imagina a quantidade de humilhação que eu passei por conta da mamãe, o tanto de apelido que me botaram. Tudo por causa dela.

– ...

– A senhora me responda: de onde é que ela tirou aquele jeito de falar, tia? O vovô só falava o estritamente necessário,

a vovó vivia mandando a gente moderar o tom da voz, a senhora e o tio Abílio nunca vi mais discretos... Às vezes, eu fico pensando se a mamãe não faz isso só pra irritar a gente. Ou pra aparecer, sei lá!
– É o jeito dela, uai. Cada um tem...
– E isso é jeito de uma pessoa normal falar? Tia, com o alto-falante da igreja ligado, a gente ouve a mamãe falar do outro lado da praça. Pra senhora ter uma ideia, da última vez que eu estive aí, uma tarde a dona Conceição bate lá em casa porque tava precisando tratar alguma coisa com a mamãe. Quando eu fui responder que ela precisou dar um pulinho na rua, advinha a voz de quem a gente ouviu em alto e bom som, como se estivesse na vizinha? Tia, isso não tem cabimento não. Sabe onde é que a mamãe tava? Acredite se quiser, no armazém do Durval. A senhora sabe a distância lá de casa até o armazém do Durval. Eu, sinceramente, não sei como é que ela consegue. Nem o alto-falante da igreja...
– Fazer o que, minha filha?
– E pra piorar as coisas, quando ela tá naqueles dias, atacada, e destrambelha a falar, só sai batatada.
– Pelo menos ela não fala mal de ninguém. É só coisa boa.
– E tudo errado, tia. Dois filhos com curso superior e ela fica aí esbravejando um monte de asneira no meio da rua pra todo mundo ouvir.
– É sua mãe...
– A senhora me peça o que quiser, tia. Eu não tenho dinheiro sobrando, mas, se precisar de algum, é só avisar que dou um jeito. Deus me livre e guarde, mas se ela ficar doente, na cama, eu até racho com o Nelsinho uma pessoa pra tomar conta. Agora, ir aí pra passar mais humilhação ainda, eu não vou tão cedo.

Tarumirim, 16 de dezembro de 1986.

Meu querido Jhony,

    Não sei o que dói mais, escrever esta carta que não tenho para onde mandar ou continuar em silêncio, com tanta coisa gritando aqui dentro de mim. Hoje sonhei com você. Era tudo o que eu pedia toda noite, porque precisava ver você andando, rindo, mexendo os braços, jogando um beijo para mim... Retrato é bom de olhar, mas depois de um tempo vai dando uma aflição danada. A pessoa não mexe, não sai do lugar, não pisca o olho – fica até parecendo gente morta. Daí que, de tanto pedir a Deus, esta madrugada eu sonhei com você. Era para eu ficar alegre, mas o sonho não foi nada bom. Acordei ainda mais desesperada. Parecia esses filmes de suspense, de terror, tudo muito escuro, muita poeira, depois muita lama, uma gente esquisita junto com você. Tudo muito confuso. Tinha uns homens vestidos com roupas cheias de fitas coloridas e eles usavam umas máscaras brancas e dançavam, riam, cantavam, brigavam, rolavam no chão como se estivessem bêbados. As máscaras lembravam essas caveiras de porta de cemitério, mas acho que eram feitas de glacê ou de açúcar, porque, de vez em quando, um deles tirava a máscara e ficava lambendo como se fosse um pirulito desses bem grandes. E se lambuzava todo. Dava até nojo ver uns homens daquele tamanho agindo feito criança pequena, uma gosma branca escorrendo pela cara, pingando da mão, sujando a roupa... Tudo muito esquisito. Até tentei ver se reconhecia alguém. Quem sabe o Josiel ou o Mutum, que sempre adoraram uma porqueira, não estavam ali naquela festa maluca? Se é que aquilo era uma festa mesmo... Mas não dava para enxergar ninguém direito, porque mal tirava a máscara e o sujeito já começava na lambeção, e aquela gosma ia grudando outra vez na cara, até ficar dura e virar máscara de novo. Nem sei se aquela gente tinha rosto de verdade.

    Como eu disse, meu amor, o sonho foi muito estranho. Aqueles homens ficavam dançando no chão de terra batida, subia muita poeira e tinha só uns lampiões coloridos que não iluminavam quase nada. Mal dava para ver as pessoas, que dirá reconhecer alguém no meio daquela bagunça toda. De repente, começou a cair um temporal dos diabos.

Carta escrita por Kathleen Aparecida ao noivo Jhony, natural de Tarumirim, desaparecido na sua terceira tentativa de entrar clandestinamente nos Estados Unidos

Mas mesmo debaixo daquele aguaceiro, os homens continuavam a dançar e riam e gritavam cada vez mais alto, pulavam com os dois pés nas poças d'água, espojavam na lama... De qualquer forma, não sei se por conta do temporal, foi tudo ficando cada vez mais claro, como se as gotas de chuva fossem pequenas lâmpadas que caíam do céu. Aí, deu para ver que aquela gente toda estava num lugar igual esses terreiros de fazenda de antigamente, muito grande, mas não tinha nenhuma casa por perto. Também, com uma balbúdia daquelas, se alguém morasse próximo dali já tinha até chamado a polícia.

Passou um tempo, a chuva diminuiu um pouco e, lá no fundo do terreiro, no meio de um breu disgramado, apareceu uma luz muito forte. Chegava a arder a vista. Daí, a luz foi chegando cada vez mais perto, até ficar parecendo que era dia de sol claro. Junto com a tal luz, apareceu também uma montoeira de crianças. Todas usavam aquelas máscaras de caveira, mas estavam muito bem arrumadinhas e andavam em silêncio, formando duas filas. Parece que os homens não estavam bêbados coisa nenhuma, porque foi as crianças chegarem perto e eles começaram a se ajoelhar, todos ao mesmo tempo. Depois, tiravam a máscara, jogavam no chão e enfiavam a cara na lama. Dava para ver que eles estavam chorando muito, talvez de vergonha daquelas crianças tão limpinhas e comportadas, enquanto eles mais pareciam uns bichos chafurdando na lama. Pensei comigo, do jeito que essas crianças estão andando, parece até uma procissão...

E era mesmo uma procissão, Jhony. Porque logo em seguida vieram umas moças carregando um andor. Elas estavam vestidas de preto dos pés à cabeça e também usavam aquelas máscaras horríveis na cara, só que, ao invés de brancas, eram verdes ou vermelhas. Em cima do andor, tinha uma mulher sentada com um rapaz deitado no colo. No começo, pensei que podia ser uma estátua ou uma pintura, igual aquela que o Jean tinha na parede do quarto dele. Lembra? Da Virgem Maria segurando o corpo de Jesus Cristo? Mas o andor foi se aproximando e reparei que era uma mulher mesmo, vestida de Nossa Senhora, um manto azul nas costas e um vestido muito vermelho e todo bordado. Uma das coisas mais lindas que já vi na minha vida... Acho que foi por isto que, sem perceber, acabei passando bem no meio daquele monte de homens esparramados pelo chão só para chegar mais perto do andor.

Faltou isto para eu ter um troço ou dar um grito bem alto quando vi quem é que estava nos braços da Nossa Senhora. Ainda bem que não gritei. Arriscava acordar e aí eu não ia mais poder olhar para você, meu amor. Ali, pertinho de mim, em cima do andor, o meu Jhony. Mas duas coisas me *deixaram muito nervosa. Primeiro, o que é que o senhor estava fazendo deitado no colo daquela mulher? Porque eu tinha quase certeza que ela não era a Virgem Maria. Depois, imaginei que podia ser tudo de verdade e que você estava morto. Foi quando o andor passou bem na minha frente, você virou a cabeça um pouquinho, olhou para mim, deu aquele sorriso gostoso e me mandou um beijo. Queria ter gritado o seu nome. Jhony! Jhony! Mas não gritei. Também não adiantava nada. Com aquela barulheira toda, os homens chorando como se estivessem tomados e as mulheres cantando muito alto, duvido que você ia escutar. Fiquei ali parada feito um dois de paus, como dizia meu avô, só olhando para você, o coração quase saindo pela boca. Tão lindo, o meu Jhony, deitadinho nos braços de Nossa Senhora!*

Engraçado é que, apesar daquela chuvarada toda, em cima de mim não caía nem uma gotinha sequer... Foi por causa disto que eu reparei que aquilo tudo era um filme. Olhei para o lado, estava num cinema, e não tinha mais ninguém, só cadeira vazia. O seu rosto ocupava a tela toda, enorme, lindo de morrer! E você piscava o olho e ficava mandando beijo e mais beijo para mim, tudo em câmera lenta, bem devagarinho... Coisa de filme de verdade! Não demorou muito e desapareceu tudo: a tela, as cadeiras, as paredes do cinema, o seu rosto... Quando dei por mim outra vez, a gente estava num lugar que parecia aquelas dunas lá de Cabo Frio. Sol forte, muita areia, uns matos no chão. Só faltava o mar. Devia ser um desses desertos que tem por aí. Pensei que agora, sem aquelas pessoas todas por perto, eu ia poder abraçar e beijar o meu Jhony. Mas você parecia muito assustado, me deu um beijo na testa e saiu correndo feito um maluco no meio do deserto. Até tentei ir atrás, mas os meus pés estavam enterrados na areia, como se tivessem criado raízes. E por mais que eu puxasse, não conseguia tirar de jeito nenhum. Era eu e era uma árvore, e tinha uma quantidade enorme de cobras em volta de mim. Acho que elas estavam aproveitando a sombra.

Você não imagina, meu amor, a aflição que eu fiquei. E para piorar as coisas, ali bem pertinho de mim, começou a brotar muita água do chão. Era tanta água que até arrastou umas cobras. E logo, logo tinha um rio muito grande passando rente dos meus pés. Eu plantada ali na margem e você nadando feito um desesperado no meio daquela correnteza toda. Chego a ficar sem fôlego só de lembrar... Mas aí eu vi uns homens num barco, do outro lado do rio, e comecei a gritar que você estava afogando. Não sei onde foi que arranjei forças, mas eu gritava, gritava, gritava muito. Acordei gritando, sozinha no meu quarto.

Um chão de presas fáceis

Pedi tanto para sonhar com você e quando sonho é uma coisa dessas, sem pé nem cabeça. Só para me deixar ainda mais nervosa, meu amor... Porque a doutora falou que não me dá mais um remédio, que eu acabo viciando e as pessoas ainda vão achar que a culpa é dela. A Marion, a Renatinha e a Beth estiveram aqui no sábado para ver se eu desenfurnava de casa. Queriam me levar para um churrasco no Café-Mirim. Nunca que eu ia, porque falta cabeça para aquela bagunça toda que o pessoal apronta. A mãe também vive me botando nervosa. É o tempo inteiro repetindo que eu preciso reagir, porque, se continuar dia e noite trancada dentro do quarto, vou acabar pegando uma doença grave, e aí as coisas pioram mais ainda. Até parece que é fácil. Nas poucas vezes que botei os pés fora de casa nesses últimos meses, quando não vinha algum desavisado perguntar quando é que você volta, era todo mundo me tratatando como se eu tivesse ficado viúva de pouco. Ficam cheios de dedos, nem tocam no seu nome, meu amor. E isto dá nos nervos.

Já que o sonho que eu queria tanto me deixou neste estado, a única coisa que peço a Deus é para ter alguma notícia sua. Sinceramente, eu não sei o que é pior: ter que enterrar você ou ficar nesta aflição. Porque, depois deste sonho besta, não consigo parar de pensar que o meu Jhony continua perdido naquele deserto enorme, sozinho, passando fome e sede, com aquelas cobras todas por perto. Ou então, que aqueles homens do barco tiraram você do rio, mas eles eram da polícia americana e agora você está preso, apanhando, sendo humilhado de tudo quanto é jeito... Ah, meu Deus, não gosto nem de pensar!

Onde quer que você esteja, Jhony, receba os beijos desta que muito te ama,

Kathleen

NEM TUDO QUE ESTÁ NA FRENTE É O FUTURO

Ó, no gol, o Gato Magro; na zaga, Jorginho Pança, Lalão, Bubú e Rosendo; meio-campo, Zizim, William Virado e Flávio Coxinha; atacantes, Guinelo, Cotoco

Dom Cavati, Campo do Operário E. C.

Fernando Fiorese

e o Merim do Imbé. Dizer pra você, time igual, nunca mais. Ah, e no banco, Jair Paulista, Potó, Ivonaldo, Geraldo Careca e o Cabo Cirilo. Um luxo só! O time era tão bom e ficou tão falado aqui na região que uns dois comerciantes aí chegaram a procurar o Silas Bangu, ele foi técnico do pessoal um tempão, só pra oferecer patrocínio. Tinha uniforme, chuteira, tudo direitinho. Até bicho teve ocasião que o pessoal ganhou. Pra ter uma ideia, o uniforme do Gato Magro eles mandaram vir do Rio de Janeiro, com luva, chuteira... Tudinho feito sob medida, que ele tinha mais de um metro e noventa e tantos e calçava acho que 46. Neguinho jurava que, daquele time, uns cinco pelo menos chegavam em clube grande. Assim feito Cruzeiro, Atlético, Flamengo, Corinthians... Tinha gente que falava até em seleção. O pessoal exagera, né? Mas era um timaço mesmo. Precisava ver. Dia de jogo, a cidade parava. Isto aqui ficava botando gente pelo ladrão. Teve uma final de campeonato que foi preciso do delegado chamar polícia de fora. E quando os caras iam jogar em outra cidade, então? Eram dois, três ônibus entupidos atrás do time. O povo fazia vaquinha, neguinho arrumava condução, pedia carona, qualquer coisa, só pra não perder nem um jogo. Até sujeito que não liga muito pra futebol dava um jeito de acompanhar pelo rádio. Foi outra novidade. O time fazia tanto sucesso, mas tanto sucesso, que uma rádio de Caratinga resolveu transmitir tudo quanto é jogo. Até que, um belo dia, babau!

 O Rosendo é que achou o corpo primeiro. Sujeito ficou tão apavorado que saiu daqui correndo. Sem falar nada nem pro porteiro. Foi direto na casa do Cotoco, que é quem morava mais perto. Chegou lá, o coitado nem conseguia falar. Ficava só fazendo gesto. Abria a boca mas não saía nem uma palavra. Também, juntou o apavoramento dele com aquela correria até na casa do Cotoco. Deve ter chegado lá botando os bofes pra fora. De forma que quem chamou a polícia, porque ele entrou no vestiário um pouquinho depois que o Rosendo tinha saído feito doido, foi mesmo o Ivonaldo. O pai do Ivonaldo trabalha no cemitério e ele morou a vida inteira ali do lado, então eu acho que ele tem mais calma pra estas coisas.

Quando o delegado chegou, parece que o Rosendo já tinha conseguido arrastar o Cotoco pra cá. Eu tava largando o serviço na hora que me contaram. Estas coisas em cidade pequena, sabe como é que é, não deu nem meia hora e devia ter mais gente neste campo do que em dia de jogo. Esse povo também adora uma desgraça. Adiantou coisa nenhuma o delegado mandar fechar o portão, o pessoal acabou pulando o muro que é muito baixo. Foi preciso tirar um monte de gente de dentro do vestiário. Teve criança que viu aquela coisa horrorosa. Fosse filho meu, catava pela orelha e ia se ver comigo. Mas neguinho deixa a molecada solta por aí...

Não deu nem meia hora e o time todinho tava dentro do vestiário. Até os reservas. Quem é que ia ter coragem de falar que eles não podiam entrar? Tudo amigo. Foi só neste dia que eu descobri que o Guinelo mais o Gato Magro eram irmãos. Nunca que ia imaginar. Um é moreno e deste tamanho mais ou menos, o outro é enorme e meio aloirado... O time inteiro tava que era um desespero só, mas o Guinelo dava até pena de ver. Chegou uma hora que tiveram de segurar, porque ele deu tanto murro na parede do vestiário que ficou com a mão toda ensanguentada. E não adiantava falar nada com ele não. O sujeito ficou completamente maluco. Também, não era pra menos. Dar de cara com o irmão estirado no banheiro do vestiário, o corpo todo cheio de sangue! Deus me livre e guarde! Qualquer um endoidava de vez...

Com muito jeito, assim como quem não quer nada, o delegado foi acalmando os ânimos, tirando o povo de dentro do vestiário, até que só ficou mesmo o pessoal do time. E mais uma meia dúzia de gente, acho que da família do Gato Magro. Não sei bem o que que eles conversaram lá dentro. Mas, não demorou muito, o delegado veio pro lado de fora, falou alguma coisa com os dois, três pê-emes que ficaram em pé ali na porta pra não deixar ninguém mais entrar, reuniu os homens dele, entraram na viatura e saíram cantando pneu. Depois que eu fiquei sabendo do caso todo é que fui atinar pela coisa. Hora nenhuma, eu vi o Merim no meio dos outros jogadores. Também, naquele alvoroço todo, quem é que ia ficar conferindo a escalação do time?

O fato é que, quando a polícia chegou na casa do Merim, a porta tava aberta até o canto e ele sentado no sofá da sala, uma faca de cozinha na mão e todo sujo de sangue. Parece que não tinha mais ninguém em casa. A mãe e o pai dele deviam estar na igreja, que eles são evangélicos e vivem enfurnados lá. Imagina os dois andando de volta pra casa, todo mundo olhando, ninguém com coragem pra contar a desgraceira que o Merim tinha aprontado... E o susto dos dois coitados quando chegaram em casa? Diz que a dona Alcyr subiu a pressão e teve até que ficar internada uns dias. Dos males, o menor. Quando eles chegaram em casa, a rua ainda tava em polvorosa, mas o Merim já tinha sido levado pela polícia. Pior era ver o filho sendo preso na frente de todo mundo, e com roupa todinha suja de sangue.

Pra encurtar a história: o Merim foi preso, julgado, condenado, quinze anos de cadeia, e nunca ninguém ficou sabendo porque que ele fez uma doideira daquelas. E nunca que ele abriu a boca pra falar uma coisinha que fosse. Nem na frente do juiz. Muito menos pro pai e pra mãe dele. Como esse pessoal gosta muito de ficar especulando a vida dos outros, tem que gente que fala que foi por causa de mulher. Mas, pelo que consta, na época, nem o Magro nem o Merim tinham namorada. Tanto que ninguém sabe o nome da tal mulher. Tem outros que dizem que o negócio foi uma aposta que eles fizeram, o Gato Magro ficou enrolando pra pagar, acabou que o Merim perdeu a cabeça. E tem também a história de um frango que o Magro levou, o Merim fez uma piadinha, uma brincadeira qualquer, os dois se estranharam, deu no que deu. E por aí vai, as histórias mais cabeludas...

Agora, pra mim, esse troço do Merim não abrir a boca pra falar um á, é porque a coisa é muito pior do que a gente pensa. O sujeito fica aquele tempão na cadeia, deve ter passado o pão que o diabo amassou, depois volta pra cá e continua sem dar nenhuma explicação pra aquela doideira? Não sei porque que voltou justo pra cá. O pai mais a mãe dele já tinha morrido. De desgosto, coitados. Vive aí trabalhando de pedreiro, mas o que ganha deve dar mal e porcamente pra pagar o quartinho lá na pensão da dona Maria, que é onde ele mora faz um ano, um ano e pouco. E diz que ele traz o quarto no maior cuidado, feito fosse assim coisa de moça. Sabe como é a língua desse povo.

A única coisa certa nesta história toda é que o time foi pro beleléu. Nunca mais os caras colocaram os pés aqui no campo do Operário.

Evolução populacional do município de Campanário

1991	7.914
1996	3.410
2000	3.419
2007	3.592

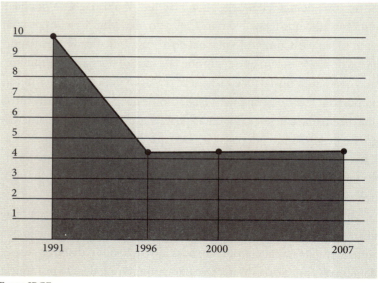

Fonte: IBGE

HÓSPEDE E PEIXE, COM TRÊS DIAS FEDE

Sexta-feira, feriado, tarde

– Ô meu filho, fala um tiquinho mais baixo. O seu irmão chegou hoje de manhã de São Paulo – você sabe como essa viagem é terrível! – e tá descansando lá no quartinho dos fundos...

Bairro Santo Antônio, Inhapim

Sexta-feira, noite

– Jesus-Maria-José! Você não vê, filho, que agora o seu irmão tá jantando? Deixa pra contar essas bobagens mais tarde. Será que a pessoa não tem mais o direito nem de comer em paz?

Sábado, manhã

– Tenha a santa paciência, Beto, o seu irmão veio aqui pra descansar e não pra ficar fazendo as suas vontades. Daqui a pouco, ele tá indo embora e nem teve tempo de colocar a conversa em dia com seu pai.

Sábado, tarde

– Beto, pelo amor de Deus, será que você podia ter a bondade de deixar o seu irmão assistir ao futebol em paz? Ele não tá nem um pouco interessado nessas suas gracinhas. Casca fora daqui, vai!

Domingo, noite

– José Alberto, José Alberto, o senhor não dá a mínima pras pessoas, né? Já faz mais de duas horas que o seu irmão tomou a condução e só agora é que você me aparece? E ainda vem perguntando por ele com a cara mais deslavada... O coitado quase que perde o ônibus esperando pra te dar um abraço. Você devia ficar com remorso. Quase uma semana ele aqui dentro de casa e você não deu nem um pinguinho de atenção. Só batendo rua, seu estafermo!

Um chão de presas fáceis

ANTES ERRADO QUE MAL REMENDADO

Adianta explicar não. Já falei mais de umas quinhentas vezes. A gente traz o Oninho assim não é por maldade nem por capricho não. Qual pai que faz um troço desses com o próprio filho por gosto? Eu sofro que é o diabo. Aposto que muito mais do que ele até.

Conversa com o advogado, Delegacia de Ubaporanga

Da primeira vez, achei que era coisa à toa. Sei lá, esses meninos de hoje cada dia inventam uma moda nova. Pensei cá comigo, com o tempo passa. Aí, foi mais uma vez, depois outra e mais outra... E só piorando. A gente tentou de tudo, mas chega uma hora... Até o dr. Elias falou: *Olha, seu Onofre, aqui não tem mais recurso pra tratar dessas coisas não*. Fiquei naquela: ou largava mão do moleque, deixava pra lá, ou dava um jeito de arranjar dinheiro pra fazer o tratamento. E pelo que eu andei vendo por aí, não sai barato não. Eu e a patroa, a gente luta com muita dificuldade. Tirar dinheiro de onde? Se adiantasse alguma merda, desculpa, eu vendia até a roupa do corpo. Mas o próprio dr. Elias disse que é coisa pra muito zero. No desespero, levei na benzedeira, na igreja dos crentes, na macumba. Até no centro espírita ele foi comigo. Obrigado mas foi. Agora me diga: se o senhor tivesse um filho nessas condições, com um problema assim, não fazia o possível e o impossível pra curar o coitado? O senhor tem dinheiro que eu sei, mas e se estivesse que nem eu, vendendo o almoço pra comprar a janta? Ponha-se no meu lugar, o senhor também é pai. Ninguém escolhe o filho que vem não. Deus manda e a gente que se vire! Eu criei foram cinco. Tudo do mesmo jeitinho, sem tirar nem pôr. Tem um vizinho meu que criou três, uma menina e dois meninos. A mais velha toma remédio de doido. Dependendo, chega até a babar. O do meio, acho que é o do meio mesmo, uma bicha dessas de marca maior. Já o mais novo deu pra maconheiro. O senhor veja que eu tou no lucro. Dos meus cinco, só o Oninho saiu assim. Porque o resto nunca me deu o menor trabalho. Justo o caçula, a rapa do tacho, o que passou menos necessidade. Dizer pro senhor, é desgosto em cima de desgosto. Falei até aí pro guarda, numa hora dessas, sem nem um tostão furado, a gente acaba fazendo besteira mesmo. Eu sou pai, não ia deixar o menino largado aí. Das coisas que eles estão me acusando, eu aceito tudo. No desespero, a gente só faz trocar os pés pelas mãos. Pra salvar um filho meu, não vou mentir pro senhor não, até matar eu era bem capaz de matar. Aceito tudo que o delegado tá dizendo que eu fiz de errado, de menos esse troço de cárcere privado. Já falei pro delegado, já falei pros guardas, mais de umas quinhentas vezes. Adiantou merda nenhuma. Desculpa aí. Mas vou falar pro senhor. O Oninho tá sempre com a gente lá dentro de casa, no quarto dele, barriga cheia, roupa limpinha, tudo nos conformes. Agora, se desamarra, ele sai pra rua – e aí é o diabo.

Casamento de Maria Eudóxia e Laércio da Silva Leite
Em 22 de maio de 1953, dia de Santa Rita de Cássia. Sobrado da família Furtado Lamas, Caratinga, Minas.
Da esquerda para a direita, nas janelas: agregado (?), Tuniquinho, Antonieta, Herculano Domingues Junqueira (Doca).
Em pé: Bibi ou Alcides (Cidão), sr. Nestor Alves Rabelo, desconhecido, Urbano Amarante Bifano, Dona Agostinha, Marlene Mattos Stewart (Tia Leninha), Maria Edith Mattos Stewart (Tia Dezinha), Aracy da Silva Leite, desconhecido, José Maria de Souza e Silva (Zezé Tranca), Sebastião da Silva Leite, Ana Junqueira da Silva Leite (Anita), Alceu Augusto Amarante (Tanguinho), Nelsa ou Noêmia Furtado Lamas, Austregésilo Junqueira Lamas (Tegésilo).
Nas cadeiras: Antônio Furtado Lamas, Dona Rosa Maria Rocha Lamas, Dr. José Joaquim da Silva Leite, Dona Guilhermina Vieira

Anotações manuscritas no verso de um retrato das famílias Furtado Lamas e Da Silva Leite, tirada por ocasião do casamento de seus filhos

Um chão de presas fáceis 139

da Silva Leite, Carolina Furtado Lamas, os noivos Maria Eudóxia e Laércio da Silva Leite, Carlos Alberto Furtado Lamas (Albertico), Antônia da Silva Leite (Totonha), Paula Lamas Maciel.

Assentados no chão: Mônica, Belinha, Sinara, Cocoda, Toninho, criança não identificada, Catito, Zuza, Maroca, Andrinho.

Cláudia Regina Furtado Lamas, a Cocoda, casou-se com um advogado de Belo Horizonte no ano de 1972. Tem um casal de filhos.

Leninha gravou um disco de bossa-nova em 1965 ou 66. Envolveu-se com um comunista e os dois fugiram para a Alemanha.

Cidão morava em Campinas quando sofreu um acidente de automóvel. Ficou paraplégico. Separado, dois filhos homens.

Zuza (José Umbelino da Silva Leite) se meteu na política e foi para Brasília trabalhar no Senado. Nunca casou. Hoje, está aposentado.

Maroca quase foi Miss Minas Gerais. Casou-se com um empresário italiano e mora em Paris. Sem filhos.

Catito jogou futebol no Democrata de Governador Valadares. Depois, no Fluminense e no Vasco da Gama. De tanto beber, acabou internado num hospício no Rio de Janeiro. Era flamengo doente.

Todos mortos. Menos eu, Anita e Belinha.

PINTA NO PEITO, MULHER DE RESPEITO
PINTA NO BRAÇO, MULHER DE DESEMBARAÇO
PINTA NO QUADRIL, MULHER DE ARDIL
PINTA NA PERNA, MULHER DE BADERNA
MULHER SEM PINTA, OU É SONHO OU É FINTA

Encontros num motel localizado na estrada Caratinga-Bom Jesus do Galho

... Mulher de fazendeiro é tudo igual. Só quer saber de mandar na gente. Porque tá pagando, é só lambe aqui, faz isso não que fica marca, fala que eu sou gostosa, enfia tudo, mais devagar, não para, não para. **A primeira vez que eu vi aquilo tudo, minhas pernas chegaram a bambear. Foi uma coisa que não tava em mim. Bem que a Glorinha falou.** A moto foi chegando e eu vi logo que era encrenca. O sujeito na garupa ainda perguntou o meu nome. Disse outro, que eu não sou besta nem nada. O negócio era cair no mato. **Eu sou mesmo uma vagabunda. Pior do que essas que o Horácio pega por aí. Também, fazer compras onde nesta cidade? E viajar é cinco, seis vezes por ano e olhe lá.** Uma mulher classuda assim não precisava pagar pra ter homem não. Perto das tranqueiras que eu já tive que encarar... Estas, eu até entendo, porque, se não pagam, não arranjam ninguém pra comer. Agora, uma dona feito essa, tudo no lugar, toda durinha? Nem parece que tem quase cinquenta... **Acho que eu ficava mais à vontade se, pelo menos, o Horácio deitasse aqui junto com a gente. Será que atriz de filme pornô consegue gozar de verdade? Porque, às vezes, é assim que eu me sinto: uma puta de cinema. Mas o Horácio nem me deixa falar nada com ele! Ao menos quando se masturba, eu sei que tá gostando.** Além disso, seus filhos já estão bastante grandinhos e podem muito bem se virar sem a mamãe. Você acha que aqueles marmanjos, qualquer um deles, iam abrir mão da própria vida pra tomar conta de você, se precisasse? Pode tirar o cavalinho da chuva! Eu também não procurei isso não. Agora, ou a gente resolve o que fazer aqui entre nós, ou não demora e vai dar uma merda danada. E aí você sabe, a corda sempre arrebenta do lado mais fraco. **Faz assim não. Como é que eu vou explicar pro Horácio um chupão no pescoço se tem mais de um mês que a gente nem dorme junto? Além disso, já falei mais de mil vezes pra você não ficar me olhando desse jeito. Acaba que eu perco o tesão. E não adianta ficar de cara emburrada, porque eu conheço os seus truques. Vem cá, vem, me dá um beijo daqueles que só você sabe...** Eu sou feito um desses touros que os merdas alugam pra cobrir as suas vacas. A diferença é que não posso emprenhar

Um chão de presas fáceis

nenhuma delas. Fica esse sujeito aí me olhando, babando em cima de mim. Como é que tem gente que consegue trepar direito com alguém espiando? Esse cara só pode ser doente da cabeça. Ou então, queria mesmo é ficar aqui no lugar da mulher dele, com o meu pau enfiado bem no meio do cu. Até o talo! **Pobre do Horácio, ele não merecia uma coisa dessas. E os meninos, então? Já pensou se eles ficam sabendo? Nunca mais me olham na cara. A Glorinha falou que, com o tempo, a gente acostuma, mas eu acho difícil. Eu tou me sentindo imunda, uma piranha. Foi a primeira e a última vez.** O Brás só confirmou o que eu já sabia. Os caras tão na minha cola. Tou fudido e mal pago. **Nunca me aconteceu isto antes. É sentir aquele cheiro que eu fico toda molhada. Aí ele pode fazer comigo o que quiser...** O que que tá faltando na vida dessa dona afinal de contas? Tem marido, tem filho, dinheiro a dar com o pau, e uma puta casa. Será que um cacete grosso e duro faz tanta falta? Eu nunca que vou entender um troço assim! **Nem me fala um negócio desses. Ele é o pai dos meus filhos. A gente vai dar um jeito. Mais uns dois, três dias e eu arrumo um dinheiro...** Olha que eu acabo ficando mal acostumado. E se o pessoal lá em casa pergunta onde é que arranjei uma camisa chique deste jeito? Vem cá pra eu dar um beijo de obrigado, vem, gostosa! Mas antes, mostra aquela pinta que me deixa louco... Ah, mostra logo, vai! **O Horácio é um grandissíssimo filho da puta! A vontade que eu tenho é contar tudo pros meninos. Aí eles iam ficar sabendo quem é o pai deles de verdade. E o tanto que eu tenho penado esses anos todos. Se bem que, do jeito que eles idolatram aquele pai, acabam achando que eu endoidei de vez ou que homem tem mais é que fazer isso mesmo.** Não, eu entendo, a gente tratou uma coisa e agora você tá dando pra trás. Mas tudo bem, fudido, fudido e meio. Na hora do bem-bom, era meu amor pra cá, meu tesão pra lá... Agora, que a coisa engrossou, você tá tirando o seu da reta. Mas um troço eu vou dizer: vai sobrar merda pra todo mundo, até pra aquela tal de Glorinha. Eu é que sou uma besta! **Jurei pra mim mesma que hoje a gente só ia conversar. Quando vê já tou em cima dele, pedindo as coisas mais indecentes do mundo, fazendo uns troços que nunca imaginei. Eu sou mesmo uma vagabunda! Também, não tem muito o que conversar com um garoto que quase podia ser meu filho. Bem que a Glorinha falou... Nem nos bons tempos o Horácio me fazia sentir assim.** Os caras bateram na minha casa, falaram com a minha mãe. Sabe o que que isto significa? Já faz quase uma semana que eu tou dormindo cada dia na casa de um. Esta noite, ou durmo aqui ou vou ter que fazer que nem eu fiz ontem. Fiquei zanzando a noite inteira lá pros lados do Santo Antônio. Porque, se dou uma incerta no Esplanada, só pra ver minha mãe, arrisca os caras me pegarem de jeito. Não foi um nem dois, pra mais de cinco já vieram me avisar que tão rondando a minha casa. **A gente foi pro Rio passar uns dias sem as crianças e o Horácio veio com essas ideias. Eu pensei que era uma daquelas maluquices que se faz uma vez na vida, outra na morte. Uma brincadeirinha pra apimentar o casamento, que tinha mais de vinte anos e não tava lá essas coisas. Na primeira vez, eu tomei um pileque tão grande que não lembro de quase nada. Só de um negão enorme, com um pau deste tamanho, e do Horácio se masturbando num canto do quarto do hotel. No dia seguinte, além da ressaca, eu mal conseguia sentar. Mas a gente se acostuma com tudo nessa vida.** Ah, não fica com vergonha não! Uma pele tão branca assim, sem uma marquinha, eu nunca tinha visto antes. Deita aqui pra eu ficar olhando mais um pouquinho, vai. **Com o dinheirão que eles tão cobrando, é bom mesmo que esses sujeitos sejam de inteira confiança. Você falou que eles são de Mutum? Não é meio perto demais não?** Igualzinho as outras. Uma piranha de marca maior. Esse papo de que o marido é um safado, de que vive metendo chifre nela também, tudo desculpa. O que essas vagabundas cheias

Um chão de presas fáceis

da grana gostam é de um caralho novinho em folha cravado no meio da buceta. **É melhor assim, enquanto a coisa tá no começo. Eu tenho idade pra ser sua mãe e logo, logo você ia enjoar de mim e trocar por duas de vinte. Já basta o que eu tive e tenho que aguentar com o Horácio. Aquelas vagabundas ligando pra minha casa e falando um monte de besteira.** Tem um tio meu que é dono de uma padaria em Juiz de Fora. Uma vez, ele falou pra minha mãe que, se eu quisesse continuar os estudos, podia ir pra lá, trabalhava de dia e fazia faculdade de noite. Eu sei que não é grande coisa, mas já é um começo... Uma besta de marca maior, é isso que eu sou! Vê se uma mulher classuda feito você vai largar uma vida cheia de mordomia pra viver com um bosta sem eira nem beira feito eu! É muita pretenção demais. **Bem que a Glorinha tentou me avisar. A esta hora, ele deve estar morrendo de rir da burra aqui. Uma mulher da minha idade, cair numa conversa mole daquelas? Eu sou mesmo uma tonta. Tonta, vagabunda e absolutamente apaixonada por aquele filho da puta!** Foi por um triz. Eu tava na padaria comprando um cigarro, os caras passaram de moto, bem devagarinho, olhando pra tudo quanto é lado. Se eu não tou ligado, ali mesmo é que me ferrava. Os caras não tão de brincadeira não. Ainda bem que o pessoal da padaria, sem entender porra nenhuma do que tava acontecendo, deu uma força, eu saí pelos fundos, pulei o muro e me mandei. Agora, melhor é passar uns dias na casa do Tãozinho mais do Durval. **A única coisa que eu queria era que o Horácio dissesse alguma coisa. Mas não. Ele mesmo arranja esses sujeitos sei lá onde, tudo em cima da hora, e eu ainda tenho que fazer cada coisa que até Deus duvida. Enquanto isso, ele fica lá sentado, olhando a vagabunda aqui. Depois se masturba, levanta e vai embora sem dizer um á. No dia seguinte, é como se nada tivesse acontecido.** É claro que eu avisei pros caras. Eles fazem o serviço e desaparecem na mesma hora. Vão pra Bahia, pro Espírito Santo, sei lá. É gente escolada, sabe muito bem o que que tá fazendo. Agora, vamos esquecer esses troços e dar uma boa trepada, vem. Olha como é que tá o brinquedo preferido da minha putinha. Doidinho pra levar uma chupada daquelas. **Pra Glorinha é mais fácil do que trocar de bolsa. Também, aquela ali não se apega a nada nem a ninguém. Deve ser porque nunca teve filho. Quando bate o desespero, é exatamente nos meninos que eu penso. Ah, aquele cheiro, aquela boca, aquelas mãos... Quando é que eu podia imaginar que, nessa altura da vida, ia ficar de quatro por um garoto de vinte e poucos anos. Mas, pelos meus filhos, eu abro mão de qualquer coisa.** O Brás bem que falou que, do jeito que a coisa tava indo, eu ia me estrepar bonito. Mas quede que eu escutei? Agora, é sair daqui, levantar a cabeça e deixar de frescura, que tem muita mulher rica nesta cidade precisando dos meus serviços. **Essa semana fora me deixou com um tesão daqueles. Vem cá comer a sua piranha, vem! Ah, eu trouxe um presente, mas só dou depois, se você fizer tudo direitinho.** MELHOR ESCAPAR SUJO DO QUE MORRER CHEIROSO. Tá escrito bem assim no para-choque do caminhão do Zé Elias. E eu é que não vou ficar aqui de bobeira pra ver como é que termina essa história. Já tratei uma carona com o Zé e, amanhã cedinho, tou subindo a Rio-Bahia até Fortaleza. **É uma humilhação muito grande ter que transar com o próprio marido de camisinha. Anos de casada, três filhos muito bem criados, uma casa que é um brinco, tudo isso pra quê? Pro Horácio ficar desfilando com tudo quanto é vagabunda que encontra? Ainda se fosse quando era mais moço... mas, hoje em dia, tá mais acabado do que eu!** Eu nunca comi a Glorinha, juro por Deus! Nem nunca vi mais gorda. Também não vou ficar entregando as suas amigas, que eu não sou nenhum dedo-duro. Não tem esse troço de sigilo profissional? Pois comigo é assim, sigilo absoluto. **Esses meninos não têm mais o que inventar. Ciúmes da mãe, logo agora que nem passando em frente de** canteiro de obras assoviam pra mim? Ah, não tem nada que pague poder colocar a cabeça no travesseiro e dormir com a consciência tranquila. Depois que a Glorinha sumiu da cidade, parece que as coisas voltaram aos seus devidos lugares. Afinal, eu sou uma mãe de família, e não uma vagabunda qualquer! Filho é só uma desculpa. A própria Glorinha já me contou que aqueles marmanjos não estão nem aí pra mãe. E se ela gostasse mesmo de mim, dava uma banana pra todo mundo e pronto. Mas tudo bem, não quer, não quer. Difícil é nunca mais poder dar uma lambidinha naquela pinta. Eta, dor de corno! **Tem dias que você me tira do sério, sabia? Parece um cavalo! Você acha que é só chegar e ir enfiando essa coisa no meio das minhas pernas? Eu pago bem mais do que você pediu exatamente pra não ter que aguentar essa afobação feito a de hoje. Tem alguma outra cliente esperando na fila? Porque rapidinha, meu caro, eu tiro com o meu marido mesmo, e lá em casa.** A coisa mais engraçada que tem é quando eu cruzo com essas vagabundas no centro. Elas até perdem o rebolado, aquele ar de mulher de respeito. Daí é que eu encaro mesmo, direto e reto. Nem pisco. E se bobear ainda dou aquele risinho safado. Vão fazer o quê? Quem tem culpa no cartório tem mais é que enfiar o rabinho no meio das pernas. **Sabe que eu não dava nadinha por você? Olhando assim, à primeira vista, ninguém imagina essas coisas todas que você é capaz de fazer em cima de uma cama. Porque também as suas roupas e essa cara de cafajeste não ajudam muito... Mas pelado e com a boquinha fechada, difícil encontrar outro igual. E olha que quem tá falando já ouviu muito homem pedindo arrego. Eu vou confessar uma coisa – e não vai ficando convencido não. Quando você me coloca de quatro, é o céu.** Como é que esses caras me acharam justo aqui. A única pessoa que sabia... Tou morto. **Você hoje tá que tá, hein! De onde é que veio esse fogo todo? Estou li-te-ral-men-te morta.**

A AUSÊNCIA MAIS CRUEL É AQUELA QUE SE PODE TOCAR COM AS MÃOS

É pra prestar atenção, que eu não vou ficar aqui repetindo uma, duas, dez vezes não. Ontem, na hora que a gente tava lá no seu avô escolhendo bambu, em vez de prestar atenção no que eu tava fazendo pra aprender a coisa direito, você preferiu ficar tacando pedra naquele bando de anus. E na hora de cortar e lixar as varetas, foi preciso quase que enfiar a mão no senhor pra ver se parava de brincar com as ferramentas. Muito engraçadinho! Agora, vê se sossega o facho e presta atenção, porque eu só vou ensinar as coisas uma única vez.

Santa Rita de Minas

Primeiro, as varetas. É coisa de palmo e meio pras duas menores, elas têm que ficar com tamanho igualzinho, e dois palmos e meio pra maior. Depois, a gente marca com canivete, com lápis, com a unha, com o que tiver à mão, o meio certinho das duas varetas menores. Pra facilitar, o bom mesmo é pegar um pedaço de linha do tamanho da vareta e dobrar bem no meio. Aí a coisa fica medidinha como deve ser. Feito isto, já dá pra começar com a armação. Você pega a vareta maior e mede mais ou menos meio palmo de uma das pontas e coloca assim, bem no meio da vareta menor. Agora, a gente pega a linha e amarra uma vareta na outra. Fazendo um xis deste jeito. Tá vendo? Se for dessas linhas de costura, essas que a sua mãe usa, pode dar umas vinte voltas, dez pra cada lado. Mas essa aqui linha dez, daí umas cinco voltas pra cada lado tá de bom tamanho. Tem que ficar bem firme e bem na metade da vareta menor, senão ela acaba dando de lado e aí é um merdeiro pra consertar. Quase nem vale a pena. A mesma coisa com a outra vareta menor, com a diferença que ela deve ser amarrada na grande com uma distância de meio palmo menos uns dois, três dedos. No resto, é tudo igualzinho.

Um chão de presas fáceis

Tá acompanhando? E essa cara de bunda? É sua mesmo ou não entendeu alguma coisa? Agora, a gente vai fechar a armação. Primeiro, o triângulo da parte debaixo. Você pega a linha, dá quatro, cinco voltas na ponta da vareta menor e dois, três nós bem apertados, que é pra não soltar. Depois, você enverga a vareta assim ó, firma bem e amarra a linha na ponta da vareta maior. Viu como é que eu fiz? Tem que ir sempre neste sentido. E a curva da vareta de baixo tem que ficar igualzinha de um lado e do outro, senão atrapalha tudo. Não é uma coisa difícil, é só prestar atenção e ir medindo as distâncias com a linha mesmo. Acabou de amarrar a vareta de baixo, olha como a curva ficou certinha, a gente leva a linha até a pontinha da vareta de cima, cinco voltas, três nós e assim por diante. Sempre do mesmo jeito, até chegar onde a gente começou. Pega a tesoura da sua mãe aí atrás de você enquanto eu termino aqui. Ah, uma coisa muito importante: a vareta de cima tem que ficar retinha, do contrário... Você entendeu, não entendeu? É só ir medindo de um lado e do outro com a própria linha que não tem como dar errado.

Achou a tesoura? Pega também esse papel de seda aí. Porque agora a gente vai cortar e colar o papel na armação. Quando eu era menino assim do seu tamanho, o que a molecada usava mesmo era um papel fininho que vinha embrulhando rolo de papel higiênco. Papel de seda eu nem sei se existia naquela época. Também, no merdeiro que a gente vivia, não dava pra gastar dinheiro com estes troços não? Ou a molecada se virava com o papel que tinha sobrando ou ficava chupando dedo. Agora, olha aqui. O papel de seda tem que ficar esticadinho assim, sem nem uma ruguinha. Você mede a largura de um dedo mindinho pra fora da linha da armação, feito uma bainha de calça, corta o papel bem retinho, dobra e cola. É só firmar a mão, manter o papel no lugar e ir cortando com a tesoura, passando o grude e colando. Este triângulo de cima não leva papel de seda não, porque aí quase que virava um papagaio. Então, você cola nesta vareta de cima mesmo. Mas vê se toma cuidado pra não melecar tudo com grude, senão fica uma porqueira e arrisca nem subir. Quer cortar e colar este lado aqui pra ver se entendeu direito? Vem cá.

Bem, feito isto, a gente pega uma linha, enrola e dá um nó bem firme nesta ponta da vareta de cima. Aí, enverga um pouquinho a vareta assim e amarra a linha na outra ponta. Não precisa curvar muito não, mas é isto que vai ajudar na hora de subir, de dibicar... Outra coisa que tem que prestar muita atenção é pra fazer o cabresto. A linha tem que ser dobrada, tá vendo? Amarra uma ponta no cruzamento da vareta do meio com a de cima, estica a linha até quase este bico aqui, só pra ter uma folga na medida, e depois amarra nesta outra ponta, assim ó. Na hora que a gente for lá fora pra soltar, eu ensino como é que regula o cabresto. Não precisa explicar como faz a rabiola não, né? Tem que ter umas três, quatro vezes o tamanho da pipa. Pega essas tiras de papel aí do seu lado, senão daqui a pouco tá na hora da janta e, empinar pipa de noite, só maluco.

•

O que mais que você quer que eu faça, meu filho? Tem quase cinco anos já que a minha vida não é outra coisa senão procurar o seu pai, dia e noite. É duas, três vezes na semana enchendo o saco do pessoal da delegacia de Caratinga. Lá na transportadora, eles nem atendem mais quando eu telefono. Preguei cartaz com o retrato dele em tudo que foi rodoviária e posto de gasolina daqui até Governador Valadares e daqui até Muriaé – afora a montoeira que eu dei na mão desses motoristas de ônibus e de caminhão pra colar mais longe ainda. Já tentei inclusive ir naquele programa de televisão que vive achando gente desaparecida, como é que chama mesmo? Nem sei como é que essas coisas funcionam, mas o Luís

Carlos falou que fazia e eu dei uma foto pra ele colocar na internet. O que mais que eu posso fazer? Você tem que ver que a mãe é sozinha. Não tenho ninguém pra me ajudar não. E depois que o seu pai tomou chá de sumiço, tudo nesta casa ficou nas minhas costas. Ainda bem que eu nunca parei de trabalhar, mesmo contra a vontade dele. O salão não dá lá essas coisas, mas pelo menos a gente não passa necessidade. A Nelsa, a Ruth, a dona Rosa do seu Paulo, todas as minhas conhecidas vivem falando que é pra eu largar mão de procurar o Oswaldo, porque ou ele arranjou outra mulher e não quer mesmo ser achado ou foi pego por esses ladrões de carga. Desculpa, filho, mas você já tá grandinho e entende as coisas. Os excomungados desses ladrões roubam o caminhão, matam o motorista e desaparecem com o corpo. Nunca mais ninguém acha. Tá assim de caso no jornal. E todo mundo fica dizendo também que eu devia aproveitar que ainda tou moça e arrumar uma outra pessoa, porque é muito difícil viver sozinha. E é muito difícil mesmo. Eu que o diga. Mas pode ficar tranquilo que a mãe não quer mais saber de homem na vida dela não. Desculpa, filho, ter que falar estas coisas assim, mas chega uma hora, você já é quase um homem feito, chega uma hora que a gente precisa arranjar uma maneira de deixar o que passou pra trás e pensar como é que vão ser as coisas daqui pra frente. E é muita injustiça você ficar jogando na minha cara que eu não ligo pro sumiço do seu pai. O que mais você quer que eu faça, além de tudo que já fiz? Então, meu filho, antes de falar qualquer coisa da sua mãe, você bate com a mão na boca enquanto os pés não chegam.

•

Mistério não escolhe lugar. Cidade pequena, todos assuntam, aventam explicações, especulam suspeitos. Ninguém inveja o autor de tão excêntrica façanha, porque a cidade o desconhece.

Muitos cobiçam a coisa em si, tão vistosa, tão caprichada nos seus menores detalhes. Obra de quem tem mãos e olhos para a difícil arte. Entretanto, crianças e adultos estranham aquela pipa parada no céu ao longo de noites seguidas. Altura tamanha para não dibicar nem fazer as demais firulas? Tanto engenho, tanta arte, e ninguém se apresenta para receber os merecidos elogios? Ou para explicar essa coisa mais fora de hora e de época? Porque a época de soltar pipa é junho, julho – às vezes, comecinho de agosto –, quando o tempo estia e o vento está conforme. Já quase outubro e a pipa continua subindo, graças a mãos incógnitas. E a estranheza maior: quem solta pipa de noite? Seria mesmo brinquedo de menino ou de algum marmanjo que resolveu transtornar a vida das pessoas? Por que a graça não é quando junta aquele mundo de pipas no céu e a molecada fica apostando quem chega mais alto e mais longe, quem faz mais firula, quem consegue escapar do enrosco com os outros? No entanto, noite de céu claro e lá está a pipa vermelha e sua generosa rabiola. Quase imóvel, conforme o vento permita.

De onde se empina a pipa? A partir de que mãos misteriosas? De quem uma obra tão vistosa? Qual o propósito? As perguntas proliferam. Por que tão no alto e tão pouco afeita às manobras de praxe? Por que sempre e apenas em noite de céu claro? Por que empiná-la assim, fora de hora e de época? Ainda se fosse uma pipa mal-ajambrada, desconforme, o pudor explicava: coisa de gente pobre e desmazelada. Coisa de menino não era. Porque menino gosta de se exibir nas firulas, nos ataques, nas escapadas, nas derivas, sol a pino e entre os demais. Talvez, então, algum marmanjo, por uma qualquer razão que, como ninguém ao certo atina, só se pode especular: distração, extravagância, vício, doideira mansa ou mera falta do que fazer? Ou seria algum velho, encabulado de mostrar à luz do dia as saudades dos tempos de criança? Toda perguntas, a cidade persegue o segredo. E com os seus muitos olhos e bocas, sem demora descobre o Menino da Pipa, filho da cabeleireira dona Olete e de um tal Oswaldo não-sei-das-quantas, um caminhoneiro desaparecido na Rio-Bahia com caminhão e tudo faz bem uns cinco anos.

Menino tem suas dores. Menino tem seus mistérios. Menino sabe enfeitar o abismo com pequenas alegrias. E empinar a pipa às alturas do segredo era a sua maneira de manter a dor às escondidas. O pai diria tratar-se de coisa de gente maluca. A cidade inteira não faz outro juízo. Amolaram muito a mãe dele com aquela história. Quem sabe não era um problema qualquer de cabeça que deu no menino por conta do sumiço do pai? E este tipo de coisa, se a gente não cuida direito, depois não tem conserto. Com o tempo, só faz piorar. Dona Olete conversou com ele, pediu explicação. Então, enquanto ela, depois de trabalhar o dia inteirinho para colocar comida na mesa, ia para a escola ver se, estudando o que não pôde na sua época, conseguia coisa melhor na vida, o filho ficava empoleirado no telhado de casa soltando pipa? Um perigo, um contrassenso, uma maluquice. Onde já se viu? O menino não disse muita coisa. Simplesmente uma alegria sua. Fazia por gosto, para distrair as ideias no sozinho da noite. Dona Olete não se deu por satisfeita, apertou o filho. O menino não queria contar, mas contou: era o jeito que tinha para aliviar as saudades do pai. Mentira dele. Ao menos em parte. Como não sabia, a mãe se conformou. Ademais, logo vinham as águas e o filho desistia daquela bobagem.

Dona Olete só tomou ciência da história toda por conta da ruindade de um outro menino, de nome Edson. Foi ele – segurando o choro, o filho de dona Olete afiançou – que falou que ia fazer e fez. De pura maldade. Empinou um papagaio muito dos sem-vergonha e cortou a pipa vermelha. Linha com cerol, só podia ser. Nunca que o menino ia ter a pipa de volta. Tão alta, deve ter caído para lá de Santa Bárbara. E o céu azul daquele jeito, a lua iluminando tudo, sem uma nuvem que fosse... Quem sabe, justo naquela noite, não calhava do pai do menino avistar a pipa e descobria o caminho de volta para casa?

EM TODA PARTE, URUBU É PRETO

Tem nada pior não. A gente acostuma a ter o cantinho da gente, as coisinhas da gente, a comer na hora que tá com vontade, a deixar a casa do jeito que bem entende, a dormir quando dá na veneta... E ainda por cima, pega umas manias que só quem já morou sozinha sabe como é que é. Esse tempo todo fora, voltar a morar com pai e mãe é uma merda! O pai até que não, coitado! Depois do derrame, mal consegue andar. Conversar, só um pouquinho de nada. Porque, além de ficar muito cansado com aquele esforço todo que tem que fazer pra falar, acho que sente vergonha de não conseguir pronunciar as palavras direito. E, ultimamente, anda esquecido de tudo. Hoje mesmo, na hora do café, ficou olhando pra mim, olhando, olhando, aí, com muito custo, assim meio sem jeito, cutucou na mãe e perguntou quem era aquela moça, o que que eu tava fazendo ali na casa dele. Me dá uma tristeza de não poder ajudar. Logo ele, que sempre gostou tanto de conversar, de contar caso... Principalmente pra mim. Fazer o quê? Dá uma dor no coração!

Laurinha, Santa Bárbara do Leste

Problema mesmo, só com a mãe. É uma implicância atrás da outra. Televisão depois das dez, onze horas da noite é praticamente um sacrilégio. A música que eu escuto é coisa de gente que não bate bem. Ficar no meu quarto lendo, sossegadinha, é porque eu não tou querendo conversar com ela. Ou, então, porque não me dou com ninguém, não tenho amigos e só fico enfurnada em casa. Agora, se eu saio pra tomar uma cerveja na esquina e chego tarde, no outro dia é aquele interrogatório. Com quem eu saí, onde é que eu fui, por que que eu cheguei tão tarde... Semana retrasada, sem mais nem menos, ela virou pra mim e perguntou assim se eu não ficava com vergonha de ir na rua mal vestida daquele jeito.

Tudo porque eu fui na farmácia comprar esmalte e pus uma bermuda, uma blusa de alcinha e um chinelo-de-dedo. Acho que a implicância dela era com o chinelo-de-dedo, porque a blusa nem tinha decote e a bermuda chegava quase no joelho... Me senti como se tivesse uns quinze anos. E experimenta deixar qualquer coisinha fora do lugar, uma agulha que seja em cima da mesa da copa. Deus me livre e guarde! Ela arranja uma falação, trunfa a cara, reclama até. Umas três vezes já, ela aproveitou que eu tinha saído, entrou no meu quarto e, quando eu voltei, tava tudo arrumado. Arrumado lá do jeito dela, né? Até o lugar do guarda-roupa ela mudou. Você acredita que eu demorei a tarde todinha só pra descobrir onde é que ela enfiou as minhas calcinhas? Tem cabimento um negócio destes?

Eu até entendo que pra ela não deve ser mesmo muito fácil. Um tempão, ela e o pai morando aqui sozinhos e, de repente, de uma hora pra outra, a filha volta pra dentro de casa. E uma filha já criada, que ela, com certeza, achava que tinha se ajeitado lá por Belo Horizonte... O que mais me dói é que a mãe não perde uma oportunidade de me jogar isto na cara. E com toda razão! Além do mais, a casa é dela e, se fosse minha, eu também não ia querer ninguém se metendo. E a intrometida sou eu. Se ao menos tivesse estudado mais um pouquinho, vai ver arrumava uma coisa melhor do que trabalhar naquela merda de banco. Também, fui me envolver com aquele desgraçado, aquele filho da puta do Gueminho... Ainda dou graças a Deus que ninguém aqui ficou sabendo da história. A mãe pensa que eu fui demitida porque venderam o banco. Imagina o quanto que eu não ia ter que escutar se ela descobre que eu deixei um vagabundo feito o Gueminho me enrolar daquele jeito? É como eu disse, até entendo o lado dela. Tanto que eu venho relevando o mais que posso. Mas tem uns troços que ela faz que eu acho que é só pra me humilhar, pra me deixar ainda mais pra baixo. Pra você ter uma ideia, logo nos primeiros dias que eu cheguei, até o papel higiênico ela trocou por um mais baratinho. E isto ainda não é o pior. Já pensou você pegar a sua própria mãe comentando com a vizinha da frente que não sabe como é que você arranja pra gastar tanto papel higiênico? Se alguém me conta, juro que eu não acreditava. Mas eu mesma ouvi tudinho. Imagina só o que que a mulher não tá pensando da cagona aqui. E agora, papel higiênico de folha dupla, só quando os meus irmãos vêm passar o Natal.

BEM-VINDO À ZONA DA MATA

Terra socialmente formada no Império, depois do grande surto setecentista, com cafezais sem-fim, lavouras ricas, mas igrejas pobres, cidades monótonas, sem a comovente beleza barroca das outras. Terra sem poetas, sem lendas antigas, sem mártires de velhas causas mortas.

Afonso Arinos de Melo Franco,
Um estadista da república (1955)

ONÇA NÃO ANDA SEM SUAS MANCHAS

Mesmo assim: se ele não acerta bem no meio do troço, exatinho, é quase lá, pouca diferença. Um atrás do outro, direto e reto. Precisa ver. Perfeito, perfeito não é. Também, perfeito é coisa que não existe. Não ia ser justo ele. Mas, sujeito que tem uma pontaria daquelas, saber ler e escrever faz falta merda nenhuma. Se bobear, até atrapalha. Tou falando porque eu vi. Tava ele lá com uma espingarda no quintal de casa, latinha de cerveja, mais de uns duzentos metros e... Pá! Não errava uma.

Realeza, distrito de Manhuaçu, entroncamento das BRs 116 e 262

Igual aquele lá eu pelo menos nunca que tinha visto. Tem razão de cobrar os olhos da cara. Naquele preço dava pra encomendar uns cinco ou seis. Agora, cheguei pra ele e falei: *Ó, não vou ficar com miséria não. Se o preço é esse, tá aqui o dinheiro. Mas de uma coisa eu faço questão: é um tiro só. Que eu não quero saber de parente meu estrebuchando no meio da rua. De sofrimento, já basta a vida.*

QUEM TEM PENA DE ANGU NÃO CRIA CACHORRO

E tem amiga minha que vem dizer que eu é que fico esperando demais dessa gente. Pode um troço destes? Bateu aí um dia, mais parecendo um filhote de cruz-credo. Pediu um prato de comida, perguntei se não tava precisando de serviço. Falou que nunca tinha trabalhado em casa de família, eu disse que ensinava o beabá e que o resto vinha

Residência do casal Rogéria e Ramiro Mitrawish de Albuquerque, São João do Manhuaçu

com o tempo. Muito custo, que aquilo tem o miolo meio mole, e ela aprendeu a cozinhar, lavar, passar e mais uma coisinha ou outra. Mal e mal. Porque a dissimulada contou só que nunca tinha trabalhado em casa de família, mas esqueceu de avisar que não sabia nem fritar um ovo. Podia passar dez anos aqui dentro de casa e nunca ficava do meu jeito. E olha que a gente não tem luxo não. É a coisa do dia a dia mesmo, nada demais. Um almoço benfeito, simplesinho, uma roupa bem passada... Porque lavar a máquina lava. Uma faxina bem caprichada... Mas esse povo nasceu porco e vai morrer porco. Um suplício! E não adiantava explicar nada não. Com a maior boa vontade, eu pegava, ia pra cozinha, mostrava direitinho como é que ela devia fazer as coisas. Não foi uma nem duas vezes não. Quase todo dia tinha que ficar repetindo tudinho de novo. Mas era o mesmo que nada. Parecia que entrava por um ouvido e saía pelo outro. Um desmazelo só, uma porqueira! Não prestava nem pra lavar um prato direito. A comida então, às vezes ia tudo pra lata de lixo. Intragável! Ai que boba que eu fui! Quando eu penso nisto, fico com um ódio! Tanto trabalho por nada. É o que dá a gente ficar pelejando com quem não merece... Entrou por aquela porta ali era pele e osso. Dentes, devia ter no máximo três ou quatro na boca toda. Parecia um bichinho remelento. E a cara, então? Zarolha de tudo, vesguinha, de dar nos nervos! No começo, eu não conseguia nem olhar pra cara dela. Depois a gente acostuma. O Ramiro, sempre com pena de todo mundo, conversa daqui, conversa dali, arrumou pro dr. Lênio colocar uma dentadura na desgraçada. Não é que a nega até que melhorou um pouquinho. Também, morando aqui em casa, começou a comer que nem gente, dormir na hora certa, tomar banho todo dia, pentear o cabelo... E acaba que a gente dá uma muda de roupa, compra um xampu – a crioula ganhou outra feição. Mas era difícil. Estrábica daquele jeito, assustava qualquer um. Um belo dia, o Ramiro cismou que a gente tinha que dar um jeito no olho dela. Eu falei *Alto lá! Essa aí, se toma jeito de gente, acaba arrumando um crioulo qualquer pra casar e eu fico sem empregada.* E hoje em dia, sabe como é que é, tá cada vez mais difícil encontrar uminha que seja pra trabalhar por casa e comida. Querem logo carteira assinada, fundo de garantia, domingo, feriado, até férias. Imagina uma coisa dessas! Daqui a pouco, é a gente que faz tudo dentro de casa e as engraçadinhas ficam só espiando. Mas o Ramiro, quando enfia um troço na cabeça... Na hora que eu fiquei sabendo, o estrupício já estava em Manhuaçu pra operar a vista. Voltou que parecia que tinha o rei na barriga. Pegando tudo na pontinha dos dedos. Haja paciência! Não deu um mês, tava atracada com um sujeito aí no portão da rua. E branco o sujeito! Você tem noção? Fui falar com ela, ainda tive que ouvir um monte de asneiras. É nisso que dá. Você tira a pessoa da rua, dá roupa, casa, comida, ensina a se comportar feito gente, mostra as coisas da vida, dá conselho... E o que que recebe de volta? Só ingratidão. E ainda tem que dar graças a Deus quando o estrupício não cisma de levar você na justiça. A partir daí, foi só malcriação. Virava e mexia, vinha com aquele troço de assinar a carteira, de descanso remunerado, de férias... Pra aprender a cozinhar era uma dificuldade, mas pra estas coisas a cabeça dela funcionava direitinho. Do nada, inventou que tinha porque tinha que visitar a família no Ceará. Será que aquela bruaca achou mesmo que eu ia dar dinheiro pra ela ficar andando pra baixo e pra cima nessa Rio-Bahia? Ah, tratei logo de cortar as asinhas dela. Porque, se a gente não dá um chega pra lá, esse povo monta mesmo. Adiantou alguma coisa? Nadinha, nadinha. É o que eu disse, com gente assim, entra por um ouvido, sai pelo outro. Uma ocasião, falou que ia dar uma volta de noite aí, pra espairecer, veja bem, espairecer, e só voltou no dia seguinte. Com a cara mais limpa do mundo. Deve ter passado a noite toda na sem-vergonhice com o tal do sujeito. Pra mim, foi a gota d'água. Chamei o Ramiro, falei bem na frente dele: *Olha, minha filha, o que a gente fez por você não é qualquer pessoa que faz não. Eu tenho relevado essa sua má vontade, a sua sonseira, o desmazelo com o serviço, até os pratos que você vive quebrando, mas chega uma hora... A única coisa que eu tou pedindo é pra você colocar a mão na consciência e dar um jeito nessa sua vida. Patrão igual a gente não vai ser fácil encontrar por aí não. Olha o tanto de coisa que a gente deu pra você nestes dois anos. E já que você parece que faz tanta questão, o Ramiro pode até assinar a sua carteira. Agora, se for pra descontar casa, comida, roupa e mais a montoeira de coisa que você tem aqui de graça, tá arriscado até ficar devendo pra gente. E tem mais: empregada minha eu não permito de jeito nenhum que fique de agarramento com homem na minha porta. Muito menos dormir fora de casa!* Na frente do Ramiro, ela não disse uma palavra. Baixou a cabeça, fez que tava de acordo e foi pro quarto dormir. No dia seguinte, quede a excomungada? Nem o café deixou coado. Fiquei eu com o serviço da casa todo pra fazer. Porque até arrumar outra... Dia desses fiquei sabendo que a bruaca foi morar, casou, sei lá, com o tal sujeito que ficava se esfregando com ela no meu portão. Parece que aquele branquelo trabalha na olaria. Tudo culpa do Ramiro. Tivesse deixado a pretinha do jeito que era, zarolha e banguela, queria ver se arrumava homem? Foi isso. Catou as roupas que eu dei pra ela, deve ter enfiado tudo dentro de um saco de lixo, e saiu daqui fugida enquanto a gente dormia. Nem abanou o rabo.

Eu, Georgina Maria Coelho Diniz Fernandes de Sousa, brasileira, viúva, do lar, residente e domiciliada nesta Cidade de Manhuaçu, Estado de Minas Gerais, em pleno gozo de minhas faculdades intelectuais e no exercício de meus direitos civis, resolvi dispor, para depois de minha morte e da forma a seguir discriminada, dos bens móveis e imóveis adiante arrolados. Antes, porém, de o fazer, entendo seja necessário, para a justificação deste legado de bens, proceder às seguintes declarações:
Que fui casada em primeiras núpcias com Antônio Francisco Fernandes de Sousa, falecido, de cujo consórcio não tivemos filhos.

Testamento manuscrito encontrado na residência da viúva Geogina, localizada na rua da Alegria, 28, centro de Manhuaçu, quando de sua demolição em princípios da década de 1980

Que, por um período de cinco anos, sete meses e doze dias incompletos, vivi maritalmente com o mesmo Antônio Francisco Fernandes de Sousa, até o passamento deste em acidente automobilístico ocorrido na rodovia BR-116, conhecida vulgarmente por Rio-Bahia.
Que, cerca de três anos antes da morte de meu marido, recebera este os bens que lhe couberam como legatário de seus pais, sra. Antônia Cristina e sr. Antônio Felisberto Fernandes de Sousa, falecidos, respectivamente, oito meses e um ano e meio após o nosso matrimônio.
Que, após as mortes de meus sogros, o sr. Antônio Felisberto Fernandes de Sousa Filho, primogênito do casal Fernandes de Sousa e irmão de meu marido, foi instituído tutor de suas três irmãs menores e administrador do legado destas, respondendo assim por todos os bens da família, à exceção daqueles herdados por meu cônjuge.
Que, por ocasião do falecimento de meu marido, respaldado pela condição de tutor das três irmãs menores e apesar dos apelos desta viúva, o sr. Antônio Felisberto Fernandes de Sousa Filho negou

ao irmão o direito de ter o corpo sepultado no jazigo perpétuo da Família Fernandes de Sousa, sito no Cemitério Municipal desta centenária Manhuaçu.
Que, para justificação da negativa acima mencionada, alegou o Senhor Antônio Felisberto Fernandes de Sousa Filho que já coubera a meu marido e seu irmão, consoante a partilha legal, os bens que lhe eram devidos por legado de seus progenitores e que, sendo o jazigo perpétuo da Família Fernandes de Sousa de propriedade comum de três herdeiras menores, não poderia ele ferir os direitos de suas tuteladas, sob pena de responder judicialmente por possíveis danos ao patrimônio das mesmas.
Que, nos 25 anos transcorridos desde a morte de meu marido até a presente data, não contraí segundas núpcias nem mantive relações carnais com qualquer outro homem.
Que, aos bens herdados de meu marido, acrescentei os que me foram destinados no inventário de meus pais, administrando estes legados com tal parcimônia que se me tornou desnecessário exercer quaisquer atividades laborais, excetuando-se aquelas relativas às prendas domésticas e ao socorro de parentes e contraparentes.
Que, no decorrer destes 25 anos de viuvez, residi em ocasiões diversas e por lapsos de tempo de desigual extensão nas cidades de Belo Horizonte, Carangola, Caratinga, Tombos e Ubá, no Estado de Minas Gerais; Alegre, Cachoeiro do Itapemirim, Marataízes e Vitória, no Estado do Espírito Santo; Bom Jesus do Itabapoana, Campos dos Goytacazes e Sumidouro, no Estado do Rio de Janeiro.
Que, encontrando ocasiões azadas para tanto, adquiri nestas cidades alguns dos bens imóveis adiante discriminados.
Que a frequência de minha deslocação entre Manhuaçu e as tantas cidades supracitadas deveu-se exclusivamente à urgência de prestar auxílio a parentes e contraparentes adoentados ou carecidos de outros quaisquer adjutórios.
Que não devo quantia alguma; porém, se algumas diminutas aparecerem, meu testamenteiro as quitará incontinente, sem reclamar qualquer formalidade judiciária.
Que não serão contemplados como herdeiros os meus sobrinhos e sobrinhas, pelos motivos que sabem os mesmos, meus parentes, meus amigos. Motivos que não necessito dar por escrito.
Depois de minha morte, meu testamenteiro entregará os bens que me pertencerem aos legatários por mim nomeados, distribuindo-os pela forma seguinte: Em atenção aos serviços domésticos prestados em minha residência ao longo dos últimos vinte anos, à amizade e ao desvelo que me tem dedicado

nas minhas enfermidades e à convicção em que estou de que ela e seus descendentes saberão conservá-lo, deixo à sra. Onofra Rodrigues da Silveira o sobrado em que resido, sito na rua da Alegria, número 28, no centro desta Cidade, e todos os bens e pertences nele contidos.
Na intenção de proteger e proporcionar meios de honesta subsistência, educação e futuro aos meus mais carecidos afilhados e afilhadas, deixo aos meus compadres Pedro Dolabella Neto e Fernando José Nunes e, em memória de seus falecidos, às minhas comadres Maria da Graça Carvalho Brum e Clarice Eduarda Rodrigues Nunes as quatro lojas de comércio que possuo na mesma rua da Alegria, entre os números 101 e 123.
Deixo à paróquia de São Lourenço, desta Cidade, duzentos mil cruzeiros (Cr$200.000) para melhoramentos no seu altar; seiscentos mil cruzeiros (Cr$600.000) para mandar dizer missa por alma de meu marido, de meus pais, irmãos e irmãs; e mais quatrocentos mil cruzeiros (Cr$400.000) para missas por alma de meus sogros, cunhados e concunhados.
Em memória de meu marido Antônio Francisco Fernandes de Sousa, nomeio meu primeiro e único testamenteiro o sr. Antônio Felisberto Fernandes de Sousa Filho, seu irmão e meu cunhado, deixando-lhe como legado os doze túmulos por mim adquiridos nos anos subsequentes à morte de meu marido nos cemitérios das cidades de Alegre, Belo Horizonte, Bom Jesus do Itabapoana, Cachoeiro do Itapemirim, Campos dos Goytacazes, Carangola, Caratinga, Marataízes, Sumidouro, Tombos, Ubá e Vitória. Declaro que devo ser enterrada, sem ostentação alguma e em caixão o mais simples possível, junto de meu marido, no túmulo de número 17, quadra 22, do Cemitério Municipal de Manhuaçu, o qual também passará à propriedade de meu cunhado, o Senhor Antônio Felisberto Fernandes de Sousa Filho, após o meu sepultamento.

ATRÁS DE MORRO, TEM MORRO

Aqui ó. Tá vendo esta mesa aqui? Pois foi nesta mesa aqui que eu recebi o Fernando. Dentro da minha casa. Junto com a Adalgisa e os meninos. Aqui mesmo, nesta mesa. Ele sentou bem ali naquela cadeira. Mandei coar café só pra ele. A Adalgisa

Cozinha da casa de Norberto Damasceno Reiff, Orizânia

tinha feito uma broa aí. E a broa da Adalgisa, sabe como é que é. Tratei como se trata um irmão. Mais até. Nem toquei no assunto. Fiz questão. Agi como se a gente tivesse conversado uns dois dias antes. A Adalgisa e os meninos até estranharam. Ficamos eu e ele sentados aqui nesta mesa. Sozinhos a maior parte do tempo. Porque os meninos saíram, acho que pra jogar bola, e a Adalgisa precisou ir na casa de uma colega da escola. Ele não disse nada. Também não perguntei nada. Queria que ele soubesse que, da minha parte pelo menos, não tinha ficado mágoa nenhuma. A gente sempre foi muito mais do que primos. Criados juntos desde pequenos. Ele chamava a minha mãe de mãe. E era mesmo. Porque a tia, com aquela filharada toda, mal dava conta de cuidar dos menorzinhos. A minha mãe é que colocou um pouco de juízo naquela cabeça. Dava conselho, mandava estudar – até pregar botão na camisa de uniforme dele, ela chegou a pregar. Que era pra ele não ir muito mulambento pra escola. Ficava com pena. A mãe vivia repetindo: um menino inteligente feito o Fernando, criado solto desse jeito, sem ninguém pra dar um rumo, arrisca pôr tudo a perder. Um verdadeiro desperdício.

    Sentado aqui nesta mesa, naquela cadeira ali ó, ele conversou comigo mais de umas duas horas. Como se não tivesse passado nem um dia desde que a gente se falou da última vez. O Fernando chegou a chorar quando eu contei como é que o meu pai morreu. Disse que o pai era a pessoa mais bacana que ele já tinha conhecido na vida. A minha mãe, então, nem se fala. Igual ela, difícil existir outra. Falou que não ia embora de jeito nenhum sem antes passar lá pra dar um beijo nela. Falou que era a mãe postiça dele. E que, se não fosse por ela, até hoje ele tava aqui marcando passo. Perguntou o que que as minhas irmãs andavam fazendo da vida, quis saber se os meus filhos gostavam de estudar, se a Adalgisa continuava dando aula, se eu tinha alguma notícia da Aninha, do Dudu, da Dayse, da Tamires, do Ricardo, do pessoal todo da nossa turma. Ficou muito besta demais com a separação da Jane e do Beto. Achava que aqueles ali tinham nascido um pro outro. Todo mundo achava. E mais besta ainda quando eu contei que o Oninho endoidou de vez. Aquela briga que eles tiveram foi coisa do Oninho, coitado.

Mas da vida dele mesmo, não disse um á. Se casou, se tem filho, se ainda tá morando no Rio, no que que trabalha... A gente sabe porque as pessoas comentam. Agora, da boca dele não ouvi porcaria nenhuma. Também não perguntei. Vai que parece que a gente tá querendo intrometer na vida da pessoa? Quer contar, conta; não quer, não conta. Eu é que não vou ficar enchendo ninguém de pergunta. Coisa mais sem cabimento!

Mais sem cabimento ainda é o sujeito passar quase quinze anos sem nem dar as caras e, de repente, aparece assim, do nada. Na hora, pensei até que devia ter morrido alguém lá na casa da tia e eu nem tava sabendo. Aparecer assim de surpresa, sem mais nem menos, depois de tanto tempo, só podia ser alguma coisa muito ruim. Que nada! Deu na telha e veio. Saudade, sentimento de culpa, falta de coisa melhor pra fazer na vida, sei lá!

Não vou mentir não, eu fiquei satisfeito pra burro com a visita dele. A gente viveu muita coisa juntos, aprontou pra caramba. Foi com ele que eu aprendi a jogar sinuca. A primeira vez que eu fui na zona, lá em Carangola, ele que me levou. Era o mesmo que um irmão mais velho pra mim. Até em briga ele se meteu por minha causa. Coisa de moleque.

Então, quando ele entrou por aquela porta ali, foi uma surpresa danada. E muito boa por sinal. Quem é que não ia ficar satisfeito de encontrar um amigo assim. Além do mais, tá certo que o sujeito saiu daqui daquele jeito que todo mundo sabe, mas acabou virando escritor... E isto não é pouca merda não. Eu não entendo bosta nenhuma dessa coisa de escritor, mas, pra você ter uma ideia, eu já vi o Fernando até falando na televisão. E, depois de tanto tempo sem dar as caras, quando resolve aparecer, o sujeito se dá ao trabalho de vir justo aqui na minha casa? Fiquei satisfeito pra burro. Faz um tempo já, alguém aí, agora eu não lembro quem, me mostrou um jornal e tava lá o Fernando, uma fotografia deste tamanho. Parece que ganhou um prêmio. Porra, quem é que nessa cidade já apareceu assim no jornal? O pessoal pode falar o que quiser, mas o sujeito ficou importante. E vem aqui me visitar? É porque tem alguma consideração...

Sabe do jeito que ele é. Chegou aqui e foi logo sentando. Ali ó, naquela cadeira. Perguntou se não tinha café nesta casa, disse pra Adalgisa que ela tava mais bonita do que quando a gente casou, brincou com os meninos porque o Atlético tinha perdido pro Cruzeiro fazia menos de uma semana, debochou da minha careca... Pode um troço destes? Parecia até que nunca tinha acontecido porcaria nenhuma. Pra dizer a verdade, da minha parte pelo menos, apesar de tudo que ele aprontou, eu não sou de guardar mágoa não. Depois de tanto tempo, então, nem lembrava mais do tanto de merda que ele tinha feito, aquelas barbaridades que falou pra mim e pra Mônica, o jeito como saiu daqui, praticamente fugido, o desespero que o pessoal dele ficou, mais de um ano sem notícia... Não era pra esquecer não, mas eu esqueci. Quer dizer, vai passando o tempo, a gente acaba relevando. Ele sempre foi assim meio cheio de coisa mesmo, umas ideias diferentes... Vai ver é esse negócio de ser escritor. Sentado bem aqui nesta mesa, tirando aquela roupa, os óculos e o cabelo que tá começando a ficar branco, era o mesmo sujeito de antes, igualzinho. Porque o Fernando sempre soube cativar deus e todo mundo. Aprontava uma merda atrás da outra, mas, no fim, o pessoal acabava deixando pra lá.

Foi isto. Ficamos os dois aqui, conversando como se não tivesse acontecido nada, como se ele nunca tivesse ido embora daquele jeito. Chegou uma hora, o sujeito tira um livro da pasta, coloca em cima da mesa e diz que era de contos. E eu sei lá o que que é conto. Ainda falou assim que sabia que eu não tinha costume de ler, mas que queria muito a minha opinião. Pra que que ele precisava da minha opinião? Eu não entendo porra nenhuma dessas coisas... Depois, escreveu o endereço dele assim num pedacinho de papel, colocou dentro do livro, me deu um abraço e foi embora.

Tem uma coisa que eu não me conformo de jeito nenhum. O Fernando ficou sentado ali naquela cadeira mais de umas duas horas. Fiz questão absoluta de não falar uma coisinha que fosse a respeito das merdas que ele aprontou antes de sumir daqui. Tratei o desgraçado como uma pessoa de casa. Fiz de conta que tudo continuava como era antes. Porque as coisas mudam, a gente muda, e eu já não sou aquele bobo que batia palma pra tudo quanto é doideira que ele aprontava. A pessoa amadurece e começa a ver que tem levar a vida mais a sério, não pode ficar fazendo o que dá na telha não. E aí, passou uns dois, três dias, eu pego a porcaria daquele livro pra ler – e o que que eu encontro? Tudo quanto é família tem lá os seus podres. Não era justo a nossa que ia ser diferente. Agora, o sujeito botar os podres da família dele no papel é uma coisa que não me entra na cabeça de jeito nenhum. Tá certo que ele trocou os nomes da maioria do povo, mas qualquer um que ler aquilo ali vai ver que é a gente. Onde já se viu um troço destes? O sujeito entra na minha casa, toma do meu café, brinca com os meus filhos, come da broa da Adalgisa, sentado ali naquela cadeira, diz que o meu pai e a minha mãe são as melhores pessoas do mundo – e tudo isto pra depois me entregar a merda daquele livro? Não é porque o sujeito virou escritor que tem o direito de fazer o que bem entende da vida dos outros não. Em vez de sentar em cima do próprio rabo e ficar emporcalhando o nome da nossa família, era preferível ter trocado de sobrenome e nunca mais aparecer por aqui.

A LÍNGUA BATE ONDE DÓI O DENTE

Fervedouro

Nunca fui de destratar os outros. Não tenho o hábito. E quem me conhece sabe muito bem disto. Agora, por mais manso que seja, vai esticando, esticando, chega uma hora o sujeito arrebenta. Precisar mesmo não precisava, que eu tenho cá pra mim que a gente deve manter a compostura custe o que custar. Mas o tanto de desaforo que eu aguentei daquele tranqueira... Deus é testemunha, relevei até mais, muito mais do que devia. E tudo por causa de quê? Minha mãe trabalhou na pensão que foi do pai e da mãe dele mais de dez anos. Ficava num sobrado ali um pouquinho antes do hospital. O seu Rômulo e a dona Olinda sempre foram pessoas da maior qualidade, muito prestativos com todo mundo, muito corretos com os empregados. Com a minha mãe, então, nem se fala. Nunca se importaram dela me levar a tiracolo pro trabalho. Não tinha ninguém pra tomar conta. Praticamente fui criado dentro daquela pensão. Estas coisas não dá pra esquecer. A minha idade regula assim com a do Rominho. Então, a gente se juntava só pra aprontar. Era uma bagunça atrás da outra. Apostava corrida nos corredores, jogava bola, uma barulheira dos diabos, o dia inteirinho. Até atazanar a vida dos hóspedes a gente atazanava. Batia na porta e saía correndo, dizia que o telefone tava chamando e não tava... A maioria deixava pra lá. Coisa de moleque! Mas, de vez em quando, tinha hóspede que ia lá reclamar com o seu Rômulo ou com a dona Olinda. Pensa que eles ligavam? Que nada! Só faziam de conta. Botavam os dois pestes na frente do sujeito, faziam um sermão daqueles, mandavam a gente pedir desculpas e prometiam uma surra de criar bicho. No final das contas, ficava tudo por isto mesmo. Pra falar a verdade, eu acho que os dois nunca nem relaram a mão no Rominho. Em compensação, a minha mãe... Chegava em casa, eu apanhava pelo

Fernando Fiorese

que tinha aprontado e pelo que ela imaginava que eu podia ter aprontado. E olha que a mãe tinha uma imaginação e tanto. Mas eu não culpo a coitada não. Criada na roça, mal aprendeu a ler e a escrever, tratada que nem bicho pelo meu avô, com sete, oito anos já trabalhava de sol a sol. Depois, casou com meu pai, teve uma fieira de filhos, ficou viúva assim sem mais nem menos, com uma mão atrás outra na frente, e aí, quando viu, tinha que dar conta de cinco crianças pequenas, sozinha e Deus. A coitada mal conseguia sentar pra comer. Dava pra criar os filhos na base da conversa? Ficar passando a mão na cabeça? E olha que, perto dos meus irmãos, eu até que não apanhei muito. E vou dizer mais uma coisa: eu bem que merecia, viu? Porque, do jeito que eu era atentado, se a mãe não toma uma providência, não sei não... Bobeava e tava eu aí hoje metido com tudo que não presta.

Pra falar a verdade, eu acho que o problema do Rominho todo foi este daí. Tivesse levado umas boas de umas correadas, uns cascudos na hora certa, duvido que ficava andando por aí com essa empáfia toda. Olha como é que são as coisas. Fui criado junto com o sujeito. A dona Olinda e o seu Rominho sempre me trataram que nem um filho. A minha mãe, quantas vezes ela não parou a arrumação de um quarto e ficou com o serviço todo atrasado só pra tirar a febre do Rominho, pra preparar um mingau de maisena ou fazer uma ou outra vontade qualquer dele? Agora, a pessoa, só porque tem um pouquinho mais do que os outros, pensa que pode tratar todo mundo feito cachorro. E o Rominho é assim: apesar da gente ter praticamente crescido juntos, foi ele começar a namorar a filha lá do pessoal da fábrica que só me cumprimenta quando não tem mesmo outro jeito. E pior, cruzou comigo, o tranqueira não perde a oportunidade de me tratar mal. Parece até que, algum dia, eu fiz uma coisa qualquer contra ele. Na verdade, nunca liguei pra estes troços não, porque lá em casa a gente foi criado da seguinte forma: se amanhã ou depois você tiver que trabalhar de lixeiro, o negócio é ser o melhor lixeiro do mundo. E não tem que ter vergonha não. Porque, dando pra botar comida na mesa, qualquer serviço tá de bom tamanho. Vergonha é roubar e matar.

Mas é o que eu disse. O que eu já aguentei de desaforo do Rominho é uma grandeza. Fosse uma outra pessoa, que não tivesse consideração pelo tanto que o seu Rômulo e a dona Olinda fizeram pela minha mãe e por mim, há muito tempo tinha dado na cara daquele cretino. Teve uma ocasião, eu trabalhava ali no armazém do Juca Antônio, o Rominho chegou lá com um pessoal de fora, acho que era de Vitória, de Guarapari, sei lá, gente que vinha aí passar férias e ficava na casa daquele povo da fábrica, nem sei se era parente, o que que era; mas o fato é que o Rominho entrou no armazém, só tava eu lá, devia ser hora do almoço, e aí ele começou a falar mal das mercadorias que a gente tinha pra vender, a fazer chacota do comércio da cidade, a rir feito um bobo, perguntando pros amigos se eles preferiam tomar um guaraná de rolha, chupar um dropes Dulcora ou comprar fubá a granel, um quilo bem pesado. Eu fiquei muito puto da vida com aquelas gracinhas do Rominho. Tudo pra aparecer, pra se fazer de esperto, melhor que todo mundo. A minha vontade era contar uns desaforos pra ele, mas tava no meu local de trabalho e não ficava nem bem destratar os outros ali, mesmo que fosse um entojo feito o Rominho. Dependendo, era até capaz do seu Juca me botar no olho da rua. De forma que eu nem cumprimentei o Rominho, que era pra não dar chance dele fazer mais uma gracinha qualquer. Muito dos sem graça, só fiz mesmo foi perguntar se eles tavam precisando de alguma coisa, se eu podia ajudar... Daí, o besta do Rominho virou pra mim, na maior cara de pau, e falou assim que eles tavam precisando de duas garrafas de champagne francesa, três latas de caviar iraniano e uma caixa de alfajor argentino, de preferência de uma marca lá que eu não lembro mais o nome. Nunca que eu vou esquecer destas coisas. Nem do risinho dele, que logo virou uma gargalhada daquelas.

E eu ali parado, fazendo papel de bobo pros amigos dele, sem nem saber do que que o Rominho tava falando. Tá certo, Fervedouro é um lugar pequeno e não tem mesmo o tanto de coisas que a gente encontra numa cidade maior. Agora, aqui também tem muito troço bom e, principalmente, muita gente boa. Mas o que o Rominho queria de verdade era me humilhar na frente daqueles amigos dele, porque tem gente que é assim: pra se sentir por cima precisa pisar nos outros. Pra mim, tudo bem, não foi a primeira nem a última vez que eu engoli uma desfeita daquele metido a besta.

Agora, venhamos e convenhamos, a pessoa esculhambar o pobre do Zé Aninha bem na porta da igreja... Logo quem, o Zé Aninha, um pobre coitado que não incomoda ninguém, que todo mundo tá careca de saber que trabalhou a vida inteira feito um excomungado e se hoje tem que ficar pedindo esmola é porque já não aguenta uma gata pelo rabo. Logo o Zé Aninha, que, quando ainda tinha jeito de trabalhar, fazia uma questão danada de, no dia de Cosme e Damião, juntar tudo quanto é moleque na praça só pra distribuir bala. Não falhava um ano. Eu e o Rominho mesmo, quantas vezes a gente não ficou lá se estapeando com o resto da molecada pra catar as balas que o Zé Aninha ficava jogando pra cima? E pela alegria dele, dava pra notar que fazia aquilo com a maior satisfação. Com certeza, o pobre coitado deixava de comer um pedaço de carne ou de comprar alguma outra coisa que tava precisando só pra fazer a festa da molecada. Logo o Zé Aninha! Só porque o sujeito foi filar um cigarro, o Rominho não precisava ter escorraçado o infeliz daquele jeito. E bem na porta da igreja. Como é que pode a pessoa ajoelhar na missa, confessar os pecados, tomar a comunhão e, mal acabou de botar o pé na rua, faz um trem destes? Onde é que fica a caridade cristã? Todo mundo que tava por perto ficou horrorizado com a atitude do Rominho. Mas ninguém teve coragem de abrir a boca pra falar um á. Teve gente até que fingiu que não tava acontecendo nada. Porque, afinal de contas, o Rominho fica arrotando o dinheiro do sogro, enquanto o Zé Aninha não passa de um pé-rapado, que não tem nem onde cair morto. Me subiu um troço naquela hora. Veja bem, o Zé Aninha não é meu parente, não é meu vizinho, nem amigo a gente é. Até hoje, se troquei duas ou três palavras com ele, foi muito. Mas me deu uma revolta tão grande. Que o Rominho faça uns desaforos pra mim de vez em quando, tudo bem, porque, no dia que eu tiver de ovo virado, vou lá e dou uma resposta do jeito que ele merece. Mas o Zé Aninha, coitado, enfiou o rabo entre as pernas e... Foi o mesmo que a morte pra ele. Daí, eu não pensei duas vezes. E olha que eu não sou de tomar as dores dos outros não. Pulei na frente do Rominho e dei um tapa muito bem dado no meio da cara dele. Daí, virei as costas e fui andando como se nada tivesse acontecido. Pouco me importa o que que povo anda falando por aí, a alegria daquele tapa ninguém me tira.

Miradouro, 21 de janeiro de 1995.

Minha querida Tilde,

Escrevo estas linhas com os olhos ainda rasos d'água. São lágrimas de alegria por saber das graças e das artes de meus sobrinhos mui amados, dos progressos do cunhado Antoninho no almoxarifado da Fábrica, do sucesso da quermesse para a reforma do telhado da Matriz de Santana, e da harmonia familiar que, enfim e tão merecidamente, alcança a minha querida irmã. De agora em diante, é cuidar para que as coisas permaneçam nos seus devidos lugares e rezar ao Bom Deus para que nada nem ninguém venha macular uma felicidade a duras penas conquistada.

Pela sua última carta, parece-me que a preocupação com a saúde de mamãe é a única coisa que ainda atrapalha a sua inteira felicidade. Talvez porque, através de Celinha, tenham chegado até você rumores de que mamãe anda ruinhega das pernas, com palpitações frequentes e dada a desmaios súbitos. Melhor faria a nossa irmã caçula se descesse do pedestal de mulher de juiz de direito para, mais amiúde, visitar a própria mãe, ao invés de ficar horas seguidas ao telefone para depois, se fiando nos achaques de uma senhora já avançada em anos, importuná-la com notícias sem fundamento. Posso afiançar-lhe que não há motivos para preocupação, conforme me garantiu o dr. Basílio durante a nossa última consulta, uma semana atrás. O problema nas pernas é coisa da idade, coisa que, como dizia vovó, dá em gente mesmo, e não em pau. E estou cuidando para que mamãe repouse e tome os remédios a tempo e a hora. Quanto às palpitações, o médico também não encontrou nada nos exames que mereça maiores cuidados. "O coração de dona Deolinda bate conforme os humores dela", foram as palavras do dr. Basílio. Já os desmaios súbitos, embora mamãe viva a proclamar que está prestes a desfalecer sempre que contrariada na sua menor vontade, não houve um único que possa relatar. Assim, minha querida irmã, esteja certa de que as notícias alarmantes que andam a tirar-lhe o sono devem-se apenas às variações de humor de mamãe e à língua por demais comprida e dramática de Celinha.

 Talvez ao chegar ao fim destas linhas, o seu coração de filha zelosa se aquiete, pois pretendo fazê-la saber de algumas das muitas histórias que dão conta da índole de mamãe. Olhando agora à distância, parece-me que tudo começou após a morte do Henrique com mal de sete dias. Mamãe jamais se conformou com a perda do que seria o seu primeiro e único filho homem e encafifou com a ideia de que aquela tragédia fora obra do mau-olhado das irmãs de papai, que nunca tiveram o menor apreço pela cunhada, e das vizinhas, em particular as duas de parede-meia e outra de frente, que sempre morreram de inveja dela. Mas logo o olho-gordo estava por todo o Buraco Quente, e de lá desceu a Martins Peixoto, chegou à rua do Comércio, multiplicando-se para seguir em direção à Beira-Linha, alcançar a rua da Ponte Velha e subir a escada da Brasilinha e a ladeira do Santo Antônio. Embora não tivesse mais que seis anos, lembro-me que quem mais penou nas mãos de mamãe foi uma tal de dona Marlene. Nas mãos é apenas um modo de falar, porque era a língua afiada de nossa mãe que não perdia uma única oportunidade para atacar "aquela loira desenxavida e seca". Nem media as consequências dos impropérios que lançava contra a coitada da mulher, que ela costumava chamar de "forma de fazer capetas", numa referência à feiura das filhas de dona Marlene. Tanto que, certa feita, como esta senhora veio na porta de casa pedir explicações do quanto mamãe andava falando dela, por muito pouco as duas não se engalfinharam no meio da rua. Lembro-me que, quando papai chegou em casa todo esbaforido, querendo saber o que tinha dado na mamãe para a coisa chegar naquele ponto, ela olhou para ele de cima a baixo e disse algo como: "Mulherzinha mais petulante, vir na porta de minha casa tirar satisfação! Tem cabimento? Se você preferiu a mim, porque é um homem inteligente e de bom gosto, ela que mantenha aquele olho-grande longe de você e de tudo o que é meu".

Eu era ainda muito criança para saber se havia alguma razão palpável para aqueles destemperos de mamãe, além da cisma com o mau-olhado de todos e de qualquer um. O que eu sei, com certeza, é que ela criou caso com tanta gente e por motivos tão variados que não tínhamos mais ambiente para continuar em Pirapetinga. E papai decidiu que mudar era o melhor a fazer. Não que isto desagradasse mamãe. Ao contrário, desde muito pequena, lembro-me dela repetindo e repetindo que nunca ia se acostumar com aquela vidinha sem graça, que nascer ali foi azar mas morrer seria maldição, que não queria criar seus filhos no meio de uma gentinha falsa e metida a besta. Papai se fazia de surdo para evitar discussão, mas ela vivia provocando o coitado. Nunca vou esquecer de um dia em que ela, na mesa do jantar, virou para mim, passou a mão delicadamente no meu rosto e disse: "Minha filha, eu quero que prometa que, se a mamãe morrer de hoje para amanhã, você não deixa que me enterrem neste buraco. Pode ser em Pádua, Além Paraíba, Miracema, até em Recreio. Qualquer lugar serve para não ter que passar a eternidade neste fim de mundo." Não sei como é que papai não perdia a cabeça com ela. Tinha cabimento falar uma coisa destas com uma criança de cinco, seis anos? Eu fiquei muito assustada. E acho que foi por conta de coisas assim que papai se desfez do pouco que tinha, pediu demissão do Laticínio e fomos morar em Laranjal.

Papai tinha preferência por Recreio, mas como mamãe dissesse de uns parentes seus de Laranjal, gente endinheirada e sempre disposta a ajudar, parece-me que ele acreditou que isto facilitaria as coisas. Os parentes de mamãe, na verdade um casal de tios distantes com três filhos adultos e empertigados, nos receberam cheios de rapapés, prometeram mundos e fundos, e só. Depois de muito pelejar nos mais diversos serviços e graças ao auxílio de um providencial amigo de infância, papai conseguiu se estabelecer intermediando compra e venda de gado. Parecia que tinha encontrado a sua verdadeira vocação, pois até conseguiu ajuntar uma meia dúzia de garrotes num pasto arrendado. E como coroamento daquela nova vida, mamãe ficou grávida de você. Mas com a gravidez veio o sopro no coração. Papai gastou o que tinha e o que não tinha com médicos de Leopoldina, Cataguases e Muriaé. Até em Juiz de Fora estivemos uma vez para exames mais apurados. A causa das palpitações e da falta de ar que minavam a saúde de mamãe permanecia um mistério, embora ela mesma já tivesse o diagnóstico. Tratava-se de uma espécie de mal de família, pois tanto tia Clara quanto a prima Leninha foram vítimas fatais do tal sopro no coração durante a gravidez. Não poucas vezes, quando os sintomas se agravavam, mamãe me chamou ao seu quarto de doente e me fez jurar com os dedos em cruz que cuidaria do bebê caso ela morresse na mesa de parto, pois eu já era uma mocinha. Na ocasião, tinha por volta de seis, sete anos. Após o quinto mês de gestação, apesar dos cuidados de papai e dos médicos asseverarem que ela não sofria de qualquer problema cardíaco, mamãe dava como certa a sua morte durante o parto ou logo após. E com voz embargada e gutural, afirmava que, se havia alguma chance para ela, estava numa mudança de ares e no apoio de uma equipe médica que não existia em Laranjal. Porque o clima ali era demasiado quente e seco, enquanto os médicos, além de muito desatualizados, não dispunham de recursos para lidar com a gravidade do seu quadro. Verdadeiramente apavorado com aquela morte anunciada, papai decidiu que mudaríamos imediatamente para Leopoldina.

Como você bem sabe, querida irmã, mamãe não morreu ao lhe dar à luz. Nem após. Embora o clima de Leopoldina fosse idêntico ao de Laranjal, a certeza de que, naquela cidade, contaria com maiores recursos médicos fez com que mamãe atravessasse o resto da gravidez sem sobressaltos. E com o nascimento da segunda filha, como que por encanto, nunca mais se ouviu falar do sopro no coração. Segundo mamãe, a maternidade opera milagres. A esta altura, papai já se desfizera do pouco que tinha amealhado durante a nossa temporada em Laranjal e, não sem dificuldades, nos estabelecemos em Leopoldina. Papai fez de tudo para prosseguir no negócio de compra e venda de gado, mas as coisas só começaram a aprumar quando, por acaso, reencontrou um antigo colega da época do internato no Ginásio de Miracema. O dr. Ataíde Pacheco Netto ocupava um cargo importante na prefeitura e, por conta da velha amizade, transformou papai em seu assessor. Logo que foi apresentada ao dr. Ataíde e esposa, mamãe não fez a menor questão de esconder a sua antipatia por ambos. Desde então, não passava um único dia sem que ela apontasse os traços do comportamento pernóstico do casal, incluindo aí uma distância que traía certo nojo pelos humildes como nós, o modo enviesado de falar, o nariz empinado, o olhar de superioridade etc. etc. E registre-se que ela não esteve com o dr. Ataíde e esposa mais do que duas ou três vezes. Enquanto eu aprendia as primeiras letras e você começava a engatinhar, os defeitos do dr. Ataíde só faziam crescer e piorar: tratava papai como um lixo, um moleque-de-recados; aquilo não era ser assessor, mas escravo; o marido dela carregava a repartição nas costas e o outro levava a fama. E tudo por quê? Por que o Ataíde – mamãe jamais o tratava por doutor – era bacharel em Direito? Grandes merdas! Faculdade de final de semana em Juiz de Fora. Pagando, qualquer um vira bacharel neste país. Papai podia não ter curso superior, mas inteligência e disposição tinha de sobra. Perto do folgado do Ataíde então, nem se fala. Era papai colocar os pés na soleira da porta, após dez, doze horas de trabalho, e principiava a ladainha. Foi talvez o receio de, por uma desfeita qualquer de mamãe, perder o amigo que tanto fizera por ele que determinou a nossa mudança para Muriaé no fim do ano escolar.

Papai jamais diria a mamãe, mas acredito que foi por obra e graça do dr. Ataíde que ele chegou a Muriaé já com emprego garantido na secretaria do Colégio Santa Marcelina. Tão entretida estava eu em gozar as longas conversas com papai, sempre de mãos dadas, no caminho de ida e volta da escola, em aprender a contar e a marcar o tempo, em gastar as bonecas e demais brincadeiras da infância, em flertar com os enigmas da matemática e me enamorar do corpo das letras, em aproveitar as colegas, professoras e vizinhas – tão entretida estava com estas coisas que, apenas ao ficar mocinha, me dei conta de que já estávamos há cinco anos seguidos em Muriaé. Foi a época mais feliz da minha vida. Papai era um funcionário muito querido e respeitado pelas madres e pelos pais das alunas do Colégio Santa Marcelina. E encontrava ali o que julgava o mais importante: a garantia de uma boa educação para as filhas, entre gente de bem. Quanto à mamãe, pareceu mesmo que a segunda maternidade operara milagres. Também os cuidados com a casa e com a criação das duas filhas, acrescidos dos caminhos-de-mesa, toalhas e colchas de crochê que fazia para fora, não deixavam muito tempo para pensar em outras coisas. Ao menos até ela desenvolver uma misteriosa e inédita antipatia pelos números pares, a qual degenerou em fobia e tornou urgente e inadiável uma terceira gravidez. Sempre que surgia ocasião, repetia "Família de quatro é só sbaglio", atribuindo o dito a sua sábia avó, vinda da Calábria em porão de navio cargueiro.

O certo era que, para mamãe, a vida atribulada e o clima de Muriaé (sempre ele) pareciam desfavorecer uma nova gravidez. À época, resguardada *pelos mimos de caçula e por demais consagrada ao universo das bonecas, você nem deve ter dado conta do abrupto de nossa mudança para São Francisco do Glória. Papai voltou a intermediar compra e venda de gado, desta feita com a ajuda de um amigo dos tempos do Tiro de Guerra em São João Nepomuceno, Sebastião Estêvão de Oliveira, vulgo Tião Bufa. Os velhos companheiros de armas reencontraram-se em Muriaé depois de anos e, como as duas filhas daquele fossem internas do Colégio Santa Marcelina, papai lhes dedicava o carinho e a atenção que os genitores não podiam devido à distância. Logo tornaram-se compadres, sem necessidade da chancela de uma pia batismal. Assim, quando soube do desejo de papai de encontrar um lugar com clima mais adequado à delicada saúde de mamãe, ainda que lamentando pelas filhas no internato, Tião Bufa nos recebeu de braços abertos em São Francisco do Glória. Sempre alegre e solícito, nem mamãe encontrava nele um senão que fosse. Também não se derramava em elogios. Contra a mudança, creio que apenas eu me ressentira por perder, de uma só vez, as conversas com papai, o carinho das professoras e a amizade das colegas.*

Inteiramente obcecada em transformar a família em número ímpar, mamãe engravidou de Maria Célia logo no terceiro mês em São Francisco. Comprovava-se as suas ideias acerca do clima de Muriaé. Tanto que nunca tivera uma gravidez mais tranquila, também em virtude da promessa de que o parto seria realizado na Casa de Caridade de Carangola por um médico que papai conhecera numa transação de gado leiteiro. O número ímpar e a maternidade, no entanto, não tiveram àquela altura o efeito dobrado que se podia esperar, pois não demoramos em São Francisco mais do que três anos. Entretidas estávamos eu com os primeiros namoricos e você com o caderno de caligrafia, de forma que nos escapou a causa de mais esta mudança. Com Maria Célia, ainda que lembrasse de alguma coisa da época, não poderíamos contar de jeito nenhum, pois aquela só tem memória para o que seja do interesse dela, do marido e do filho, aquele entojo. Além do mais, parece-me que as razões objetivas, grandiloquentes e algo trágicas alegadas por mamãe para conduzir às mudanças foram-se apequenando aos poucos, tornaram-se cada vez mais vagas, imprecisas, meros pressentimentos. Uma soma errada na conta do armazém, o pulgão que destruiu o canteiro de cebolinha, uma palavra mal colocada pela manicure, a súbita mudez do trinca-ferro, a intuição de uma tromba-d'água – as menores coisas, repisadas ao longo de semanas ou meses, bastavam para decidir uma outra mudança. Foi assim que, de São Francisco do Glória, fomos dar em Divino do

Carangola, voltamos a Laranjal, seguimos para Palma, depois Recreio, passamos rapidamente por Além Paraíba e Tebas para tornar a subir a Rio-Bahia até Orizânia e, finalmente, São João do Manhuaçu, onde cheguei perto de completar dezoito anos.

Os poucos parentes e amigos que ainda mantinham algum contato nos tratavam por "ciganos". Já nesta altura, querida irmã, os nossos históricos escolares pareciam uma colcha de remendos, embora o meu estivesse desaparecido desde que me formei no ginásio. Sonhava me tornar professora, mas ou mudávamos antes de ter tempo para iniciar os estudos ou a cidade não dispunha do curso normal. Ajudar mamãe nas tarefas domésticas e ler os poucos livros que me chegavam às mãos era o que podia fazer entre uma e outra mudança. Papai vivia medindo as estradas de terra da região, de Miradouro a Caratinga, de Rio Casca a Espera Feliz, às vezes muito além, sempre à cata de algum para garantir que nada faltasse à família. Sempre foi esta a única preocupação daquele homem, capaz de dormir ao relento, alcançar os lugares mais agrestes, vencer com elegância os negaceios dos devedores mais renitentes, suportar a prepotência dos fazendeirões mais chucros, apenas para garantir a primazia de um negócio. Deus sabe o quanto as suas prolongadas ausências me entristeciam e preocupavam. Desde Muriaé, já não conversávamos para além do almoço de domingo, e creio que nos tornáramos dois estranhos. Mamãe nunca fora de muita prosa, exceto quando começava a burilar mais uma daquelas ideias que, dentro em pouco, nos levaria para outra cidade. Mas tratava-se, então, de um monólogo, secundado por trejeitos, gemidos e suspiros (como a ensaiar algum futuro mal físico), por silêncios de breve duração (para verificar as possíveis reações de um qualquer interlocutor), por descrições mal-alinhavadas de suas intuições (com o propósito de encontrar e testar o fio lógico das mesmas).

Tilde, minha querida irmã, você há de lembrar que, no final da nossa rua em São João, ao lado do Centro Espírita, moravam dona Eliete e sua filha, Ana Ferreirinha. Embora já com mais de trinta e solteira, era uma bela moça, traços alemães do pai morto há muito. Trabalhava como balconista no armarinho do seu Mauad, e foi lá que, durante a compra de algum aviamento, mamãe teria surpreendido uma qualquer coisa que a levou a depreender que papai mantinha um caso com a coitada da Ana Ferreirinha. Outra loira. Não houve tempo sequer para oferecer explicações ou apresentar contraprovas. Papai chegou em casa tarde da noite, todo estropiado como sempre, poeira dos pés à cabeça, e ouviu a denúncia e o veredito. Mamãe embarcaria com as filhas no dia seguinte bem cedo para qualquer lugar bem longe dali. A nossa *bagagem estava pronta – e se papai achava que devia acompanhar as filhas, ele que tratasse de ajeitar as suas coisas na mala que restara em cima do guarda-roupa.* Completamente atarantado, papai tentou que voltássemos para Leopoldina, mas mamãe acusou o dr. Ataíde de, provavelmente, acobertar outras tantas safadezas do amigo, já que ele mesmo, o Ataíde, nunca foi flor que se cheire. Papai propôs, então, Manhuaçu, mas não era longe o bastante para aplacar a fúria de mamãe. Acabamos em Cataguases, por não mais que dois meses; de lá passamos outra vez por Além Paraíba, depois Volta Grande, Abaíba, Santana de Cataguases e Miraí. Foram quase oito meses nesta "fuga", até reencontrarmos a BR-116 e estacionarmos em Muriaé, apenas o tempo necessário para você tirar o diploma do ginásio. Com as nossas poucas economias no fim, a custo mamãe aceitou subir uma outra vez a Rio-Bahia até Fervedouro, onde morava tio Juca, primo primeiro de papai. Acredito que a sua relutância só não foi incontornável porque, rodando feito barata tonta por essas estradas, ela acabou perdendo o senso de direção e nem percebeu o quanto estávamos próximos de São João do Manhuaçu.

Tio Juca, embora bem mais moço, tinha o papai como um irmão. Tanto que, como você deve se lembrar, fomos recebidos com pompa e circunstância por ele, tia Amélia e os cinco filhos pequenos. E encontrando desculpa na necessidade de cuidar dos seus encargos como vereador recém-eleito e de alguns alqueires de terra que adquirira há pouco, entregou a papai a gerência do posto de gasolina de que era proprietário na beira da Rio-Bahia. Foi este talvez o período financeiramente mais próspero da nossa família, pois papai conseguiu conciliar as suas atividades no posto com a retomada da intermediação de compra e venda de gado, o que lhe permitiu fazer sociedade com tio Juca no negócio de engorda de novilhos, garantindo a ambos bons dividendos. Nesta ocasião, você estava por demais entretida com os preparativos do baile de debutantes e com os numerosos pretendentes para recordar os incômodos estomacais que vitimaram mamãe. Useira e vezeira em realizar o diagnóstico de suas próprias doenças, dizia ela tratar-se de uma gastrite que logo se transformaria em úlcera graças à péssima qualidade da água que servia as casas de Fervedouro. Assim, logo após o seu baile de debutantes e antes que a úlcera de mamãe supurasse, papai se desfez de tudo quanto cumulara naquele período e retomamos a nossa sina cigana. Desta feita, em menos de um ano, residimos por algumas poucas semanas ou parcos meses em Santa Bárbara do Leste, Caratinga, Inhapim, Alpercata e Governador Valadares. E acredito que, pelo andar da carruagem, teríamos com certeza alcançado a Bahia, não fora a morte repentina de papai

Um chão de presas fáceis   177 *quando estávamos a ponto de mudar de Frei Inocêncio para Itambacuri. Segundo palavras de mamãe, as melhores águas que encontramos nestas cidades ao longo da BR-116 foram suficientes senão para debelar em definitivo, ao menos para estacionar a gastrite. Tanto que, ainda hoje e apesar da opinião contrária do dr. Basílio, ela se queixa de queimação no estômago. Isto quando não lhe ocorre um outro mal de maior monta.*

Mais não lhe conto porque, a partir da morte de papai, julgo que se recorda das tantas agruras que enfrentamos, ao menos até você conhecer o Antoninho aqui na exposição agropecuária de Miradouro, se casar e mudar para a distante e mui querida Pirapetinga. Mas você bem sabe que só consegui colocar paradeiro nesse destino andarilho quando arrumei emprego na prefeitura e assumi o sustento da família. Do contrário, era capaz de agora mesmo estarmos ajeitando a mudança em alguma nova cidade. Talvez bem para lá da Bahia.

De tudo quanto ficou dito nas linhas anteriores, o único propósito foi tranquilizá-la quanto ao estado de saúde de nossa mãe. Portanto, não dê ouvidos aos alarmes de Celinha, pois esta saiu àquela. E mamãe é e sempre foi uma mentirosa contumaz.

Com os desejos mais sinceros de paz e harmonia entre você, Antoninho e meus adorados sobrinhos, beijo-a,

Maria Aparecida

A MELHOR ESPIGA É PRO PIOR PORCO

O que mais me deixa besta é que o Boi tinha tudo pra dar certo. Mãe, pai, quer dizer, o pai nunca foi flor que se cheire, mas o Boi era o caçula, os irmãos se juntaram, cada um dava um pouquinho no fim do mês... O primeiro da família toda a fazer faculdade. Estudou em Juiz de Fora, na federal. Já a Melinha, criada aí cada dia na casa de um, o pai bebendo daquele jeito, a mãe pelejando com ele pra lá e pra cá, ainda engravidou novinha daquele rapaz, como é que era mesmo o nome dele?, teve que ficar brigando na justiça

Praça Getúlio Vargas, Ervália

pra receber a pensão da menina, ninguém pra dar uma mão, tudo contra – e hoje tá formada, que nem o Boi, igualzinho. Tá certo que ela estudou ali em Caratinga mesmo, faculdade particular, mas pensa bem: todo santo dia, de segunda a sexta, a pessoa sai daqui de tardinha naquele ônibus da prefeitura, depois volta já quase de madrugada e, no outro dia, tem que acordar cedo, cuidar de filho e, ainda por cima, trabalhar atrás de um balcão. Porque a Melinha trabalhou o tempo todo que tava estudando, nunca ninguém deu nem uma ajudinha pra ela pagar a faculdade. Teve ocasião, e não foi nem uma nem duas vezes não, que precisou levar a menina junto com ela pra não perder aula. Não tinha ninguém pra tomar conta... Já o Boi, ficou lá em Juiz de Fora mas foi em pensão, tudo do bom e do melhor. A troco de quê? Pegou o diploma, enfiou debaixo do braço, voltou pra casa do pai, arrumou pra dar umas aulinhas aí, os alunos dizem que ele só sabe contar piada e falar palavrão, e a maior parte do tempo é mesmo encostado naqueles bares lá perto da igreja, o dia inteiro com um copo de cerveja na mão, fazendo tudo quanto é gracinha pra todo mundo ver, brincando com uns moleques que têm a metade da idade dele, parece que não vai crescer nunca. Enquanto isto, a Melinha, desde pequena morando de favor na casa dos outros, até mesmo com o pessoal do Boi ela viveu um tempo, agora já tem o cantinho dela mais da filha. Mora de aluguel, mas nunca atrasou o pagamento um dia. Eu sei porque a casa é de um compadre meu. E o outro, não fosse o pai e a mãe bancando até a roupa de baixo que ele usa, na certa tava andando pelado por aí. Porque o dinheiro que o Boi ganha dando aquelas aulinhas de nada vai tudo pra cerveja e pra sinuca. Sujeito teve tudo pra sair dessa vidinha mais ou menos, arranjar um bom emprego, quem sabe até ir pra uma cidade maior. E fez o quê? Jogou tudinho fora. Continua assim e, mais dia, menos dia, engravida uma menina dessas aí, sempre tem umas destrambelhadas, e duvido que vai poder dar pro filho um quinto, um décimo, do que a mãe mais os irmãos deram pra ele. A Melinha não. Aquela ali não perde tempo. E o Boi só ficando pra trás. Ela passou no concurso pra professora do estado e, enquanto a nomeação não sai, tá dando aula em duas escolas diferentes, de tarde e de noite. E o seu Agenor gosta tanto da Melinha que pediu pra ela continuar na farmácia, só de manhã, mas com carteira assinada. A única coisa que ela reclama é de ter que deixar a filha cada hora com uma pessoa diferente. A Bia já nem estranha, vai com todo muito, a coitadinha entende as coisas. Mas do jeito que vai, logo, logo a Melinha para de ter que trabalhar tanto. Acaba também que a menina fica maiorzinha, mais independente. Agora mesmo, precisa ver que graça, pequenininha, pequenininha e faz tudo sozinha: amarra o sapato, toma banho, troca de roupa, escova os dentes... Graças à criação que a Melinha deu. Muito diferente de todo mundo passando a mão na cabeça do Boi. O pessoal da casa dele, até hoje, é só Naldinho pra cá, Naldinho pra lá, Naldinho isso, Naldinho aquilo, e nada de mostrar pra pessoa a verdade da vida. Uma época aí, ele andou se metendo com uma turma barra-pesada, barra-pesada mesmo, coisa de tóxico, e não teve um pra chegar e dar um esbregue nele. Lembro perfeitamente da Rosinete falando assim *O Naldinho? O meu irmão? De onde é que vocês tiraram isto, gente! O Naldinho é assim mesmo, anda com todo mundo, tem maldade não. E a pessoa, quando não tá devendo, tem que ter medo de nada não.* E ainda ficou com raiva, falou que eu e a Margarida, que a gente tava espalhando que o Naldinho era maconheiro. Nem ligo. O Boi ainda deu muita sorte, porque, daquela turminha barra-pesada que ele andava, dois foram presos, um tá sendo procurado pela polícia e um outro mataram no meio da rua, dia de sol quente. Tem coisa que não dá mesmo pra entender. Nunca ninguém daquela família deu a mínima bola pra Melinha, pois tá ela aí, firme e forte, tocando a vida, criando a filhinha, três empregos... Da última vez que a gente se esbarrou lá no centro espírita, disse que tava estudando pro concurso do Banco do Brasil, toda empolgada. E do jeito que ela é, pode não ser dessa vez, mas uma hora engata aí num concurso e dá uma bela de uma banana pra esse povo todo, incluindo o Boi, a mãe dele, o pai, as irmãs... É bem o que eles merecem, porque o Naldinho vai longe, o Naldinho é inteligente demais, o Naldinho estudou na federal – agora, a Melinha, vamos ver no que dá, né? Um boi sonso, é isto que o Naldinho é. Nem parece primo primeiro grau da Melinha. Enquanto ela fica o dia inteiro correndo de um lado pro outro pra dar conta de cuidar da filha, trabalhar e ainda estudar, porque hoje sem estudo a pessoa não arranja nem pra puxar carroça, então, enquanto a Melinha se esfalfa toda, tá o Boi aí com o umbigo colado no balcão desses botequins, criando calo nos dedos de tanto jogar sinuca, uma tristeza! Pior, uma vergonha! Teve tudo pra dar certo, mas foi só ficando pra trás. Depois diz que é tudo questão de oportunidade. Oportunidade uma pinoia, é tudo questão de querer e fazer por onde.

É MELHOR SER O PRIMEIRO NA VILA DO QUE O SEGUNDO EM ROMA

É nessas horas que o sujeito fica sabendo com quem é que pode contar no duro. Acho que ninguém nunca tá preparado pra uma coisa dessas... E se não são assim os amigos pra dar uma mão, aí é que o troço fica pior ainda. Não é que eu tinha obrigação não, porque, no meu modo de ver, essa coisa de obrigação a gente tem que ter é com as pessoas que estão ali com a gente todo santo dia, rachando o arroz com o feijão, querendo saber se a mãe melhorou daquela dor nos quartos, convidando pro aniversário de um filho... Pra mim, é com esse pessoal que eu tenho obrigação. Sou capaz até de comprar

Patrocínio do Muriaé

uma briga pra defender uma pessoa que já me fez um favor. Nem precisa tanto, meio favor e tá muito bom. Eu fico pelado no meio da rua só pra pessoa ter o que vestir. Eu não sei, o pai e a mãe me criaram deste jeito, então... Eu posso ter uma montoeira de defeitos, mas eu sei muito bem reconhecer o que que cada amigo meu já fez por mim, cada coisinha, por menor que seja. E olha que nenhum deles tinha obrigação comigo não. Porque, pra falar a verdade, eu nunca tive muita condição pra ajudar os outros, a não ser nessas coisas bestas assim de dar uma força na hora de bater uma laje, socorrer um doente, podar uma árvore...

Agora então, depois disso, nunca que eu vou poder pagar a dívida que eu tenho com esse povo. Trabalhar eu trabalho desde os quatorze anos, mas aqui nesta cidade, sabe como é, tirando um ou outro, difícil encontrar alguém que ganha mais que o salário. A maioria nem isto. E o sujeito consegue juntar algum ganhando salário mínimo? E trata de não dar um jeito de plantar uns pés de couve e botar uns franguinhos no fundo do quintal – arrisca até a passar necessidade. Então, eu sei muito bem que o que os meus amigos fizeram por mim não tem preço, mesmo que eu tivesse condição de pagar um dia. Principalmente porque eles fizeram sem eu nem precisar pedir nada. Porque eles tiraram de onde nem tinha como tirar. É aquela coisa, todo mundo aqui vive com o dinheiro contadinho. De forma que não dava mesmo pra sair por aí, batendo de porta em porta, pedindo emprestado.

Se eu comentei o troço, mesmo assim muito por alto, foi só com a Irene. Precisou de mais nada. Logo, logo o pessoal aqui da rua, lá do serviço, uns outros aí que eu conhecia só de abanar a cabeça, uma montoeira de gente, mas muita gente mesmo, de uma hora pra outra, sem quê nem pra quê, todo mundo resolveu que tinha porque tinha que me ajudar, fosse do jeito que fosse. Eu até falei pro Laerte, pro Celinho, pra Jack, *Gente, precisa disso não. Vocês acham que vai mudar alguma coisa? Chega final do mês, tá todo mundo aí mais quebrado que arroz de terceira e o negócio continua na mesma.* Eu indo ou não indo, que diferença que fazia? Também a Irene, puxa vida, não tinha nada que sair por aí batendo com a língua nos dentes. Não era nem questão de ficar devendo favor pra essa gente toda, porque mais do que eu já devia impossível. O problema era incomodar os outros com um troço que não ia adiantar bosta nenhuma. A coisa é do jeito que tem que ser.

Até um bingo o pessoal inventou pra arrumar o dinheiro das passagens. Foi lá no bar do Binha. Uns prêmios tão vagabundos, mas tão vagabundos, que o povo morria de rir na hora que o Binha, com aquela voz de pastor evangélico, todo cheio de nove-horas, anunciava o que que ia ganhar o sortudo da rodada. A pessoa tinha que gostar muito de mim mesmo pra dar dois reais numa cartela e ainda correr o risco de ter que levar pra casa uma porcaria qualquer daquelas. Depois o pessoal ainda fez uma vaquinha. *Por que como é que você vai pra São Paulo só com o dinheiro da passagem de volta no bolso?* Foi assim que o Celinho me entregou o resto da grana. Vai que eu me perdia, precisava tomar um táxi, era assaltado por algum filho da puta... Dinheiro nunca é demais, principalmente quando a gente tá num lugar estranho. Se sobrasse alguma coisa, na volta o pessoal se juntava e tomava aí umas cervejas.

Obrigação mesmo eu tenho é com esse povo. Com o meu irmão... Sabe que, se ele batesse lá na porta de casa um dia desses, acho até que ia demorar um tempinho assim pra eu atinar de quem é que se tratava... Porque, veja bem, quando esse meu irmão mais velho foi embora pra trabalhar lá em São Paulo, eu devia ter de cinco pra seis anos. Porque eu sou a rapa do tacho. São sete irmãos ao todo, contando comigo. Quer dizer, agora são só seis. Mas eram sete, dois homens e cinco mulheres. As meninas, sabe como é, casaram e foram atrás dos maridos. Tem duas em Muriaé, uma em Leopoldina, mais uma ali em Pádua, no estado do Rio, e a outra foi parar lá em Montes Claros. O marido dela trabalha num banco.

Estas que moram aqui mais perto, vira e mexe dão um jeito de me fazer uma visitinha. A de Montes Claros, pelo menos uma vez por semana a gente se fala pelo telefone. E eu sei muito bem que se precisar de alguma coisa e estiver ao alcance delas, qualquer uma, é na hora. Já com o meu irmão, a coisa é muito diferente. Nesses anos todos, tou pra te dizer que se eu vi a cara dele três, quatro vezes foi muito. Telefonema é uma vez, duas por ano e olhe lá. E mesmo assim é: *Tudo bem com você? Tou ligando pra desejar um feliz Natal.* E acabou.

Nas poucas vezes que eu resolvi falar alguma coisa, reclamar que ter um irmão assim era a mesma que não ter, a mãe ainda era viva e ficou muito nervosa comigo. Falou que o Toninho demorou muito pra colocar a cabeça no lugar, e bendita a hora que ele resolveu ir embora de Patrocínio, se não era bem capaz de ter virado um cachaceiro desses daí, que nem uns amigos dele que viviam metidos lá no bar do Binha, qualquer hora do dia ou da noite. Porque pra ela, mesmo sofrendo pra burro com saudade dele, o melhor que o Toninho fazia era mesmo ficar lá em São Paulo, porque ele andou dando muita cabeçada por aí, demorou um tempão pra aprumar na vida, arranjar um emprego decente, uma mulher que prestasse, e não tinha nem cabimento despencar de São Paulo até Patrocínio pra ficar dois, três dias e ter que voltar correndo. E ainda por cima, gastar um dinheiro que ele custava tanto pra ganhar. *Porque dinheiro não dá em árvore não! E o Antoninho, além de ter que dar conta da família dele, todo mês ainda manda dinheiro pros remédios do seu pai. Religiosamente. Ou o senhor acha que a gente tem dinheiro pra pagar essa batelada de remédio?* Foi aí que eu fiquei sabendo o que é que a mãe ia fazer no banco todo dia dez.

Mas é aquele negócio, uma coisa é mandar dinheiro, outra coisa é a pessoa se importar de verdade com a gente. Não tenho mágoa nenhuma não. Nem acho que tou sendo mal-agradecido. Eu sei muito bem que, se o pai teve o tratamento que teve, tudo a tempo e a hora, sem nunca faltar um remédio que seja, foi graças ao dinheiro que o Toninho mandava. Fez a obrigação dele? Fez. E mais até do que a obrigação. Agora, será que o pai, ao invés do dinheiro, não preferia ter o Toninho ali, do lado da cama dele, na hora que morreu? E a mãe? É claro que tudo que ela mais queria naquela hora era ter os filhos ali, junto dela.

É por isto que eu digo: fui pra São Paulo muito mais porque nenhuma das minhas irmãs tinha condições de ir do que por qualquer obrigação. Pra mim, era até meio esquisito esse negócio de ir parar naquela lonjura só pra visitar um sujeito que, a vida toda, eu tinha visto aí uma meia dúzia de vezes. Tá certo que era meu irmão, mas era o mesmo que fosse uma pessoa de fora, um estranho. Eu não sabia nada dele e muito menos ele sabia alguma coisa de mim. Fazer o quê? No dia que a mulher dele ligou pra contar que o Toninho tava internado com câncer e que o médico tinha dito que não dava seis meses de vida pra ele, demorou pra eu acreditar naquele troço. O mais difícil foi ter que contar pras minhas irmãs. Elas conviveram mais tempo com ele, e daí, sabe como é, ficaram num desespero só. Como é que uma pessoa tem uma coisa dessas assim, do dia pra noite, vai pro hospital e, chega lá, o médico fala que não pode fazer nada? Deve ser muito complicado. Agora, pra mim era difícil sentir alguma coisa. Porque o Toninho saiu de casa eu era muito pequeno e nem deu tempo de ficar apegado nele. De forma que eu fui pra São Paulo não foi por obrigação, foi por causa que não tinha outra pessoa pra ir no meu lugar. E uns troços assim sempre sobram pro irmão caçula mesmo. No fim das contas é isto: tem coisa que a gente tem que fazer e pronto. Foi nesse espírito que eu fui lá pra Muriaé apanhar o ônibus pra São Paulo.

Vou te dizer um negócio: quando eu dei de cara com o Toninho ali na cama daquele hospital, foi a mesma coisa que ver o pai quando ele tava pertinho de morrer. Porque eu puxei mais a família da mãe, mas o Toninho era a cara do pai. Só reparei nisto ali, naquela hora. Que nem ver a mesma pessoa morrer duas vezes... É claro que tinha a diferença de idade, mas parece que o câncer envelheceu o cara aí uns vinte anos. Era o pai, só que careca. Acho que isto também deixa a pessoa um pouco mais velha.

Fiquei ali parado perto da cama, meio que abobado. Não sei se por conta do cansaço da viagem, mais de dez horas sem pregar o olho, ou porque já sabia de cor e salteado onde é que ia dar aquela história. Mesmo não tendo nenhum apego assim com o Toninho, aquilo me deixou muito baqueado. Juntando ainda com a canseira daquela viagem excomungada, ver um sujeito que era a cara do pai morrendo ali na minha frente foi um troço doído demais. As coisas voltam na cabeça da gente e parece que vem junto um sofrimento maior ainda.

Passou um tempinho, o Toninho abriu os olhos, olhou pra minha cara, abriu um sorriso deste tamanho e falou bem assim: *E aí Tuca, como é que tá o povo lá de Patrocínio? E as meninas?* Quanto tempo fazia que ninguém me chamava daquele apelido? Tirando as minhas irmãs, quando estão a fim de encher o saco, acho que ninguém nem mais lembra que até uns seis, sete anos neguinho só me chamava de Tuca.

Difícil saber como é que a gente deve se comportar numa situação destas. Assim muito sem jeito, fui respondendo às perguntas dele. Dei notícia das meninas, dos tios, dos primos, de um pessoal lá que ele queria saber, mas tudo muito por alto, muito rápido, porque, pra mim, ele tava perguntando só por uma questão de educação. Ou então pra me deixar um pouquinho mais à vontade. Meu sem jeito tava estampado na cara. Acho que o Toninho também não sabia direito o que que devia falar comigo. Parecia que a conversa não engrenava de jeito maneira. Tanto que, vire e mexe, ele olhava assim pra mim e, com um riso meio sem graça, *Grande Tuca Pinduca, ladrão de açúcar!* Daí ficava aquele silêncio... Até que ele resolvia perguntar um outro troço qualquer.

Pra mim, a coisa tava que nem quando a gente era criança e a mãe e o pai inventavam de visitar um parente distante, um conhecido de mais cerimônia. Tinha tanta recomendação antes de sair de casa que, chegava lá, eu mais as meninas ficávamos sem saber o que falar, como sentar, onde enfiar as mãos, se era pra aceitar alguma coisa que ofereciam... A coisa mais chata do mundo. A gente ficava igual um bando de estátuas.

Mas chegou uma hora que o Toninho parou de ficar perguntando sobre deus e todo mundo, virou pra mim muito sério, sem mais nem menos, do nada, *E aí, mano, já conseguiu se livrar da Mamucha?* E danou a rir. Se eu tivesse um tiquinho só de intimidade com ele, tinha mandado à merda na hora. Sujeito mal me conhece e fica rindo da minha cara? Mas é aquela coisa, no sem jeito que eu tava, fiquei na minha, mesmo com a língua coçando pra dizer uns desaforos pra ele. Aquele troço de me chamar de mano já era esquisito. Nunca ninguém tinha me chamado assim. Mas isto devia ser coisa lá de São Paulo...

Agora, como é que uma pessoa que eu vi uma vez na vida, outra na morte podia saber da história da Mamucha? Eu devia ter o quê? Onze anos? É, onze anos e ainda tomava mamadeira – a Mamucha, que era como eu chamava desde pequenininho. Coisa de criança, mas todo mundo lá em casa vivia implicando comigo. E olha que eu não ficava amolando ninguém pra arrumar mamadeira pra mim não. Eu mesmo ia lá na cozinha, preparava o café com leite, botava na mamadeira e ia tomar escondido em algum lugar. De tanto o pessoal implicar, eu morria de vergonha. E de medo. Vai que alguém de fora me pega mamando... E foi exatamente por causa disto que eu acabei largando a Mamucha. Faltava aí uns dias pro começo das aulas, a mãe me chamou e falou assim que eu já ia entrar pro ginásio e tava mais do que na hora de aposentar a mamadeira. *E se o senhor não der um jeito de largar este troço, eu vou lá no ginásio, entro dentro da sua sala e conto tudinho pros seus colegas*. Do jeito que a mãe era, eu não duvido nada dela fazer um troço destes de verdade. De forma que a última mamadeira que eu tomei na vida foi no primeiro dia de aula do ginásio. Só pedi uma coisa pra mãe: que era pra ela não jogar a mamadeira fora. Vai que eu sentia falta... A Mamucha ficou um tempão guardada lá no armário da copa.

Como é que o Toninho ficou sabendo desta história eu não tinha a menor ideia. Mas o fato é que sabia. E sabia também da Nina, que foi uma vira-lata que eu tive e que morreu, tem aí uns quinze anos, naquela enchente que derrubou o sobrado dos Freitas. Culpa minha, que inventei de deixar a Nina amarrada no fundo do quintal porque ela tava no cio e arriscava cruzar com o inferno do cachorro do Geraldinho da Padaria outra vez, só pra me fazer raiva. Quando foi de madrugada, aquela chuvarada toda, o rio subiu tão rápido que só deu pra juntar uns troços e sair correndo. Passou um tempinho e aí é que eu fui atinar que a pobrezinha da Nina tava presa lá no terreiro. Até destes detalhes todos o Toninho sabia.

Onde é que uma pessoa, morando lá em São Paulo, trabalhando do jeito que a mãe falava que ele trabalhava, ainda arranjava tempo pra ficar especulando a vida dos outros assim? Tinha troço que, com certeza, as minhas irmãs é que contaram pra ele, mas umas outras coisas nem elas sabiam direito. Por exemplo: depois que a Nina morreu daquele jeito, acabou que a Jussara ficou com pena e me deu um outro cachorro de presente, o Carbono. Mas nunca que eu ia contar isto pra minhas irmãs, porque elas, até hoje, têm um verdadeiro ódio da Jussara só por causa dela ter desmanchado o noivado comigo. Por elas, eu nunca mais nem olhava na cara da Jussara. Minhas irmãs têm destas coisas... Eu não, que a Jussara sempre foi muito direita comigo. E a família dela, pai, mãe, os irmãos, depois que eu fiquei sem ninguém aqui em Patrocínio, me tratam com um carinho que não tem tamanho. É assim como se eu fosse uma pessoa da família.

Como é que o Toninho ficava sabendo destes negócios? Imagina que ele sabia até que eu tinha aí de quinze pra dezesseis anos quando perdi a virgindade lá na Beira-Rio. E ainda por cima, sabia que foi com uma morena que fazia um baita sucesso com a rapaziada lá no puteiro da dona Cacilda, uma tal de Samira. Nem eu lembrava mais do nome dela. Quem é que ficava contando estas coisas pro Toninho? É muita falta de serviço... Como é que alguém se presta a um papel destes?

Outra coisa: acredita que o Toninho sabia daquele problema todo que eu tive com a Cláudia? Do jeito que eu sou, acho que falei sobre aquela merda toda com umas duas ou três pessoas, no máximo; gente que eu sei que nunca ia sair por aí dando com a língua nos dentes. Como é que isto foi parar no ouvido do Toninho lá em São Paulo? Nem pras minhas irmãs eu contei a história assim inteirinha. Afinal de contas, porra, já basta a humilhação de ser chifrado por uma pessoa que eu considerava meu melhor amigo. Um filho da puta, isto sim! Não precisa ficar todo mundo sabendo que o otário aqui pegou aquele traíra enrabando a piranha da Cláudia. Comigo, ela era cheia de nove-horas. *Essas coisas de puta eu não faço, disso eu tenho nojo, assim não que dói muito...* Grandessíssima vaca é o que ela é!

Pois o Toninho sabia da história toda, tim-tim por tim-tim. E sabia muito mais. Praticamente tudo sobre a minha vida. Sabia que eu sempre fui muito bom em matemática; que na quarta série peguei uma suspensão de três dias por causa de uma cabeça-de-nego que eu soltei no banheiro do grupo; que eu tive catapora com mais de vinte anos de idade; que o meu maior sonho era ter uma criação de curió; que uma vez eu roubei uma nota de cinquenta cruzeiros da carteira do pai e levei uma surra daquelas; que eu tava precisando operar de hérnia; que a primeira menina que eu beijei na boca chamava Denise e mais parecia um pau de virar tripa, feia que nem a mãe do sarampo, como dizia a vó; que eu gostava de baile mas dançava mal pra burro; que eu adorava Chico Buarque e detestava tirar retrato; e por aí vai... Tinha coisa que nem eu lembrava mais. Uns troços bobos, sem a menor importância. Mas ele parece que fazia questão de ficar perguntando.

No começo, eu fiquei meio assim. Era meu irmão, tudo bem, calhava de encontrar uma pessoa qualquer aqui de Patrocínio, falava com uma das meninas no telefone, devia de perguntar mesmo uma coisinha ou outra a meu respeito. Mas na medida que ele ia falando, eu devo ter ficado bem umas quatro horas dentro daquele quarto, na medida que ele foi falando assim, perguntando aquelas coisas todas a meu respeito, querendo saber de cada coisinha que eu tinha feito nesses anos todos... Porra, a vida inteira eu fiquei morrendo de inveja e de raiva daquele cara. Ele largou mão de Patrocínio, meteu o pé na estrada, trabalhou numa montoeira de lugar, deve ter conhecido gente pra burro, muita mulher diferente... Já eu, nunca tive condição, muito menos coragem, de dar uma bela de uma banana pra esta vidinha besta! Tanto que, até hoje, tou aí de empregado dos outros, vendendo o almoço pra comprar janta. E o mais longe que eu cheguei foi justamente nesta viagem pra São Paulo. Assim mesmo, só deu pra conhecer a rodoviária e o hospital. O Toninho não podia ter me levado pra lá? Não podia ter arrumado um emprego pra mim, me botado pra estudar? Mas não, me deixou aqui neste buraco. Mal e mal tratava de mandar uma esmola pro pai e pra mãe. Nunca deu a mínima pra mim, o único irmão homem que ele tinha.

Pra falar a verdade, foi pensando nestas coisas que eu não consegui pregar o olho durante a viagem inteirinha. E quando eu cheguei lá e dei de cara com um sujeito igualzinho o pai deitado naquela cama de hospital, fiquei com mais raiva ainda. Ele nunca ligou pra mim, por que que eu devia ligar pra ele? Daí, na medida que ele foi falando aquela monte de coisas que ele sabia a meu respeito, uns negócios assim que nem eu lembrava mais, deu pra ver que, na verdade, o Toninho nunca tinha saído de Patrocínio, nunca tinha deixado de cuidar de mim, de ser meu irmão mais velho. Eu é que nunca fui irmão pra ele.

AGRADO É QUE DEMORA A VIAGEM

– Sabe quantas vezes, de Marataízes até a divisa de Minas, eu tive que parar pra sua mãe aliviar a droga daquela bexiga? Sete vezes. Depois disto, nem contei mais. E na ida, então? Foram umas quinze paradas.

Em trânsito, trevo da BR-356 com Rio-Bahia, Muriaé

– Ah, não exagera, tá? Eu e as crianças também pedimos pra ir no banheiro. A coitada só aproveitava o ensejo...
– Tem que levar essa mulher num médico, gente, isto não é normal não!
– Você tá careca de saber que ela tem um probleminha mesmo na bexiga. O dr. Basílio já mandou fazer uma monteira de exames, mas quede que consegue descobrir alguma coisa.
– Ah, um troço qualquer de errado tem que ter. Ou então, ela faz isto só pra me atazanar as ideias.
– Você acha, realmente, que a mamãe liga pro que você pensa ou deixa de pensar a respeito dela?
– De jeito nenhum. Eu sei muito bem que, pra sua mãe, a única diferença entre mim e um cachorro vira-lata é que eu pago as contas.
– Pra você, então, a mamãe veio com a gente só pra infernizar?
– Considerando aquela mijação toda e a encheção de saco pra eu dirigir mais devagar...
– Fui eu que pedi pra ela falar, coitada. Porque se eu falo pra maneirar na velocidade, você logo vem com quatro pedras na mão. E nessas férias, eu tinha prometido pra mim mesma que não ia me aborrecer. Ledo engano!
– Quem é o motorista desta joça, afinal? Eu pedi alguém pra ficar de copiloto?
– É, mas se não fosse o meu senso de direção, porque você pode ir dez vezes num lugar que não guarda o caminho nem a pau,

Um chão de presas fáceis

não fosse eu, lá em Itaperuna a gente tinha pego a estrada errada e arriscava parar pra cima de Guarapari.

– É isto aí, eu sou mesmo uma bosta de motorista. Não sei como é que você e as crianças ainda têm coragem de andar comigo? Um irresponsável é o que eu sou!

– Não, meu filho. Tirando o fato de achar que todos os outros motoristas estão errados e só você tá certo, que ninguém tem o direito de te ultrapassar e também que não devia existir caminhão na estrada, até que você dirige direitinho.

– Ha ha ha, você é muito engraçada.

– Eu? Uma palhaça...

– Agora que a gente já despachou a sua mãe, será que era possível dar uma paradinha pra pelo menos forrar o estômago. Eu tou até aqui de biscoito água-e-sal.

– Tudo bem. Mas, pelo amor de Deus, escolhe um lugar decente, um lugar que dê pra gente comer direito.

– Deixa comigo.

– Pedir só mais um favor: esquece este negócio de que restaurante bom é onde tem muito caminhão parado, tá?

– E não é assim?

– Não, meu filho, não é não. Por conta destas e outras, você só mete a gente em furada.

O MUNDO É REDONDO
PRA NENHUM FILHO DA PUTA
SE ESCONDER NOS CANTOS

Muriaé,
47º Batalhão
da Polícia
Militar, bairro
Safira

Na hora que eu mais preciso, eles me viram as costas deste jeito? Você não imagina o quanto isto dói na gente. Até da minha família eu podia esperar um troço destes. Afinal, sangue não garante merda nenhuma. Agora, dos meus companheiros de farda? Nunca que eu esperava! Se eu sujei as mãos, foi por causa deles, foi me fiando neles. Não vou dizer que sou santo. Isto nunca fui mesmo. Em casa, até que andava na linha. Mas na rua, era o cão. Não me pergunte o porquê. Quem me visse por aí, podia pensar *Que soldado mais bonzinho, que pê-eme mais educado...* Bonzinho o escambau! Em casa, nem precisa dizer. Nunca relei a mão num filho meu. Muito menos na patroa. Nem quando entornava todas. Agora, na rua, a coisa mudava de figura. Porque se o sujeito não se impõe, vagabundo monta na gente direitinho. Às vezes, eu ficava até besta comigo. Ai do folgado que tentava crescer pra cima de mim! Eu esculachava mesmo com o sujeito. Sem dó nem piedade. Tinha uns que chegavam a atravessavar a rua, com o rabo entre as pernas, só pra não cruzar comigo. Os tempos eram outros. Mas eu não mudei nem um tantinho. E tinha por quê? A gente é como é – e eu nasci pra ser pê-eme. Coisa de vocação mesmo. Porque soldado pra mim é o cara que o superior chega e diz *Arrebenta aquele muro com a cabeça* e o sujeito vai lá e arrebenta o tal muro com a merda da cabeça. Eu fui um soldado assim, cumpria com o meu dever. Polícia dos bons, e não desses que pedem arrego só porque vagabundo tá com uma 765 na mão. De jeito nenhum. Os colegas até me achavam meio maluco, um irresponsável. Mas não era pra colocar ordem nessa porra? Não era pra isto que a gente ganhava? Então, não tinha que ter medo de qualquer zé-mané não. Tinha mais que meter o pé na porta e baixar o sarrafo. Depois, se neguinho não tava devendo nada pra justiça, aí já não era da minha conta. Além do que, eu ainda tou pra encontrar um inocente, inocente mesmo. O que existe é o sujeito fingido, caviloso. Ou então aquele que não tem coragem pra chegar às vias de fato. Porque homem que é homem já quis matar, roubar ou pelo menos aleijar alguém pra mais de uma dúzia de vezes. Então, não me venham com essa de que todo mundo é inocente até prova em contrário.

Isto é papo de advogado de porta de cadeia. Se o vagabundo nunca fez merda, mais dia menos dia vai acabar fazendo. E se não faz é puro cagaço. Ou então ficou faltando só um empurrãozinho de nada. E eu não tou tirando isto de trás da orelha não. Eu vi coisas que até Deus duvida, mas um inocente, inocente de verdade, nunca vi. Deu bobeira e o sujeito apronta uma merda qualquer. E não é essa besteira de que a ocasião faz o ladrão bosta nenhuma. É porque se o tranqueira pode fazer merda e se dar bem pra cima dos outros, pra que que ele vai dar uma de bonzinho? Sujeito bonzinho só leva na cabeça. Então, esse troço de que *Eu tou inocente, doutor*, isto é conversa pra boi dormir. Desde que eu pus a farda pela primeira vez, já sabia: agora virei alvo de tudo quanto é bandido filho da puta. E se eu queria ficar vivo e inteiro, tinha que almoçar os bostas antes deles me jantarem. E eu peguei um tempo muito bom pra estes troços. Porque, depois da revolução, neguinho ou era comunista ou algum vagabundo chinfrim. E eu tinha uma gana de comunista... Ainda tenho. E não me pergunte o porquê. Estas coisas a gente tem e pronto. Então, juntou a fome com a vontade de comer. Os homens lá em cima mandando a gente arrebentar com sindicalista, estudante, professor, tudo quanto é comunista, e eu doidinho pra descer o sarrafo nos bundas. Modéstia à parte, sabe que fiquei bom no troço. O sujeito tava fazendo doce, não abria o bico de jeito nenhum, o pessoal mandava logo pra mim. Não é pra me gabar não, mas, tirando uns dois ou três mais metidos a valente, nenhum passou pela minha mão sem contar o milagre e o santo. Com isto, rodei mais da metade do estado de Minas. Trabalhei em Juiz de Fora, em Belo Horizonte, em Governador Valadares, em Varginha, em Caratinga, e mais umas bibocas por aí. Pra onde eles mandavam, lá ia o trouxa. Sempre na surdina, porque um trem desses não é pra ficar alardeando por aí não. Acho que foi este o meu mal... De qualquer jeito, quem tinha que saber que eu era bom naquele troço, sabia. Tanto que só batiam na minha mão os casos mais complicados. E quando eu entrava na sala de interrogatório e o traste do comunista ouvia meu nome de guerra, se encolhia todo. É, meu mal foi fazer muito mais que a minha obrigação sem pedir nada em troca. Porque hoje ninguém mais lembra do tanto que eu ajudei pra acabar com aquela corja de comunistas que empesteava tudo quanto é lugar. Depois dizem que o povo é que não tem memória. Quando não interessa mais, ninguém nessa merda de país lembra de porra nenhuma. Se algum dos homens lá de cima tivesse um tiquinho de memória que fosse, eu não tava passando por esta vergonheira toda. Onde já se viu um cabo reformado da pê-eme ser algemado na porta de casa, na frente da mullher, dos vizinhos, da rua toda? Nascido e criado aqui em Muriaé e ter que passar uma humilhação destas. Ainda bem que os meus filhos moram bem longe. Tem um que trabalha em São José dos Campos, torneiro mecânico, e outro em Contagem. Este outro saiu a mim, tenente da polícia. Imagina os dois vendo o pai, nesta altura da vida, algemado e metido numa viatura feito um ladrão? Com que cara que eu ia olhar pra eles? Enquanto os homens precisaram de mim, eu podia fazer o que bem entendesse a torto e a direito e tava tudo bem. Agora, que ninguém mais sabe quem é comunista, quem não é, qualquer fedazunha metido em política que leva uma surra das boas ou vai pro quinto dos infernos, até parece que o mundo vai acabar. É padre, promotor, prefeito, até deputado, todo mundo metendo o bedelho. E nem adianta mais tomar o cuidado de fazer as coisas da gente bem longe de casa... Eu, por exemplo, só aceitava serviço pra mais de trezentos quilômetros daqui. Já trabalhei muito, mas muito mesmo, no Norte de Minas. E também naquela região toda que vai de Teófilo Otoni até a divisa com a Bahia. No começo, juntava com o Batista e lá ia a gente no carro dele fazer as cobranças. Era assim que eu falava lá em casa. Como é que ia dar uma vida que preste pra patroa e pras crianças só com a aposentadoria de merda que eles me pagam? E olha que não tinha luxo não. Era o de-comer, o de-vestir, o material escolar e dez dias de férias em Marataízes, quando dava. Tudo na ponta do lápis. Sem esbanjar um tostão. Será que é pedir muito, depois do tanto que eu fiz pros homens lá de cima? Sem nunca exigir um nada! Fiz porque achava que era minha obrigação. E também porque gostava do troço. Eu não sou homem de ficar parado vendo uma meia dúzia de comunistas enfiar uma montoeira de merda na cabeça de uns estudantes moloides. Antes tivesse pedido uma coisinha ou outra. Dinheiro por fora, emprego pros meus meninos, alguma coisa pro mosca-morta do meu irmão... O meu mal sempre foi este. Se a gente não coloca preço, e bem alto, ninguém dá valor. O Batista sempre falava comigo *Você é muito bom no que faz, meu camarada, só precisa aprender a se valorizar mais.* O Batista sabia das coisas. Tanto que eu sempre deixava por conta dele acertar o preço das cobranças. Coitado do Batista, morrer daquele jeito, engasgado com o próprio vômito... Também, dos que bebiam comigo, não sobrou um pra contar história. Eu tomo uns remédios aí, mas ainda tou de pé, vivinho da silva. Depois que o Batista bateu com as dez, tive que me virar sozinho. E foi aí que começou esse merdeiro todo. Eu nunca gostei muito de viajar pra longe, dormir na zona, comer em beira de estrada... Porque o certo é fazer justo assim. E disso o Batista não arredava pé. Se a gente precisava pernoitar num lugar qualquer pra fazer cobrança no dia seguinte, tinha que ficar na zona. Era de lei, porque o troço mais difícil no mundo é uma puta caguetar alguém. E homem que frequenta puteiro não fica olhando pra cara de macho não. Além do que, ou o sujeito tá com os cornos cheios de cachaça e nunca que vai lembrar das fuças da gente, ou vai jurar de pé junto que naquele dia e naquela hora tava na casa de um amigo bem longe da zona, em outra cidade até. Tudo pra escapar da esculhambação da patroa. Comer a gente só comia em restaurante de beira de estrada. Além da fartura e do preço, era garantido que nenhum garçom ia marcar justo a nossa cara com aquele montão de gente entrando e saindo dia e noite. Bastava apertar a fome que o Batista logo tratava de encontrar um restaurante com bastante caminhão encostado – sinal de comida boa, muita e barata. O negócio também é saber esperar a hora certa pra pegar o sujeito em casa. Não adiante ir de dia. Tem que esperar a hora do *Jornal Nacional*. Porque daí tá todo mundo dentro de casa, assistindo aquelas desgraceiras todas. Eu não guardo bem essas coisas, mas acho que, até hoje, foram pra mais de umas trinta, quarenta cobranças, desde dar um tranco num merda qualquer, um chega-pra-lá, coisa leve, pra ver se o sujeito para de se meter com quem não deve, até negócio mais brabo, que era despachar algum infeliz que fica insistindo nesse troço de comunismo. Coisa mais velha! Antes disso, eu ainda tava na ativa, até fiz uns servicinhos mais o Batista e um outro conhecido da Civil. Mas esses não contam, porque era tudo muito de vez em quando. Parece que foi depois que os milicos largaram o osso que, devagarinho, como quem não quer nada, tudo quanto é comunista resolveu sair da toca. Eu fico vendo na televisão esses padres se metendo no meio dos pobres, esses sindicalistas invadindo prédio do governo, essa estudantada pichando ônibus, esses sem-terra fechando estrada, invadindo a fazenda dos outros – e isto tudo me deixa puto da vida. Eu não entendo bosta nenhuma de política, mas o que é certo é certo. Porque se o indivíduo deixa crescer o mato na fazenda dele ou coloca só umas dez cabeças de gado pra engordar, vêm logo uns merdas e invadem e derrubam a cerca e estragam as coisas, exigindo do governo, veja só, a desapropriação para fins de reforma agrária. Falar assim é fácil... Mas a terra é do sujeito, porra! Herdou, comprou, roubou, isto não importa, o que importa é se ele é o dono. Tem escritura? Tudo direitinho, dentro da lei? Então, ele faz com a terra o que bem entende. Um fazendeiro conhecido meu, por exemplo, numa daquelas bibocas lá do Vale do Jequitinhonha, resolveu plantar eucalipto. Diz ele que é um negócio muito bom. Ganho rápido, pouco trabalho, venda garantida. E ainda por cima, este troço de plantar árvore faz bem pra tal da ecologia. É ou não é? Pois não foi que, mesmo lá naquele caixa-prego, se juntaram uns índios mais um bando de sem-terra e acamparam na beira da estrada, pertinho da fazenda deste meu conhecido. O que aquela corja queria era invadir a fazenda e estragar com os eucaliptos. Só pra depois aparecer na televisão dizendo que era terra improdutiva. Eu sei disto porque este meu conhecido, ele se chama Irineu, telefonou um dia, desesperado. Queria porque queria que eu arranjasse uns quatro ou cinco homens bem dispostos e de confiança pra ele colocar lá na fazenda. Pra evitar qualquer surpresa desagradável. Mas eu tava vendo ainda se encontrava alguém pro serviço quando recebi uma outra ligação e ele disse que eu podia ficar despreocupado, tinha arrumado os homens por lá mesmo. Eu não vou negar – e nem podia, o delegado tem até prova –, não vou negar que visitei a fazenda do Irineu um montão de vezes. Mas foi sempre a passeio. Ia, pescava, descansava a cabeça... Também não nego que conhecia o defunto. Sujeitinho mais vagabundo! A gente passava de caminhonete pra entrar na fazenda e o filho da puta, estivesse fazendo o que fosse, logo ficava de pé, punha uma foice ou uma enxada no ombro e vinha andando pra perto da porteira como quem diz *Na hora que vocês menos esperarem, a gente invade essa porra e bota todo mundo pra correr.* Ficava encarando, provocando com um risinho besta no canto da boca. Isto quando não juntava com os outros desocupados pra ficar gritando aquelas coisas. Como é mesmo que eles gritavam? Ah, sim. *Com luta, com garra, a terra sai na marra! Se o campo não planta, a cidade não janta!...* Moleque mais topetudo! Ele tinha o quê? Uns dezoito, vinte anos? Tinha cabimento um indivíduo daquele tamanico, daquela idade, ainda cheirando a cueiros, ficar atazanando a vida de um homem com mais de sessenta anos feito o Irineu. O nome do fedazunha era Olnei, Volnei, Odirlei, sei lá! Comunista é danado pra ter um porrilhão de nome. Tanto que, lá entre os sem--terra, só chamavam aquele fedelho de Pé-de-Bicho. Quer coisa mais esquisita? Pé-de-Bicho, isto é apelido que se tenha? Agora, este não fui eu que despachei não. Garanto. Esta cobrança eu não devo. Já o caso daquele vereador esquerdista de Espera Feliz que encontraram morto dentro do carro lá na beira da Rio-Bahia e estão colocando a culpa em mim, aí só falo na frente do juiz. Já avisei lá pro delegado da Civil e torno a repetir. Mas, só aqui entre a gente, vou dizer um troço: é o merdeiro de fazer cobrança perto de casa. Bem que o Batista falava. Sempre tem um à-toa, um excomungado qualquer, pra lembrar da cara da gente. O que eu não posso admitir é os meus companheiros de farda me tratarem assim feito um bosta de um bandido. E outra coisa que eu não vou admitir de jeito nenhum é o pessoal falar que fui eu que matei o tal do Pé-de-Bicho. E olha que não foi falta de vontade não. Se o Irineu ou outro fazendeiro qualquer tivesse pedido, eu apagava o filho da puta sem pensar duas vezes. E nem precisava gastar muito dinheiro não. É o tipo do serviço que eu fazia por dois maços de hollywood e uma garrafa de pitú.

CASAR É TROCAR O DOCE PELA DOENÇA

– Parece criança... Depois ainda fica reclamando da mamãe.

Bar Silva, centro de Laranjal

– Mas você não concordou comigo que era pra gente dar uma paradinha pra comer alguma coisa?

– E adiantava não concordar? Você ia parar de qualquer jeito mesmo. A única coisa foi que eu pensei que a gente ia comer num restaurante. Comida de gente: arroz, feijão, carne, uma saladinha de alface com tomate... Mas eu já devia ter imaginado que você não ia perder a oportunidade de...

– Meu amor, o pão com mortadela do Bar Silva é quase um clássico. Você já não comeu aqui antes?

Um chão de presas fáceis

– Comi. E fiquei arrotando este clássico por uns três dias seguidos. Mas vai ver eu puxei as ziguizíras da mamãe, né?

– Você é que tá falando...

– Sei.

– No duro. Tem gente que vem lá de Leopoldina, de Muriaé, até de Cataguases, só pra comer este pão com mortadela daqui.

– Sei.

– Sem mentira nenhuma. Olha como é que as crianças estão gostando?

– A essa altura, se desse chumbo derretido, elas comiam.

– E você, não vai comer nada mesmo? Prova pelo menos um pedacinho do meu.

– Não, obrigado. Eu pedi um pão com manteiga e um cafezinho. A moça já tá trazendo.

– A pessoa vem aqui em Laranjal e sai sem comer o pão com mortadela do Bar Silva? Difícil entender você. Contando, ninguém acredita.

– Mas não precisa contar pra ninguém não. É um favor que você me faz. Se alguém lá de casa ou algum conhecido perguntar, ou você simplesmente não diz nada ou prega mentira e fala que a gente comeu em Muriaé, no Trairão... Assim eu não preciso ficar morrendo de vergonha.

– Difícil contentar a madame, hein?

– Que nada! Um pãozinho com manteiga e eu aguento até Pirapetinga. Tranquilamente.

– Tem ainda aquele pudim-de-pão com coco, lembra? Uma vez eu levei um inteirinho pra você e as crianças...

– Não, muito obrigado. E pelo amor de Deus, nem fala disto na frente da Rosa Maria e do Francisco. Eles já comeram mais do que o suficiente.

– Eu vou pedir, então, pra eles embrulharem um pra gente levar. Tudo bem?

– Quer levar leva, uai... Mas anda logo, pelo amor de Deus. Aproveita que as crianças ainda estão lá no banheiro, porque,

Fernando Fiorese

se eles resolvem comer mais alguma coisa, tá arriscado vomitarem tudo dentro do carro.

– Ah, acho que eu vou levar umas cocadas também e uns pés-de-moleque. Você viu o pé de moleque? Tá com uma cara tão boa!

EU QUERIA SER POBRE UM DIA, PORQUE É DURO SER POBRE TODO DIA

E depois, Tião das Verduras, Tião do Picolé Tremendão, Tião do Posto Atalaia, Tião da Leiteria, Tião da Máquina de Arroz, Tião do Armarinho do Zé Jesualdo, Tião da Fábrica de Papel, Tião do Açougue Dois Irmãos, Tião da Padaria Silva, Tião da Pensão da Dona Amelinha... É o que eu digo, cara, já fiz de um tudo nessa vida. Não lembro de um único dia no à-toa desde que tinha meus seis, sete anos. Sempre engordando o patrão. Fosse rico ou remediado, nenhum daqueles fodidos nunca me deu um tostão de gorjeta. E eu que bobeasse nas contas... Acabava devendo até os cabelos da bunda pra eles.

Posto Imperial, km 774 da Rio-Bahia

Sebastião Osório da Anunciação é meu nome. Tenho 32 anos completos e nunca enjeitei serviço. De menos roubar e matar. E olha que, como diz meu avô, o torto chega bem antes que o direito. E com muito mais fartura. Inclusive na grana. Agora, não é porque o cara é pobre que vai se sujar com essas coisas. Além do mais, eu sou artista. Tenho que arrumar esses trampos aí pra ajudar lá em casa. E também pra comprar uma coisinha ou outra pra mim, porque não dá pra ficar andando assim de qualquer jeito, com qualquer roupa, despenteado. As minhas fãs reparam. E quando a carreira engrenar mesmo, aqui que eu pego mais desses biscates!

Já me apresentei em tudo quanto é festa, em tudo quanto é exposição por aí. Vista Alegre, Tebas, Providência, Guidoval, Recreio,

Santo Antônio do Aventureiro, Miraí, Volta Grande, Piacatuba, Abaíba, Rodeiro, Aracati... até Leopoldina, até lá em Cataguases. Pensa que eu sou pouca bosta? Já fui longe, cara. Até no estado Rio. Fiz um *show* em Pádua e outro em Miracema. Ah, teve um outro também em Cantagalo. Longe pra cacete! Agora mesmo, eu só dei uma parada aqui porque tou indo pra Dona Eusébia fazer um baile. Já me apresentei cantando, contando piada, dançando. Já me apresentei com banda, só eu e o violão, já me apresentei de tudo quanto é jeito e maneira. Só baile de debutante eu devo ter feito pra mais de uns duzentos. Quando a gente tá começando, sabe como é, não pode ficar com muita fescura não. Então, chamou, tem uma graninha, tou dentro. Aí eu faço de tudo. Toco violão, baixo, danço com as debutantes, conto umas piadas, faço imitação. Também sei umas poesias de cor e, se preciso, até declamar eu declamo. Faço discurso, apresento as autoridades... Foi assim que eu conheci o Julinho. Ou melhor, o dr. Júlio Furtado Ribeiro, o vereador das rosas.

O Julinho – ele mandou tratar assim, eu trato, né? –, aquilo é um caso à parte. Tem ninguém igual nesse mundo não. Quando ainda podia *show* em comício, só dava eu. Era pra cima e pra baixo o dia inteiro, rodando esses buracos aí tudo, esses morros... O Julinho mandava uns homens na frente pra armar o palanque, quando dava, ou então arrumar um lugar direito pra ele falar – e a gente só chegava lá na hora, fazia o *show*, dava o recado, pedia os votos e chispava pra outra biboca. Às vezes, o Julinho nem falava. Cansaço, né? De saco cheio de ficar repetindo sempre o mesmo troço. Era meia dúzia de palavras dele e eu mandava ver a música da campanha, engatava logo mais umas dez dessas que tocam o tempo todinho na rádio e o povo ia ao delírio. Por conta disto que eu comecei a ficar conhecido por aí. E ganhava um dinheirinho bom, precisa ver. Não sei por que cargas-d'água proibiram a merda do negócio. Aqueles bostas lá de Brasília não têm mais nada pra fazer além de ficar atrapalhando o trabalho dos outros não?

Mas político é tudo igual. Só quer saber do dele. Tirando um ou outro, é claro. O Julinho, por exemplo. Eu vestia a camisa mesmo. Porque aquele lá não é patrão feito esses outros merdas que andam por aí não. Aliás, a última coisa que alguém pode chamar o Julinho é de patrão. É um amigo da gente, amigão. Vestia a camisa e visto. Qualquer troço que ele candidatar, prefeito, deputado, senador, pode contar comigo. Sou cabo eleitoral dele até debaixo d'água. E precisando, faço *jingle*, distribuo santinho, saio na porrada... Tou com o Julinho pro que der e vier. Porque eu sei que, no dia que ele chegar bem lá em cima, não vai virar a cara pra mim não. Além do mais, isto ele mesmo me prometeu, assim, sem nem eu pedir nada, logo que der ele vai arranjar pra eu cantar na televisão. Porque o Julinho conhece muita gente. Estudou fora, morou um tempo em Belo Horizonte, sempre viajando... Quanto vê, tá ele lá em Juiz de Fora, no Rio, em Brasília. Então, com essa montoeira de gente que ele conhece, daqui a pouco tou eu na televisão. E aí, ninguém mais me segura.

E olha, o Julinho não vai tá fazendo favor nenhum não. Primeiro que eu dou mesmo pro troço. Quando a pessoa nasce assim pra ser artista, vem com aquele dom que Deus deu, pode até demorar, mas um dia a coisa acontece. E segundo que o Julinho me deve praticamente a metade da votação que ele teve. Porque o negócio do vereador das rosas, é claro que eu não fico falando isto pra qualquer um, mas quem teve a ideia foi o papai aqui. Um dia, eu tava vendo um *show* do Roberto Carlos na televisão e pensei – taí! Quando foi num comício lá na Beira-Rio, eu apareci logo com uma montoeira de rosa na mão. Aí, chamei o Julinho num canto e falei que era pra ele, enquanto eu cantava, descer do palanque e entregar uma rosa na mão de cada mulher que tava lá. No começo, o pessoal achou aquilo esquisito, as donas sem saber se aceitavam... Até o Julinho ficou meio assim. Mas foi só eu fazer um sinal e ele continuou distribuindo as rosas. Deu rosa pra mulher casada, pra mulher solteira, pra velha, pra moça... até pra umas putas que vieram me ver cantar. Foi um arraso! Acredita que teve uma dona que até chorou e quis beijar a mão do Julinho? Mulher nenhuma que tava ali nunca tinha ganhado uma rosa.

Então, é o que eu falei, cara. Conto piada, imito os outros, danço, toco violão, baixo. Ah, já ia esquecendo, também sei fazer umas mágicas, coisa boba, e malabares. Aprendi sozinho e Deus. Comecei com três bolinhas e hoje faço até com sete. O troço não é fácil não, principalmente quando a gente não tem ninguém pra ensinar. Teve uma época que o trem aqui ficou ruim de serviço pra caralho e aí eu passei quase um ano em Belo Horizonte fazendo malabares no sinal. Mas mal dava pra comer. No Brasil é difícil encontrar uma pessoa que valoriza a arte. Além do mais, o que eu gosto mesmo é de cantar. Aí o sujeito logo pensa: música sertaneja ou samba? Tem muito como ficar escolhendo não. Eu canto mesmo é o que o povo quer ouvir, essas coisas que tocam sem parar na rádio, na televisão. Agora, o meu negócio mesmo é *rock, rock* puro, na veia. O problema é que, aqui, se eu começo a cantar qualquer coisinha do The Who, do Pink Floyd, Black Sabbath, Led Zeppellin, tirando uma meia dúzia de três, arrisca o pessoal me tacar ovo podre... Ninguém nunca nem ouviu falar destas coisas.

Sabe, cara, a minha sorte foi conhecer o Ducha. Eu ainda nem morava na rua. Vinha aqui só quando arrumava algum trampo certo. Ou então pra fazer alguma coisa que a mãe mandava. Aí, um dia, devia ter uns doze anos, tava podando uma árvore no quintal da dona Marli, já gostava de música pra caralho, e ouvi aquela sonzeira maluca. Olha daqui, olha dali, falei: *Porra, essa doideira tá vindo é do vizinho aí*. Ah, não pensei duas vezes. Acabei de podar a merda daquele pé de cajá-manga e, assim como quem não quer nada, perguntei pra dona Marli quem era o doido que ficava ouvindo aquela música esquisita naquela altura. *Essa birutice? Ah, meu filho, isso é coisa do menino da vizinha aqui parede-meia, a Janete do Messias. Conhece não? Coitado do Ducha! Parece que tem um probleminha na cabeça, sabe? Mas é um rapaz muito bem educado com a gente. Eu pelo menos não posso reclamar de nada dele não. Sempre me tratou muito bem. É assim meio fechado, caladão, fica só andando de roupa preta pra cá e pra lá, a barba sempre por fazer, e um pixaim que não vê pente nem tesoura há mais de ano... Mas eu sou daquele pensamento, cada um é cada um.*

A dona Marli mal tinha acabado de falar e eu já tava batendo palma na casa da vizinha. O tal menino da dona Janete era um cara que devia ter aí uns dezoito anos e o probleminha que ele tinha na cabeça era um só: *rock* pesado. Foi a sorte da minha vida ter cruzado com o Ducha. Se não, nunca que eu ia conhecer Queen, Rolling Stones, Scorpions, The Police, Kiss, Iron Maiden e o caralho a quatro. Não sei como, o cara tinha tudo. Sabe vinil, aqueles discos deste tamanho, acho que nem fabricam mais? Pois o cara tinha um monte e um punhado. E, ainda por cima, um puta de um aparelho de som. Nunca mais que eu saía da casa do Ducha. Arranjava tudo quanto é desculpa pra vir na rua. Depois que a gente mudou pra cá, então, aí é que eu não largava do cara mesmo. Era ele mais eu e uns dois ou três malucos o dia inteiro enfurnados naquele quarto, batendo cabeça e infernizando os vizinhos da dona Janete.

Eu vou dizer uma coisa: só o Ducha mesmo, com aquele ouvido que ele tem, pra sacar que eu levava jeito pra vocalista. Um dia, tinha um tempão que a cidade todinha tava sem luz, essa Cataguases-Leopoldina era uma merda, e a gente lá de bobeira na praça, eu peguei o violão e comecei a cantar "War pigs", do Black Sabbath. Conhece? Então. Passou um pouquinho, o Ducha virou pra mim e falou *Porra, cara, você tá com a voz quase igual ao Ozzy*. Aí, ele cismou de montar uma banda. Porque o Ducha é fera na bateria. Agora, e pra arrumar os caras do baixo e da guitarra? Uma merda! Quer dizer, pro baixo até que não foi difícil. A gente chamou o Rildo, um colega nosso tarado pelo Black Sabbath, eu mesmo ensinei uns acordes pra ele... dava pra enganar. Mas e a porra do guitarrista? Pior ainda, uma guitarra? Como é que o sujeito arranja uma guitarra na merda de uma cidade onde ninguém nem nunca tinha encostado a mão numa de verdade? Fiquei eu um tempão fazendo vocal e, o pior, fingindo que violão era a mesma coisa que guitarra. De cagar de rir, a gente tocando *heavy metal* feito bossa nova. A banda nunca teve um nome, assim. Nem fez nenhum *show*, graças a Deus. E só não acabou depois da primeira semana de ensaio porque apareceu o Hugo. Sei lá por que cargas-d'águas, o cara tinha uma guitarra Ibanez. Você acredita num troço destes? Era aí filho de um juiz que foi transferido de Carangola pra cá. Mas nem chegou a esquentar cadeira. Parece que a mãe do Hugo odiou a cidade. Três, quatro meses e tava a gente de novo sem guitarra e sem guitarrista. A banda acabou antes mesmo de começar.

Mas sabe como é cidade pequena. O pessoal começou a comentar: *O Tião? Aquilo canta que é uma maravilha, Precisa ver quando esse daí abre a boca, Já ouviu o vozeirão que tem aquele moleque que faz entrega pro Tatão?* Na época, eu andei trabalhando lá na venda que foi do seu Tatão. Um fala daqui, outro fala dali, e o Julinho mandou recado pra eu aparecer na casa dele. A campanha tava bem no comecinho, ele precisando de alguém pra animar os comícios. Juntou a fome com a vontade de comer. Modéstia à parte, eu sei o que que o povão tá a fim de ouvir. Daí, o Julinho ia deixar eu bandear pro outro lado? De jeito nenhum. Por isto que a gente ficou assim ó, unha e carne. E é o que eu digo, bastou engrenar a carreira do Julinho que a minha vai junto. Porque aquele ali não dá pra trás não. Tem mais de dez anos que eu trabalho com o cara e nunca ouvi ninguém dizer um isso contra ele. Outro dia mesmo, a gente se encontrou na rua do Comércio e, sem eu nem tocar no assunto, ele virou pra mim e: *Olha, Tião, o troço de você cantar na televisão tá por pouco, viu? Só falta agora acertar se vai ser no Rio ou em São Paulo. Então, vai se preparando, hein!* Porque o negócio, cara, é no Rio de Janeiro ou em São Paulo. O Julinho sabe muito bem disto. E pode ter certeza de um troço: no dia que eu botar a cara na televisão, aí não tem mais volta. Já disse que o meu negócio é *rock* pauleira, né? Mas pode me colocar pra tocar música sertaneja, pagode, axé, o que for, o povo não vai querer mais saber de outro cara. Mas uma coisa o Julinho me falou e ele tem toda razão. Sebastião Osório da Anunciação, cacete de nome mais sem propósito que me arrumaram. Isto lá é nome de cantor? E ninguém que eu peço arranja um troço que preste.

PATO E PARENTE SÓ SERVEM PRA SUJAR A GENTE

– A Cida é uma. Das Dores, outra.

– Será que você podia fazer o obséquio de deixar as minhas irmãs fora dessa história?

– Obséquio. Ai, ui, ui! Olha a professorinha falando, gente. Cheia de palavra difícil.

– Você é mesmo um grosso, um ignorante!

– Falar a verdade agora é grossura?

– As minhas irmãs podem ser o que for, mas não incomodam a gente em nada. Nunca se meteram na nossa vida.

Em trânsito. Entrocamento da Rio-Bahia com MG-454, entrada para Recreio

– Também não ajudam em nada. E sou eu que tenho que aguentar a mãe delas morando na minha casa, futicando em tudo, dando palpite na criação dos meninos...

– A minha mãe? Enlouqueceu de vez!

– É, disse bem. Parece que a mãe é só sua, porque aquelas lá só aparecem quando tem festa. Nem telefonar telefonam. E fica a idiota da dona Aurora gastando dinheiro pra ligar pra elas. Porque, pelo menos isto, ela paga.

– As minhas irmãs têm lá a vida delas. Eu é que me enterrei em Pirapetinga... Uma boba que eu fui.

– Esperta mesmo é a Cida, né, que casou com aquele salafrário e, ainda por cima, foi morar em Rosário da Limeira.

– O que que tem demais morar em Rosário da Limeira?

– Nada, um buraco igualzinho a qualquer outro.

– Até parece que Pirapetinga é lá grandes coisas.

– Perto de Rosário da Limeira...

– Outro buraco. E, afinal de contas, porque que você implica tanto com o pobre do Leonaldo? O sujeito nunca te fez nada.

– Um chato de marca maior. Sempre com aquela Bíblia debaixo do braço, aquela camisa abotoada até o pescoço, aquele ar de superioridade...

– Às vezes, eu acho que você tem inveja do Leonaldo, só porque ele virou vereador.

– Inveja? De um vereador salafrário, eleito com o dinheiro que rouba daqueles trouxas miseráveis que acreditam em tudo quanto é baboseira que o pastor Leonaldo fica berrando que nem um maluco? Tá de brincadeira comigo?

– Você nunca nem pôs os pés na igreja dele. Como é que pode falar deste jeito?

– Ah, minha filha, é só olhar pra cara dele que...

– Mania que você tem de falar mal dos outros, de encontrar defeito em todo mundo! Perfeito, só você!

– Quase. Falta um pouquinho ainda.

– E com a Das Dores, qual é o problema, então? Mora em Cataguases, cidade grande, casou com um sujeito que é até bobo de tão honesto...

– Mas vive como se tivesse o rei na barriga. A Das Dores, é claro. Porque o pobrezinho do Amadeu só faz trabalhar dia e noite pra dar conta da mania de grandeza da sua irmã.

– Mania de grandeza? Mas eles vivem no maior aperto!

– Tudo graças à quantidade de gente que a Das Dores anda devendo.

– Cuidado pra não acabar mordendo essa língua, hein. Eu só me pergunto como é que você fica sabendo destas coisas todas.

– Todo mundo em Cataguases sabe. O Amadeu tá devendo até os cabelos da bunda. Vai dizer que a dona Aurora não comentou com você?

– Não, a mamãe me falou por alto, mas eu não sabia que o negócio era tão sério assim.

– Põe sério nisto.

– Como é que eles deixaram a coisa chegar neste ponto, meu Deus?
– Aquela mania da sua irmã de querer colocar o pé onde a mão não alcança.
– Ah, mas logo, logo o Amadeu acaba dando um jeito, afinal de contas ele trabalha no banco...
– É onde ele tá devendo mais.

QUANDO O POVO DIZ, OU É OU ESTÁ PRA SER

Aquele olhar. Pior, muito pior do que qualquer coisa que ele tinha falado pra mim antes, foi aquele olhar. Baixei a cabeça e sumi lá pra dentro, porque eu não ia dar o gostinho dele me ver chorando. A dona Madá veio atrás, preocupada comigo. Ela já sabia do que se tratava, história antiga. Aquela ali me conhece de trás pra frente e de frente pra trás. Aí falou *Tenha brio, minha filha, enxuga logo essa cara*. E ainda mandou a Vanusa pra me fazer companhia. *Nessas horas, é bom a gente ter alguém por perto pra conversar, senão acaba fazendo besteira. E quando se arrepende já é tarde demais.*

Casa Rosa, Recreio

Eu até tinha ouvido falar que ele tava separado de novo, mas daí a dar as caras aqui... A Vanusa e, depois, também a Débora e a Preta disseram que só podia ser pra me afrontar. Mas se dar ao trabalho de fazer um troço destes de caso pensado? Só se ele ainda sentia alguma coisa boa por mim. E aí é que eu não entendo mais nada. Não tem cabimento mesmo. O cara que faz o que ele fez, sem nem deixar eu abrir a boca pra me defender, é porque tá com o coração que é só bicho ruim. E eu tou cansada de saber como é que isto acontece. É a língua dessa gente, que não tem nada mais o que fazer do que ficar cuidando da vida dos outros.

Um chão de presas fáceis

Cresci sem pai nem mãe, morando um pouquinho na casa de um parente, um pouquinho na casa do outro, e não foi por isto que eu saí por aí dando pra deus e todo mundo. Nunca tive ninguém por mim. Além disso, logo que a gente começou a namorar, antes mesmo até, deixei muito bem claro pra ele que não ia abrir mão das coisas que eu queria pra minha vida por nada desse mundo. Muito menos por causa de homem. E olha que eu gostava pra burro daquele filho da puta. Gostava. Porque depois do que ele fez comigo hoje...

Ainda bem que eu não fui atrás das promessas daquele bosta. Eu lá sou mulher de ficar achando que as coisas vão cair do céu na minha mão? Ou que alguém ganha alguma merda de graça nessa vida? Eu é que não corro atrás pra ver o que que acontece. Tinha morrido de fome ou de alguma doença ruim faz tempo.

Foi por causa disto que, quando a dona Kátia me chamou pra cuidar do filho dela no Rio de Janeiro, eu não pensei duas vezes. Ainda fui lá, conversei com ele, expliquei, falei que era uma chance em mil, difícil aparecer outra igual. Porque a dona Kátia assinava a carteira, pagava dois salários e ainda tinha casa e comida de graça. *Amor, onde é que eu arranjo um treco assim aqui em Recreio? Eu vou pra lá, junto uma grana e, daqui a dois, três anos, tou aí de volta. Quem sabe não dá até pra comprar um terreninho. Mesmo que seja lá pros lados dos Mandiocas.*

Eu não tava pensando só em mim não. Tava pensando no futuro de nós dois. Porque se acontece da gente casar, vai morar de aluguel e aí nunca que junta dinheiro. Passa a vida inteira trabalhando pra engordar os outros. Vêm os filhos e quede que a pessoa pode dar alguma coisa de melhor pra eles. Acaba tudo que nem a gente. E ainda falei: *Se você preferir, pode terminar o namoro. Triste não tem como eu não ficar, porque sou doida por você. Mas essa coisa de namoro, eu morando lá no Rio e você aqui, é muito difícil mesmo. Então, se você quiser, a gente termina. E aí, quando eu voltar...* Foi ele que não quis de jeito nenhum. Primeiro, fez de tudo pra eu desistir. Depois, viu que eu tava mesmo decidida e resolveu que não adiantava merda nenhuma ficar atazanando a minha cabeça. Acho também que ele bem que pensou que era só fogo de palha meu. Quinze dias, um mês no máximo, tava aí de volta. Mas, se eu não vou daquela vez, ia passar o resto da vida remoendo essa coisa de pelo menos não ter tentado...

Um troço que esse povo daqui não entende é que no Rio a mentalidade é outra. É tudo diferente. Lá não fica ninguém especulando da vida da gente não. Foi eu botar o pé dentro do apartamento da dona Kátia, ela virou pra mim e: *Ó, cuidando direitinho do Eduardo, nas horas de folga, você faz da sua vida o que bem entender. E aproveita bastante. Você é nova, bonita – e aqui não é Recreio não. Trata de sair por aí e arranjar uns gatos, que eu não quero saber de nenhuma solteirona triste e encruada olhando o meu filho não.* Igual a dona Kátia tá pra existir... Me deu a chave de casa, me levou pra comprar umas roupinhas, me ensinou onde é que ficavam as coisas, a praia... Logo, logo eu andava Copacabana inteirinha.

E não vou mentir não. Saía com as minhas colegas, ia pro samba, pro barzinho. Conheci um monte de caras, fui em muito motel. Tinha um ali perto da Cinelândia, assim na rua, era uma maravilha. Nem precisava de carro. Porque no Rio não tem essa coisa de ficar se preocupando com o que que outros vão dizer não. Ninguém te conhece mesmo. Pleno meio-dia, eu entrava no motel, saía lá pelas seis horas da tarde, a rua lotada de gente, ninguém pra ficar tomando conta da minha vida.

Vira e mexe, a dona Kátia falava comigo: *Você tem mais é que aproveitar mesmo. Só toma muito cuidado pra não pegar uma gravidez. E esquece aquela vidinha lá de Recreio, que aquilo não é coisa pra gente sentir saudade não.* Mas sabe como é, mesmo saindo pra passear com as minhas amigas, conhecendo esses outros caras, eu não tirava aquele filho da puta da cabeça. Pelo menos uma vez por semana, a gente se falava no telefone.

E não pensa que a minha vida no Rio foi fácil assim não. Porque, cidade grande, se a pessoa não tem dinheiro sobrando, a coisa é sempre muito difícil. Ainda mais eu querendo guardar uma grana, juntando cada trocadinho... Agora, se os caras convidavam pra tomar uma cerveja, pra ir num samba, e eu não precisava meter a mão no bolso, que mal tinha? Eu fui pro Rio pra juntar um dinheiro, não foi pra ficar enfurnada dia e noite dentro de casa não. Mas verdade seja dita, aquele desgraçado não saía da minha cabeça.

No Rio de Janeiro, as coisas são muito diferentes. O pessoal é mais despachado, mais aberto. Ninguém fica vigiando com quem você saiu, com quem deixou de sair não. Encontrou, deu uns beijos – aí, pra que que vai ficar se segurando? Além do mais, é que nem uma colega minha de lá falava: lavou tá novo! E eu nunca saí correndo atrás de homem não. Também não ia ficar trancada dentro de casa ou fugindo dos caras feito uma mocoronga qualquer. Quando tinha que acontecer, eu ia com a cara do sujeito, tava ali sozinha, solteira...

Agora, amor de verdade, eu tinha mesmo era por aquele filho da puta. Tanto que, todas as vezes que vinha com a dona Kátia nas férias, a primeira pessoa que eu procurava era ele. Até o dia que o viado aprontou aquela merda toda comigo. Só faltou me bater na cara. Tava eu lá no Xapanã com umas primas minhas, tomando cerveja, colocando a fofoca em dia, ele chega e, do nada, começa a me chamar de tudo quanto é nome.

Sei lá o que que andaram falando pra ele... Tive que ouvir tudo quanto é desaforo daquele cretino, bem na frente das minhas primas. Quer dizer, na frente de todo mundo que tava no Xapanã. Fiquei tão besta com o troço que, na hora, não consegui nem abrir a boca. Aliás, ninguém entendeu nada. E mesmo assim, depois de passar aquela humilhação toda, ainda fui atrás dele. E sabe no que deu? Mais humilhação ainda. O viado praticamente me escorraçou da casa dele, não me deixou falar um á e, ainda por cima, foi pro meio da rua e ficou me xingando de puta, de vagabunda, piranha, vaca... Daí pra baixo.

Eu fui muito boba de achar que aquele cretino era diferente desse povo daqui, que ia entender que as coisas no Rio são diferentes, a cabeça das pessoas é outra. Não vou dizer que não doeu, doeu pra burro. Eu ficava lá no Rio só pensando no sujeito, juntando dinheiro pra gente comprar uma casinha, contando que ia casar com ele – e tudo isto pra quê? Pra ser chamada de piranha bem no meio da rua, com sol quente?

Ainda tentei conversar com o filho da puta mais umas duas vezes, mandei recado e sempre a mesma coisa: humilhação em cima de humilhação. Daí pensei cá comigo: é isso que ele e esse povo daqui acham que eu sou? – pois muito bem, errada, errada e meia. Desisti do Rio. Só fui procurar a dona Kátia pra agradecer, porque igual aquela lá, se Deus fez outra, guardou só pra Ele. Então, ela merecia pelo menos um muito obrigada.

Desisti do Rio e de ficar pelejando com o tamaninho da cabeça dessa gente. Eu não era uma puta? Pois muito bem! Catei minhas tralhas e vim bater aqui na dona Madá. Ela até tentou me tirar isso da cabeça. Falou que aquela vida não era pra mim, que sabendo ler e escrever vai ver arranjava um emprego no comércio, já que, com a fama que eu tava, em casa de família é que não dava mesmo... Entrou tudo por um ouvido e saiu pelo outro. Esse povo não andava falando que eu era puta? Então.

Troquei de nome merda nenhuma. E a coisa que eu mais gosto é quando aparece um freguês, vira pra mim e: *Você não é a Vilmara que namorava o Jorginho da Olaria?* Fico feliz da vida! Bem feito pra aquele puto! Não andou falando pra deus e todo mundo que eu era uma piranha? Agora, ele que aguente!

Mas puta é um bicho muito besta demais. Depois desse tempo todo, foi ele aparecer aí hoje e eu fiquei toda, toda. Separado de novo, quem sabe ainda sentia alguma coisa por mim... E na hora que a Daiane veio lá de dentro dizendo que ele queria falar comigo, não pensei em mais nada. Até esqueci por completo o olhar que ele

Um chão de presas fáceis

me deu quando entrou. É a merda de se deixar levar pelo coração. Burra, burra, burra que eu fui! Chego lá na sala, o desgraçado abre aquele sorriso de safado que ele tem, fala duas, três besteiras no meu ouvido e logo a gente tá no quarto.

Bem que a dona Madá me olhou de cara feia, mas a imbecil aqui passou direto e reto. Ah, se arrependimento matasse! Contar pra você, aquele puto fez o diabo e mais um pouco comigo. Igual quando a gente namorava. E não dá pra mentir que não foi bom não. Foi bom pra cacete, porque o cretino é demais na cama. Coisa de deixar qualquer mulher esbagaçada. Mas foi ele gozar a segunda vez, eu pensei que a gente ia conversar pelo menos um pouquinho, o viado olhou bem pra minha cara e: *Tira essa camisinha aí do meu pau e joga no lixo, que quem gosta de botar a mão em porra é puta.* Eu fiquei meio assim, mas tirei o troço do pau dele direitinho, ainda dei um beijo naquelas coxas, e fui jogar lá no lixo do banheiro. Quando eu voltei, o viado já tava terminando de vestir a roupa. Daí, foi andando em direção à porta, virou pra mim, fez uma cara de nojo e: *É, Vilmara, ainda precisa melhorar muito pra virar uma piranha que preste.* Eu sou muito boba demais. Ainda deixei aquele filho da puta sair sem pagar.

DE TODAS AS COISAS SÉRIAS, O CASAMENTO É A MAIS ENGRAÇADA

– Foi a última vez. Nunca mais.
– Não sei do que que você tá reclamando.
– Quer que eu faça uma lista?
– Quinze dias de papo pro ar em Marataízes, muito sol, muito chope, água morninha, só comendo em restaurante...
– Você chama aquilo de restaurante?

Em trânsito, estrada de terra entre Recreio e Pirapetinga, alguns quilômetros antes de Conceição da Boa Vista

Fernando Fiorese

– Você queria o quê? Restaurante francês? A gente vai na praia é pra se divertir. Comer, a gente come em casa.

– Sei. E precisava ficar regulando até o picolé das crianças?

– Se a dona Aurora pelo menos fizesse menção de pagar alguma coisa, eu não precisava...

– Já não bastam as desfeitas que você fez pra minha mãe esse tempo todo? Ainda tem que falar mal dela pelas costas?

– E eu tou falando alguma mentira? Não era pra ela pagar nada não, que eu sempre levo dinheiro que dá e sobra. Mas podia ao menos oferecer pra pagar uma coisinha ou outra... um picolé que fosse, pras crianças.

– Não me abra a boca pra falar em picolé. Você devia ter vergonha de ser tão pão-duro. Sabe quanto a mamãe recebe de pensão?

– Ah, agora o munheca sou eu. Tá tudo muito bem.

– Além disso, a mamãe fez um favor de ir com a gente, porque ela nunca gostou de praia. Você viu como as pernas dela ficaram empoladas? A coitada é alérgica à areia, à maresia, sei lá!

– E eu não sei? Foi do meu bolso que saiu a grana pra pagar o médico e aquelas injeções de cortisona. E a gente ainda perdeu mais de três dias de praia por conta da alergia da coitadinha da dona Aurora.

– Você tá reclamando de barriga cheia. Não fosse a mamãe, quem é que ia ficar com as crianças pra gente ir naquela boate?

– Ah, pelo menos você gostou de alguma coisa.

– É, podia ter sido uma noite perfeita, não fosse você...

– Não fosse eu o quê? Vai, fala. Depois sou eu que fico botando defeito em tudo.

– Deixa pra lá. Você não vai entender mesmo.

– Não senhora, pode ir desembuchando.

– É que você escolhe cada hora pra fazer economia...

– Não tou entendendo. Onde você quer chegar?

– Nada não, deixa pra lá. As crianças estão aí.

– Não, agora que começou, eu quero saber. Vai, fala.

Um chão de presas fáceis

– Será que nem passa pela sua cabeça? Uma noite daquelas, jantar, vinho, música...

– Então, uma noite e tanto.

– ... pra acabar naquela ginástica de maluco dentro deste carro apertado.

– Ah, não, eu não acredito. Podia jurar que você tinha gostado, um troço assim diferente, pra variar um pouquinho.

– É, muito diferente! Até agora as minhas costas estão sentindo a diferença... Economia porca, né, meu amor?

– Juro pra você que não foi economia.

– Sei. Eu vou fingir que acredito.

– Juro. Eu tinha dinheiro pra te levar...

– Olha bem o que você vai falar, as crianças estão ouvindo.

– Se você não acredita, o que que eu posso fazer?

– Prestar atenção na estrada, que eu tou louca pra chegar logo em casa e tirar esta inhaca do corpo.

– Se a senhora sua mãe não tivesse cismado que tinha porque tinha que passar uns dias com a sua irmã lá em Rosário da Limeira, a gente não precisava ter dado essa volta toda e já estava em casa há um tempão.

– Você vai começar tudo de novo.

– Não, não. Eu só tou aqui pensando que, se a dona Aurora não tivesse ido, sobrava um quarto inteirinho pra gente. Aí não precisava de...

– E eu fico pensando que, se você tivesse alugado um apartamento de dois quartos como eu pedi um monte de vezes, não precisava da Rosa Maria dormir no meio da gente. Eu tou com a perna toda roxa, de tanto levar pontapé dela. Afora esse tempo todo sem dormir direito. Mas pro paxá aí não faz a menor diferença, né? Porque o mundo pode acabar que você continua dormindo feito uma pedra.

– Consciência tranquila, meu amor.

– Sei. Consciência tranquila e mais um engradado de cerveja.

– Praticamente um alcoólatra.

– Com a família que você... Ah, deixa isto pra lá. Eu não vejo a hora de chegar em casa...

– Mas antes, meu amor, eu vou dar uma paradinha ali em Conceição pra esticar um pouco as pernas. E aproveito pra comer um daqueles pãezinhos. Pela hora, deve ter acabado de sair uma fornada.

– Parece criança.

DE JUNTA-CANGALHA A SANTANA DOS ARREADOS

Por acanhada, monótona e repetitiva, a história da gênese do município de Santana dos Arreados e de sua evolução político-administrativa não mereceu mais do que figurar sem relevos indevidos nos registros da burocracia estatal, os quais são repisados em abundância de pormenores e acrescidos de algumas ficções de duvidoso pendor épico na única obra já publicada acerca da história local. Refiro-me a: *Resenha desassombrada dos fatos e personagens históricos da cidade de Sant'Ana dos Arreados, também dita Santana dos Arriados, A Musa da Mata Mineira* (1937), de autoria do farmacêutico e músico Wantuil Guilherme de Almeida Pereira[1], brochura cujo valor historiográfico, embora proporcional a suas 36 páginas, discorda por completo da extensão e dos termos empregados no título. No entretanto, além do pendor da mentalidade da época para o exagero, a maravilha ou a dramatização dos episódios mais prosaicos da história oficial, estas e outras características revelam os propósitos menores da obra e as circunstâncias peculiares em que foi escrita, como esclarece algum dos parágrafos abaixo.

Trecho do livro Capítulos da história de Santana dos Arreados: do café ao eucalipto, de Ildephonsus Sobrinho Netto, no prelo

Nada há de fabuloso, mítico ou heroico nas diligências que, a partir da segunda metade do século XIX, resultaram no povoamento das terras situadas nas fraldas da vertente norte da Serra dos Monos, a meio caminho entre os rios Pirapetinga e Pomba. Muito há de obscuro no modo como se deu a abrupta e inteira desaparição dos antigos habitantes desta porção do centro-leste da Zona da Mata Mineira, os índios puris, dos quais pouco ou nenhum vestígio restou[2]. (Aliás, diga-se a bem da verdade, o mesmo ocorreu a quase todas as tribos silvícolas que povoavam os ditos "Sertões Proibidos" ou "Sertões do Leste".) Também desconhecidas são as circunstâncias que fizeram das famílias Silveira da Conceição e Barreiros Brito as primeiras proprietárias das terras mais largas e proveitosas do lugar inicialmente denominado Junta-Cangalha.

De acordo com a história oficial, oriundos da cidade de Diamantina, os Silveira da Conceição teriam recebido o documento de posse de sua desmedida sesmaria das mãos do próprio Imperador Pedro II, embora jamais tenham eles mandado dependurar o tal papel na parede da sala de visitas ou concedido vista do mesmo a qualquer dos *habitués* da casa, como soíam fazer com suas relíquias as famílias de lustro. Quanto aos Barreiros Brito, consta que, fugindo à Grande Seca que vitimou o sertão baiano no ano de 1877, alcançaram este mar de morros após um périplo dantesco, o qual não lhes arrefeceu o ânimo atávico para o trabalho na terra, conquistada à custa das muitas benfeitorias que empreenderam em posses devolutas. Destas numerosas benfeitorias, ainda hoje pode-se encontrar, às margens do Córrego Duas Pontes, as ruínas do alambique em que fabricavam a cachaça usada para pagar aos índios puris a planta medicinal de nome poaia que estes tiravam aos montes da mata e que a família vendia para a Corte do Rio de Janeiro com grande lucro. No mesmo local, também se encontra vestígios, ainda que poucos, da choça de pau a pique onde se amontoaram por anos seguidos os Barreiros Brito e seus agregados, até que o capital amealhado com a exploração dos braços aborígines permitisse cercar as posses que tinham como suas e comprar os primeiros escravos.

Embora a história oficial não registre os intestinos da empresa de ocupação das terras de Junta-Cangalha, sabe-se hoje que ambas as famílias aqui chegaram com uma mão atrás outra na frente. Os Barreiros Brito pela causa já referida, enquanto os Silveira da Conceição juntaram-se a tantos outros na chamada "diáspora do ouro" às vésperas de findar por inteiro a fortuna acumulada na lavra do diamante. O que não se sabe ao certo é a razão por que as famílias logo se tornaram inimigas figadais e assim se mantiveram por gerações. Uma e outra encontraram aqui um chão de presas fáceis e bem poderiam se ajuntar e compartilhar o poder, sem prejuízo para qualquer das partes e talvez até com ganhos adicionais. Mas sempre que se topavam nalgum canto da cidade ou por esses caminhos da roça, os Silveira da Conceição e os Barreiros Brito se entreolhavam como se entreolham os animais em disputa da mesma presa. Os primeiros com a altivez indelével daqueles que conheceram o fausto das minas e frequentaram a fidalguia; os segundos com o brio escancarado dos que se fizeram de forma desajudada e só, graças apenas à soma de astúcia e trabalho braçal. Os primeiros tão turrões quanto os burros de carga que criavam e a cujo comércio deviam a reconquista de um tanto do prestígio e da opulência de outrora; os segundos secos, angulosos e pedestres como a sua terra de origem, em tudo conformes à tarefa de tirar proveito das matas para depois mudá-las em lavoura.

O mais certo é que a rixa entre as famílias tenha principiado ou por mera antipatia de parte a parte ou para lhes tornar menos penosas as horas de tédio em lugar tão maldotado de diversão ou, ainda, para oferecer aos habitantes do lugarejo algum drama com que se ocupar, além daqueles que encontravam no sermão das missas de domingo e nos poucos casos de adultério. Mais certo ainda é que a sorte menor de Santana dos Arreados foi selada pela querela entre os dois clãs, visto que uma de suas muitas pendengas impediu que os trilhos da Estrada de Ferro Leopoldina alcançassem o que era então o povoado de Junta-Cangalha, espremido entre as fazendas dos Barreiros Brito e dos Silveira da Conceição: um amontoado de dúzia e meia de casas de taipa, dispostas em três ruas que mal começavam e já morriam no rascunho de praça defronte da recém-construída e desgraciosa capela dedicada a Sant'Ana. Porque, apesar das ponderações dos engenheiros da companhia, da intervenção do pároco de Leopoldina e dos apelos de alguns chefes políticos da região, as famílias demoraram perto de cinco anos para chegar a um acordo acerca do traçado do ramal ferroviário que atravessaria as terras de ambas, fazendo a ligação entre as estações de Recreio e Pirapetinga. Enquanto se arrastava o tempo e se multiplicavam as diferenças de opinião, os Barreiros Brito apressaram-se em mandar construir a estação de trem nos limites de sua fazenda, uma vez que os Silveira da Conceição tinham tomado a frente das obras da igreja que substituiu a capela de Sant'Ana. Desta forma, quando enfim os dois clãs acertaram de comunicar à Leopoldina a cessão das faixas de terra necessárias ao traçado decidido em comum acordo, a República já estava proclamada e o projeto do ramal engavetado em definitivo.

Por conta disto, Junta-Cangalha continuaria por décadas o mesmo e igual arruado, afora pelo acréscimo de algum comércio e certas ruas, pelas melhorias em umas poucas casas, pela construção dos sobrados das famílias Silveira da Conceição e Barreiros Brito (cada qual do seu lado da Praça da Matriz) e pela mudança no nome do povoado. Como que por milagre e sem delongas os clãs ajustaram de trocar o topônimo pagão e agreste por outro com feitio mais civilizado e cristão. Conforme os Barreiros Brito, o lugar ficava sendo Santana dos Arriados, o que, além de apagar a alusão ao comércio de burros do clã rival, prestava homenagem às peripécias da família para alcançar aquelas bandas. Eram eles, com muita honra, os arriados do sertão baiano, os arriados de quaisquer bens, os arriados pela canseira de tão infausto estirão. Já os Silveira da Conceição entenderam que o nome não apenas respeitava a padroeira escolhida por eles próprios para o lugar, mas também que o apóstrofo em Sant'Ana rubricava o lustro da família, enquanto "dos Arreados" era o mesmo que um preito ao modo como chegaram àquelas bandas, qual seja, montados em cavalos muito bem apetrechados. E mais: junto com a designação de Junta-Cangalha, igualmente ficava para trás o ofício pouco nobre de criadores de mulas de carga, uma vez que agora se dedicavam apenas à cultura do café, tal como os seus antagonistas.

Como se sabe, a monocultura cafeeira na Zona da Mata foi desses arrancos econômicos de curta duração[3]. Em Santana dos Arreados, da opulência à derrocada transcorreram não mais que três décadas. Como testemunhos oblíquos dos tempos áureos do café, restaram as ruínas da malograda Estação Ferroviária, a fachada em estilo eclético do Cine-Theatro Sant'Ana (destruído por um incêndio após anos de abandono), uma dezena de sobrados caducos (incluindo aqueles erguidos pelas famílias Silveira da Conceição e Barreiros Brito) e a antes bem-cuidada Praça da Matriz. São monumentos gorados de uma anti-Pasárgada, cuja história bem poderia ser epigrafada por este verso de um poema de Manuel Bandeira: "A vida inteira que podia ter sido e que não foi"[4]. Restou também – de tantos males, o menor – a emancipação político-administrativa de Santana dos Arreados, postergada por dois anos devido ao desacordo entre as famílias (já tantas vezes mencionadas) acerca da grafia a ser adotada no nome da cidade.

Ocorre que o processo de criação do município trouxe à baila o que a pouca ou nenhuma cultura alfabética das gentes do lugar, em particular os membros dos clãs em litígio continuado por qualquer bobagem, mantivera encoberto. Um par de anos foi gasto discutindo-se a pertinência do apóstrofo em Sant'Ana, bem como a etimologia, semântica e sintaxe dos vocábulos "arriados" e "arreados", no mais das vezes com o auxílio luxuoso – embora nem sempre isento e confiável – de professores de português e latim trazidos dos bons colégios de Cataguases, Leopoldina e Muriaé. Não fora o tacão do Estado Novo tratar de abreviá-la, tal querela verbalista não teria alcançado seu termo em 1939, mas se estenderia ao menos até a capitulação dos japoneses em 45.

Compreende o leitor agora a razão pela qual Wantuil Guilherme de Almeida Pereira emprestou à brochura antes referida tão extenso e esdrúxulo título, o qual registro uma outra vez: *Resenha desassombrada dos fatos e personagens históricos da cidade de Sant'Ana dos Arreados, também dita Santana dos Arriados, A Musa da Mata Mineira*. Escrita e publicada em circunstâncias adversas, no calor da contenda em torno da grafia do nome do futuro município, o autor julgou conveniente intitular a obra de modo a não melindrar nenhum dos clãs, o que conseguiu apenas em parte: por se sentirem desprestigiados com o fato do topônimo defendido por eles figurar em posição secundária no título da brochura, os Barreiros Brito não compareceram à noite de autógrafo no Salão Paroquial da Matriz de Santana, mas também não incitaram os seus correligionários ao boicote. Do título ao corpo do texto, o livro é um exercício de equilibrismo em corda bamba, realizado com o desígnio menor de registrar e lustrar, sem diferenças de qualquer ordem ou valor, os feitos e realizações que cada uma das famílias emprestava a si mesma. E se há algum mérito nesta obra está em oferecer *per se* um testemunho das circunstâncias que antecederam a emancipação e nomeação de Santana dos Arreados, após concessões de ambas as partes: os Silveira da Conceição abdicando do pomposo apóstrofo de Sant'Ana; os Barreiros Brito se conformando com a ortografia equívoca de Arreados.

Notas

1 PEREIRA, Wantuil Guilherme de Almeida. *Resenha desassombrada dos fatos e personagens históricos da cidade de Sant'Ana dos Arreados, também dita Santana dos Arriados, A Musa da Mata Mineira*. Belo Horizonte: Imprensa Oficial, 1937.

2 No capítulo XLV de *Minhas recordações*, obra escrita em fins do século XIX e publicada apenas em 1944, Francisco de Paula Ferreira de Rezende (1832-1893) dá informações e apresenta conjecturas acerca do desaparecimento dos puris na região de Leopoldina (Rezende, Francisco de Paula Ferreira de. *Minhas recordações*. Belo Horizonte: Itatiaia; São Paulo: Edusp, 1988. p. 358-367).

3 "Teve a Zona da Mata, na história, curta vida de região próspera. A erosão corroeu o solo por século e meio, desnudou as fraldas dos morros, gretou as ribanceiras. A cultura do café exigia o sacrifício. O capoeirão foi derrubado no cabeço da serra, onde devia ter permanecido para guardar a umidade e refrescar as terras. As queimadas, entretanto, faziam parte daquela cupidez de sôfregos aventureiros. [...] "E mal a Igreja se reformou, mal se pôs a lâmpada nas casas e nas ruas, investiu o latifúndio para o norte, deixando de vez a desesperança. Assim findou o ciclo do café com povoados esparsos ao redor de cidades" (Mercadante, Paulo. *Os Sertões do Leste. Estudo de uma região: a Mata Mineira*. Rio de Janeiro: Zahar, 1973. p. 13-14).

4 BANDEIRA, Manuel. *Estrela da vida inteira*. Rio de Janeiro: José Olympio, 1966. p. 107.

De primeiro o lugar se chamava
Arraial do Meia-Pataca
Por causa de terem achado
Num corguinho que por aqui passava
Meia-pataca de ouro.
Também nunca que acharam mais nada...

Imagino Cataguases
O que seria de você hoje
Se em vez só de meia-pataca
Tivesse mais ouro naquele corguinho...

Francisco Inácio Peixoto,
"Meia-Pataca" (1928)

RICO EM CASA DE POBRE
É A DESGRAÇA DA GALINHA

Casa de dona Odete, bairro Taquara Preta, margem direita do rio Pomba, Cataguases

Quando ouvi o ô-de-casa, a dona Elza do dr. Aristides já tava entrando pela porta da sala adentro. Eu fiquei pisando em ovos. Ainda mais que, na sexta-feira, tinha deixado a faxina pela metade por conta de uma trouxa a mais que peguei na dona Gilda do Armarinho – uns sobrinhos dela, muito dos lambões, que sempre vêm do Rio passar as férias de julho e parece que ficam se lambuzando na terra do quintal junto com os primos, tão porquinhos quanto. E o tempo não tava ajudando nadinha. Além do sol que não dava as caras há quase uma semana, pra piorar ainda mais as coisas aquela morrinha de chuva ia e voltava sem parar. Era botar a roupa no quaradouro, passava um tempinho e tinha que sair correndo, catando tudo pra pendurar no varal da varanda dos fundos. E quede que secava? Aquela batelada de roupa, só criando inhaca. E as freguesas não queriam nem saber. Eu que não me virasse pra deixar tudo lavado e passado a tempo e a hora, era capaz até de ouvir desaforo.

A dona Elza era minha freguesa de muitos anos, mas nunca tinha passado nem perto aqui da porta de casa. E de repente, sem mais nem menos, dou com ela ali na sala, toda bem pronta, reparando em tudo – e eu bem de avental, porque tava com as panelas do almoço no fogo, sem saber o que fazer, mais atarantada com o inesperado da visita impossível. Fiquei com uma vergonha danada dela encontrar a casa naquele estado, tudo fora do lugar. O que que a dona Elza ia pensar de mim? Que eu era uma desmazelada e que a gente vivia naquela imundície. Também, o que que aquela mulher veio fazer aqui, debaixo de chuva, justo num sábado, quando tá todo mundo em casa, as crianças entrando e saindo sem parar, deixando roupa espalhada, botando tudo quanto é badulaque em cima dos móveis? E o troço ia ficar pior ainda, porque daí a pouco o Jairinho chegava do serviço com o macacão imprestável de sujo e o Deusdete vinha da pelada tal e qual e a Deise acabava a faxina na casa dos Rezende e passava aqui toda afobada, só o tempo de almoçar. Tudo na correria, porque a uma hora em ponto ela precisa engatar outra faxina, acho que lá na casa do professor Joaquim, longe pra burro. Os três urrando de fome – e mais os meninos, que precisava catar um por um na rua e mandar lavar a mão e o rosto e sentar na mesa que nem gente, antes da comida esfriar.

 A dona Elza parada ali no meio da sala e eu sem saber se desocupava a poltrona pra ela sentar ou levava a coitada lá pra cozinha, porque tinha acabado de colocar o angu no fogo e, angu sabe como é que é, se a gente não mexe, empelota tudo. Devia ser coisa muito séria, porque ela não ia, em pleno sábado, desabalar da casa dela lá do outro lado do rio só pra fazer uma visitinha de cortesia pra lavadeira. E justo na hora da refeição. Se bem que esse povo rico almoça mais tarde que todo mundo. E final de semana, então, costuma nem comer em casa. Fiquei imaginando que só podia ter dado algum problema com a roupa. Será que foi faltando alguma peça? Será que eu deixei passar alguma manchinha? Mas eu confiro tudo tim-tim por tim-tim, com o maior cuidado. E nunca teve nenhum problema com a roupa da dona Elza. Nem com a dela nem com a de nenhuma outra freguesa. Tirando aquela grossa da dona Adelaide. Grossa e linguaruda. Andou falando mal de mim pra deus e todo o mundo. Mulherzinha mais desbocada. Veio aqui dentro da minha casa contar desaforo. Ainda bem que meia Cataguases sabe a boa bisca que ela é. Senão, arriscava prejudicar a minha freguesia o monte de besteiras que ela andou espalhando por aí. Mas quem já lavou roupa comigo, quem conhece o meu capricho, nunca que ia acreditar naquela mentirada que ela inventou.

 Por via das dúvidas, tirei umas roupas que estavam em cima da poltrona, disse pra dona Elza sentar e pedi uma licencinha, só pra poder tirar o angu do fogo. É claro que não contei isto pra ela, que eu não queria que pensasse que tava atrapalhando alguma coisa. Aproveitei que fui na cozinha pra também botar o resto da água no arroz e ver se não tinha salgado o feijão, porque o Jairinho não tá podendo com muito sal por conta da pressão. E voltei rapidinho pra fazer sala pra visita e ver se descobria, afinal de contas, porque que a dona Elza apareceu assim de repente, sem mais aquela. Dependesse de mim, na aflição que eu tava, a gente nem entabulava conversa. Pois não é que a dona Elza, com quem eu nunca tinha trocado mais que meia dúzia de palavras nesses anos todos que lavo roupa pra ela, perguntou do Jairinho e das crianças? Depois é que eu pensei: devia ser coisa da Dione, que muito antes de ser empregada dela já era minha comadre. E a Dione, aquilo fala pelos cotovelos. Então, deve ter contado pra dona Elza do Jairinho, das minhas crianças, até do Rivelino.

O caso é que a dona Elza parece que tava mesmo conversada – e eu com a cabeça lá nas minhas panelas. A mulher começou a contar dos filhos dela, das saudades que sentia porque um foi estudar no Rio, o outro em Campinas, e acabaram ficando por lá e vinham muito pouco e ela já não tinha ânimo nem saúde pra ficar enfrentando viagem e também não queria incomodar, porque cada qual tinha lá a sua vida. E também falou dos netos, parece que são três, e como estão crescidos, ela ficou até de trazer umas fotos depois pra eu ver, e que o mais velho, dezesseis anos só, mas quase um metro e oitenta de altura, chegou não faz uma semana. Pra alegria dos avós, ia passar as férias em Cataguases, porque o pai e a mãe dele viajaram pro estrangeiro, acho que coisa de trabalho. Neste ponto, eu aproveitei pra perguntar se ela não queria um copo d'água, um cafezinho, porque assim dava pra ir lá dentro outra vez e tirar as panelas do fogo antes do almoço virar carvão, já que a mulher não fazia a menor menção de que tava de saída. Muito bem educada, ela agradeceu e disse que não podia com café, gastrite ou coisa parecida, mas aceitava água da talha, de preferência e se não fosse incômodo.

Graças a Deus que, na hora que eu pus o pé na cozinha, a Deise tava entrando pela porta dos fundos. Foi a conta de avisar que tinha visita, pedir pra ela ir tocando o almoço e ver também por onde andavam os meninos. Aí, catei um copo d'água e tratei de voltar pra sala. A dona Elza, mulher fina é assim, pegou o copo com a pontinha dos dedos e ficou bebendo a água bem por uns quinze minutos, aos golinhos. Apesar de muito admirada com os modos dela, com aquela educação toda, eu fui ficando cada vez mais agoniada. Também pudera: a Deise cuidando das panelas, quando já devia ter almoçado pra não perder a faxina na casa do professor Joaquim; as crianças sabe-se lá fazendo o que na rua, porque, se ninguém chama, elas esquecem que têm que comer e tomar banho; o Deusdete com certeza de conversa fiada com aqueles maus elementos da pelada ou, pior, enfiado nalgum botequim; o Jairinho que, logo naquele sábado, deu de demorar além da conta, se chegasse, ao menos me ajudava com a visita, que eu já não sabia mais o que fazer com a dona Elza plantada ali na sala.

Parecia que o tempo não passava nem a porrete. E o assunto com a dona Elza foi escasseando, escasseando... Afinal de contas, o que que eu tinha pra conversar com uma mulher feito ela, uma mulher que, com certeza, nunca trocou uma fralda de criança, ainda mais dos netos; nunca passou um café pras visitas; nunca bateu uma muda de roupa sequer no tanque; nunca virou uma noite, duas, desesperada com um filho no colo, queimando de frebre; nunca perdeu um sábado faxinando a casa; nem nunca refogou uma couve ou depenou uma galinha. Não demorou muito e a única coisa que a gente tinha pra conversar era sobre aquela chuva mais fora de hora. Nada feito o aguaceiro que, tem menos de um ano, fez o Pomba transbordar. Deu até tristeza ver a montoeira de gente que perdeu tudo naquela enchente. O tempo tá mesmo virado, mas julho não periga acontecer essas coisas não. Além disso, a vida é assim mesmo, mais tem Deus pra dar do que o diabo pra carregar; a pessoa tendo saúde e disposição pro trabalho acaba aprumando uma outra vez, pelo menos não morreu ninguém como uns cinco anos atrás; bem pior aconteceu em Muriaé, pior ainda foi em Patrocínio, a cidade quase toda ficou debaixo d'água.

Justo quando a gente mais precisa, não aparece uma vizinha, um parente, uma comadre que seja, pra dar uma mãozinha. De forma que ficamos eu e a dona Elza ali na sala, falando nada com nada, acho que pra bem mais de meia hora. Enquanto isto, a Deise acabou perdendo a faxina, e aquele dinheirinho fez uma falta no fim do mês... As crianças, sabe-se lá onde é que tinham se metido, aprontando sabe-se lá o quê. Com certeza, trem bom é que não era. Sempre que elas desaparecem assim é porque estão caçando algum malfeito. E o Deusdete, então? Só podia estar enfiado nalgum botequim com aqueles amigos dele, um bando de desocupados. Mas ele ia se ver comigo... Do Jairinho, eu nem falo. Só podia ter acontecido alguma coisa muito séria na fábrica, porque nunca ele tinha demorado tanto pra chegar. Eu naquele desespero todo e a dona Elza ali na sala. Sentada estava, sentada ficou. Até que deu uma hora que eu pensei cá comigo: esta mulher vai ficar plantada aí, a Deise já deve estar com metade do almoço pronta, o Jairinho entra por aquela porta daqui a pouco, do jeito que ele é despachado cisma de convidar pra boia e aí eu vou passar uma vergonha maior ainda. Não pensei duas vezes. Catei o copo de cima da mesa e, antes mesmo da dona Elza dizer que não queria, eu já estava na porta da cozinha, com a desculpa de que ia pegar mais água pra ela. Quando a Deise viu a minha afobação toda, ficou me perguntando assim com os olhos o que que aquela mulher tava fazendo na sala, pleno sábado e bem na horinha do almoço. E eu sem poder dizer nada. Primeiro: vai que a dona Elza escuta alguma coisa. Além disto, a mulher sentada ali já fazia um tempão e eu nem desconfiava o que que ela tava querendo. Mas, pelo andar da carruagem, o troço só podia ser mesmo com o Jairinho. Porque se fosse comigo ou com uma das crianças, com certeza ela desembuchava logo que entrou.

A única coisa que me ocorreu foi puxar a Deise pra varanda dos fundos e falar que era pra ela pegar o frango que tava lá no terreiro e dar um jeito de matar rapidinho, que eu não ia passar a vergonha de botar a mesa pra dona Elza sem nem um pedaço de carne. *Mas, madrinha, a senhora não tava engordando esse frango pra fazer com quiabo quando o Rivelino chegasse de Volta Redonda? O bichinho nem tá no ponto ainda...* Às vezes, a Deise me tira do sério. Coisa mais fora de hora! Depois a gente arranjava um outro frango. O que não tinha cabimento era o Jairinho convidar a mulher pro almoço e não ter uma carne que fosse pra oferecer. Mas bastou olhar bem pra cara da Deise que ela logo entendeu que eu não tava pra brincadeira. Mesmo assim, acredita que, antes de sumir lá pro terreiro, a engraçadinha ainda disse assim: *Mas vai demorar, hein?* Deu vontade de tampar um trem nela qualquer. Já não bastava aquele aperto todo? Só não tampei porque a visita tava lá pra dentro, sozinha e Deus. Foi eu voltar pra sala, não passou um minuto e, pra minha sorte, o Jairinho entrou pela porta da rua. Nem que a gente tivesse combinado. Que alívio, meu Deus! Ele sempre foi muito mais jeitoso do que eu nesses troços. E já chegou cumprimentando a dona Elza, brincando com a bagunça que tava aquela casa, perguntando pelo filho mais novo dela... Não lembro o nome do sujeito agora, mas teve uma época que o Jairinho mais ele andaram pescando juntos por aí; mas isto faz tempo à beça, a gente ainda tava namorando. O certo é que não deu dez minutos, o Jairinho virou pra mim e: *Ô, minha filha, esse almoço sai ou não sai?* E sem mais aquela, *A senhora come com a gente, né não, dona Elza?* Eu fui logo avisando que ainda demorava um pouquinho pra ficar pronto. E, ainda por cima, coloquei a culpa na pobrezinha da Deise: *A senhora sabe como é que são essas moças de hoje, dona Elza, uma lerdeza que Deus me livre.*

Na hora eu pensei no Rivelino. Quer ver o Rivelino feliz é botar um frango com quiabo na mesa. Se tiver um anguzinho pra acompanhar então, dá até gosto de ver a boca boa com que ele come, bem devagarinho. Parece que não quer que o troço acaba é nunca. Aliás, acho que frango com quiabo e pudim de leite condensado são as únicas coisas que o Rivelino consegue comer assim devagar, bem devagarinho mesmo. O resto, pode ser o que for, engole que nem pato. Porque quando ele vem de Volta Redonda, não para quieto em casa nem um minuto. Um entra-e-sai que me deixa doida. É um que vem chamar pra jogar futebol, outro que convidou pra ir comer um lambari, gente que quer porque quer levar pra uma festa – afora essas meninas, muito das assanhadas, que toda hora aparecem aí no portão perguntando pelo meu Rivelino. Imagina o inferno que não vai ser o dia que ele estiver jogando num time assim feito Fluminense, Botafogo... E aquele lá não consegue dizer um não pra ninguém, igualzinho o pai dele. Só fico chateada porque eu queria que ele ficasse mais em casa, pra poder papariçar um pouquinho, colocar no colo... Mas, fazer o quê? Daquele tamanhão todo, acha que ele quer saber de carinho de mãe? E pra piorar as coisas, ele tava pra chegar daí a quase uma semana e o frango que eu tinha deixado separadinho pra fazer com quiabo foi pra cucuia. E tudo por conta de quê? Tudo por causa daquela visita mais fora de hora da dona Elza e também dessa mania do Jairinho de chamar os outros pra comer com a gente sem nem perguntar antes o que que tem pro almoço. Vai que não tinha nem esse franguinho? Ia passar uma vergonha maior ainda, porque pelo Jairinho é só fritar uma meia dúzia de ovos que tá de bom tamanho.

 Como a dona Elza não falou nem que sim nem que não, pra mim pelo menos ela ia ficar pra comer com a gente. Mas, na verdade, a bruaca tava só esperando eu ir cuidar do almoço lá dentro pra poder falar com o Jairinho por que cargas-d'água tinha saído lá do outro lado do Pomba, atravessado meia cidade debaixo de chuva, só pra bater aqui em casa. Tá certo que ela veio com motorista e tudo. O Jairinho até comentou daquele carrão parado ali em frente. Mesmo porque, sozinha nunca que ela ia achar onde é que a gente morava. De qualquer jeito, pra fazer uma visitinha é que não foi. Tanto que, quando eu voltei da cozinha, a dona Elza tava contando pro Jairinho do neto mais velho, dezesseis pra dezessete anos, da altura do pai, um metro e oitenta e tantos, veio passar as férias aqui, bonzinho demais até, mas não parava quieto, muita energia pra gastar, e os brinquedos de quando os filhos dela eram pequenos, ao invés de deixar juntando poeira, deu tudo pros pobres, ficou só uma bicicleta dessas de criança menor – e não dava pra um garoto com aquele tamanho todo, quase homem feito. Além do mais, esses negócios que menino de cidade grande gosta, *video game* e não sei mais o que, a mãe dele resolveu não mandar, de forma que ela e o dr. Aristides iam com o neto pra fazenda no domingo passar a semana e precisavam arrumar um troço qualquer pra ele distrair, senão arriscava o garoto cismar de montar cavalo, entrar no açude, trepar em goiabeira, e era difícil tomar conta, ficar andando o tempo todo atrás de um galalau criado dentro de apartamento e que não tava acostumado nem com bicho nem com mato, numa dessas, podia até sair machucado, e feio.

    O Jairinho olhava pra mim, olhava pra ela, tentando entender onde é que a dona Elza queria chegar com aquela conversa toda. Difícil! Até que ela levantou da poltrona e: *Veja bem, seu Jairo, eu não quero tomar ainda mais o seu tempo. O que me traz aqui é um favor que eu estou precisando. Conversei com a Dione e ela me disse que o senhor tem uma dessas bicicletas grandes de marcha. Então, pensei que pudesse emprestar por uns dias, uma semana no máximo, para o meu neto ter alguma distração lá na fazenda. O Aristides até cogitou de comprar uma para o Rodrigo, mas eu achei que seria um desperdício de dinheiro, afinal de contas, quando ele voltar aqui de novo, provavelmente já vem de automóvel, dirigindo.* Ainda bem que pra certas coisas eu sou muito controlada, senão tinha caído na gargalhada. A cara de espanto do Jairinho era de fazer qualquer um morrer de rir. Parecia que ele não tava acreditando, aquela mulher, parada ali no meio da sala, cheia de nove-horas, rica pra danar, despencou lá do outro lado rio, atravessou metade da cidade debaixo de chuva, em pleno sábado, só pra não ter que comprar uma bicicleta pro neto? E a Dione, então? Com uma comadre assim, quem é que precisa de inimigo? Do jeito que eu sou pavio curto, fosse comigo, tava arriscado a perder a compostura e mandar a dona Elza ir pentear macaco. Onde já se viu uma coisa destas?

Pensei cá comigo: do jeito que é o Jairinho, bom que chega a ser meio bobo, sempre querendo agradar a deus e todo mundo, é até capaz de emprestar a bosta bicicleta, ficar uma semana inteirinha acordando mais cedo ainda pra ir a pé pro serviço, só pra não ter que falar um não pra dona Elza. E no final das contas, quem ia ouvir era eu. Porque a Dione, depois desta, é claro que ficou sem dar as caras por aqui um tempão. Ideia mais estapafúrdia essa de fazer gentileza com o chapéu dos outros! Onde já se viu? E eu é que ia ter que ficar escutando o Jairinho reclamar todo santo dia das merdas que a gente acaba fazendo por conta de amigo traíra feito a Dione. Porque aquela lá vira e mexa tá aprontando alguma. Neste meio tempo, comecei a sentir aquela inhaca de frango sendo escaldado. Porque justiça seja feita, pra matar um frango, a Deise é muito melhor do que eu. Agora, pra fazer um feijão com arroz, coisinha simples, do dia a dia, é uma negação. Não tem uma semana, eu falei pra ela. Do jeito que aquilo faxina bem, se aprendesse a cozinhar direito, um pouquinho que fosse, ia ter patroa disputando a Deise a pescoção.

Mas, voltando à dona Elza, o Jairinho, acho que foi isto, só pode ter sido, ficou tão besta, mas tão besta com o absurdo daquele troço, que só olhou pra ela assim, com uma cara de dó, e lascou: *Emprestar a minha bicicleta pro neto da senhora brincar na fazenda...*

E como é que eu faço pra ir pro serviço, dona Elza? Este favor eu vou ficar devendo pra senhora. A mulher ainda teve o desplante de ficar insistindo com ele. Acredita? Insistindo mesmo, querendo obrigar o coitado. Foi a primeira vez que eu vi o Jairinho dizer não pra alguém, assim na bucha. Umas três ou quatro vezes seguidas. Aí, a dona Elza, se segurando pra manter aquela pose toda, saiu pisando duro, entrou no carro e foi embora. Mulher mais besta, me faz matar o frango que eu tava guardando pro Rivelino e nem fica pro almoço. Não bastasse, no final do mês, ainda tirou a roupa de mim. Quem trouxe o recado foi a filha da Dione: não precisava mais dos meus serviços. Como se fosse fazer alguma falta. Sai uma trouxa, entram duas, que tá assim de gente querendo uma lavadeira que nem eu. Até hoje, quando calha do povo todo daqui de casa almoçar junto no domingo, o Jairinho logo lembra desta história. E com ele contando, então, é de morrer de rir.

Ora, as indústrias criam e dinamizam a riqueza. À sombra das fábricas cataguasenses vivem e prosperam numerosas famílias, cujos dependentes recebem instrução gratuita, não só primária, como secundária e profissional; dispõem de assistência médico-hospitalar; e, além disso, na juventude, a exemplo dos pais, aprendem a amar o trabalho, como fonte de felicidade e motivação para ulteriores conquistas no meio social em que vivem, e mesmo fora dele.
E não só a massa operária. Toda a cidade se beneficia com as indústrias, e tanto mais se beneficiará quanto maior for o número de sirenes que a despertarem, cada manhã, para o labor cotidiano.
No ano findo, o número de operários, incluídas todas as fábricas da cidade, oscilava em torno de três mil e quinhentos. Arquitetos da nossa grandeza, eles, sim, é que escrevem, dia a dia, com as mãos calosas, mas santificadas pelo trabalho, a verdadeira história de Cataguases.
Além de Princesa da Mata, como é hoje conhecida a cidadezinha do Meia Pataca, chamam-lhe também "cidade das bicicletas". Há mais de sete mil bicicletas, atualmente, em Cataguases. Milhares de operários – moças e rapazes – demandam as fábricas, e daí regressam aos lares, pela manhã e à tarde, servindo-se desse meio de transporte, e oferecendo-nos

um espetáculo, que (perdoem a vulgaridade da imagem) só se compara a um enxame de abelhas, em busca das respectivas colmeias.

Enrique de Resende,
Pequena história sentimental de Cataguases (1969)

DESAPARECIDA

Maria da Silva, treze anos, 1,40 m, 35 kg, olhos esverdeados, cabelos loiros.
Natural de Recreio.
Sumiu da porta de casa no dia 19/05/2009.
Trajava vestido de alça branco com florzinhas azuis.
Tem uma covinha linda na bochecha direita, mas nunca a gente pôde tirar um retrato dela.

Cartaz afixado n'O Verdadeiro Pão com Linguiça, entre Laranjal e Leopoldina

HISTÓRIA DA CRUZ QUEIMADA

conforme se deu por inteiro e verdadeiramente
no arraial de Nossa Senhora da Piedade
na freguesia de São Sebastião da Leopoldina
pelos meados deste século XIX

Proêmio

Um provérbio árabe. Dos equívocos que fizeram o autor, de advogado, mudar em historiador. O primeiro equívoco deveu-se à bondade do editor d'*O Leopoldinense*. A duvidosa fama de homem de letras. Uma visita inesperada e os apuros do jovem republicano, ateu e racionalista. A pertinácia do padre José Francisco e a falta de modéstia do autor explicam o segundo dos equívocos referidos.
As tribulações e diligências do historiador para não trair a verdade dos fatos nem ferir as suas convicções.

Primeiro de quatro artigos inéditos encontrados no espólio do antigo jornal O Leopoldinense, assinados por Octávio Tarquínio de Oliveira Machado e datados de dezembro de 1894

Fernando Fiorese

Tal afiança a sabedoria árabe, mesmo a menor glória é feita de equívocos. Não foi outro o móvel que me fez desaviar muitos dos meus dias dos comezinhos trabalhos de advocacia para consignar nas linhas próximas a mais sabida e entranhada das histórias que, desde muito, ataviam a memória dos habitadores do distrito de Nossa Senhora da Piedade na freguesia da Leopoldina. Terei de advogado ir para a cova, mas na hipótese de que, por um exame de qualquer dos meus leitores, se mostre o presente escrito digno de sua graça e mercê, julgo que está paga a pena e dou por muito bem empregados os meses e os anos nele consumidos.

São dois os equívocos que haviam de me oferecer lugar e ocasião de ajuntar ao ofício de advogado as lides do historiador de questionável viso, embora empenhado, como terá vez de estimar o leitor, *mon semblable, mon frère*. O primeiro deles titubeio entre debitá-lo à erma e aborrecida condição de advogado da roça, acrescentada tanto do não sei se diga triste ou se venturoso estado de celibatário compulsório, quanto de algum pendor para a política que raro tem encontrado qualquer viés prático, ou o lançar à conta da indevida deferência que sempre me dedicou, e até bem pouco tempo dedicava, o falecido editor do jornal *O Leopoldinense*, sr. Antônio Carlos Furtado, talvez porque fora eu, durante largos anos, o único com banca estabelecida na terra. De toda maneira, cada qual por seu turno, respondem ambas as causas deste primeiro equívoco pela existência e publicidade de uns poucos e muito perfunctórios artigos da minha lavra, escritos para o desenfado da penca de horas que, no correr de minhas semanas e meses, sobejam entre meia dúzia de petições e um par de audiências. Quanto ao mais, unicamente direi que os tais artigos de então cifravam, sem espalhafatos ou berloques de estilo, as ideias que nesse tempo de moço tinha assentadas em relação ao governo entre nós estabelecido, bem como umas parcas considerações sobre os descaminhos das artes jurídicas no Brasil e alguns rudimentos científicos acerca da cultura do café, posto ter amealhado num curto passeio à Corte certo número de obras que tratam das modernas técnicas agrícolas e que, mesmo receando ser tachado de *Petrus in cunctis*, julguei oportuna e necessária retribuição àqueles fazendeiros da Leopoldina e cercanias que a mim vinham de confiar tantas de suas causas. E cousa digna de nota, não sinto o menor vexame de aqui rubricar, se ao princípio os meus modestos escritos mereceram o melhor aplauso apenas do tão distinto jornalista e amigo muito dedicado Antônio Carlos, a pouco e pouco também gente de uma certa ordem e lustro entenderam de haver neles algum mérito e serventia.

Quanto ao outro equívoco de que acima falei, esse foi uma espécie de desdobro casual do primeiro, um imprevisto e não pequeno resultado que colhi por conta do conceito de homem de letras que, por assim dizer, passei a desfrutar em seguida à publicação n'*O Leopoldinense* do meu quarto ou quinto artigo. Porque, ainda hoje, pasmo de pensar e me custa crer que a gente que constituía a boa sociedade da Leopoldina tenha atinado algum valor naqueles meus desconchavados escritos de moço tão prematuramente mudado num empedernido ateu racionalista e arrebatado pelas convicções republicanas. E a despeito mesmo, e muito mais talvez ainda, do meio muito acanhado intelectualmente em que me achava vivendo – naquela altura, Leopoldina ainda estava mil furos atrás do Rio de Janeiro e até do Juiz de Fora –, este simples causídico foi crismado de escritor pela boa gente do antigo Feijão Cru. De sorte que se estendeu com uma tal exageração a minha fama de escritor no lugar que, a desoras de um dos dias de maio de 1881, então arrefecido o escarcéu que tomara a cidade no mês anterior por causa da passagem do Sr. Pedro II e sua ostentosa comitiva, veio a dar-se comigo o fato que alberga o segundo equívoco a que antes fiz menção.

Se bem recordo, já estava me dispondo para apear na rua Direita, que hoje se chama de Primeiro de Março, quando ouço partir dos lados da porta de entrada do Hotel Carneiro, no qual residia à época, uma voz que me era de todo desconhecida e manifestava uma alegria algo agastada: "*Ecce homo*! Pois isto são horas? Já cismava este pobre padre se havia de aqui pernoitar na tocaia do doutor de borla, capelo e famigerada pena..." Todo cheio de susto e vergonha, uma vez o inusitado de ter alguém à minha espera, ainda mais dizendo-se padre, quando estivera até aquelas horas em partidas de prazer numa casa de damas, quis eu tratar-se de simples debique de algum amigo em claro e com voz fingida. De qualquer modo, sem a menor demora, assestei a vista para o sujeito; e com quem é que ali eu havia de deparar? Pois era o padre José Francisco, que até então conhecia apenas de vista e por notícia; mas tão altamente recomendado na roda dos meus amigos que, a qualquer um, os efeitos do acaso apenas não parecerão bastantes e suficientes para dar conta de explicar quais circunstâncias, até aquela data e numa terra tão pequena, conspiraram para não sermos apresentados formalmente ou nos toparmos em algum acontecimento da vida pública, tanto que não houvera como distinguir a voz do cura noctívago. Entretanto, direi ao leitor, nenhuma culpa tinha o acaso, pois que em verdade os seus efeitos eram frutos exclusivos de não poucos artifícios que eu próprio usava para escapar de o pároco conhecer pessoalmente.

E isto por quê? Porque, como já contei em linha anterior, sendo eu republicano convicto e muito mais ainda, embora de poucos anos e com ideias um tanto quanto imaturas e acanhadas, um ateu racionalista, não julgava fosse cômodo, para o estado do meu espírito pagão e para a cautela do lugar que cavara como meu de direito no concerto das raras mas honradas inteligências da Leopoldina, ter que me haver com um vigário caturra, morrinha e lutuoso; muito bucho e pouco lustro, como se me afiguravam à época todos os que, com arrimo da batina, engordavam a própria pança e as burras do papa. Tanto que, no papear simples e ordinário com os mais íntimos amigos, não me cansava repetir tal qual um meu estribilho próprio este velho prolóquio popular: "Os primos, os padres e os pombos são sempre os que borram a casa". E como era bem de prever, à vista do padre desde o começo me pus, como se diz, atrás do toco e o tratei todo cheio de formalidades e cerimônias, que afinal de contas aquilo não eram horas de alguém assombrar, sem pejo nem lógica, a vida de um advogado algum tanto bêbedo e tresnoitado; e ainda mais sendo um vigário era de supor ou esperar que guardasse a madrugada para a necessidade de uma qualquer extrema-unção, para rezar pelo perdão dos pecados de homens como eu, ou unicamente apenas para as delícias mundanas do sono. Verdade é que foram inteiramente nulos os efeitos da minha cara de limão azedo e do meu modo reservado e seco no ânimo do tal vigário, uma vez que tinha ele um propósito bem firme e bem deliberado, o qual propósito logo me fez saber e que se resumia mais ou menos nisto: queria de mim que tomasse o encargo de registrar por escrito as circunstâncias de um certo episódio que, apesar de já decorridas perto de quatro décadas, não deixou de se conservar na memória daqueles que ao mesmo assistiram ou que dele tiveram notícia; e com efeito, segundo então me disse e asseverou o padre José Francisco, quase toda a boa gente cristã e católica desta nossa Mata entendia que se tratava de um milagre o tal acontecimento daqueles tempos passados.

À vista disto, pode-se avaliar do pasmo e aturdido estado em que não deveria achar-se a minha pobre e frívola consciência de moço, o álcool e o sono fazendo-a vacilar entre um quase assomo de orgulho por causa de ver reconhecida a minha bossa literária e não menores notas de dissabor pelo despropósito de uma mercê que tão pouco convinha aos escrúpulos de alguém que se queria o mais empedernido dos céticos da Leopoldina e seus arredores. Não conhecendo ainda então o caráter perspicaz e a larga obstinação do Padre José Francisco, confiei que bastasse recusar peremptoriamente ao convite e estaria tudo de bom tamanho; e foi o que fiz da maneira a mais inteira e civilizada, assim tão sem titubear ou deixar brecha para alguma réplica da parte do vigário que pronto aprumei para partir hotel adentro, impaciente que estava por entregar-me ao sono a que também fazem jus mesmo os da minha laia. Entretanto, aquele que veio a se tornar em um amigo dos mais dedicados e fiéis à minha pessoa não se deu por vencido; abriu--me um sorriso entre benévolo e altivo e atalhou a minha partida com uma indagação, da qual, mesmo com os esforços desses muitíssimos anos, ainda de todo não consegui me desembaraçar – "Ao moço mete mais medo Deus ou a História?"

Na altura em que escrevo estas páginas, sendo não mais que um pobre caipira de Minas com idade maior de quarenta anos, devo aqui acrescer o que naquela época não cheguei a adivinhar, pois que a distância já de tantos anos e a ciência que hoje tenho da índole e da inteligência do amigo padre José Francisco me permitem asseverar que o mesmo empregou aquela pergunta como um ardil muito de propósito e de caso pensado, porque, de algum modo que desconheço, sabia ele com precisão os efeitos de verruma que teria ela no meu espírito e no meu coração. Mais não conto sobre aquela madrugada porque este capítulo ficaria demasiado extenso se nele fosse incluir os tantos temas da conversação que nos ocupou para além da barra do dia, entremeada de muitas gargalhadas e um grande número de histórias reais ou inventadas, e mesmo algumas confidências as mais íntimas. Mas eu também fui culpado, na falta de modéstia própria dos moços e na presunção de que tudo podia uma inteligência muito bem assentada no direito e na razão, de me deixar atrair e prender pela arapuca armada pelo, desde então e para sempre, amigo íntimo e obrigado. E o que mais é e o que sobretudo acabou por me fazer mudar, em tão poucas horas, de um não peremptório para um sim entusiástico e estrondoso, foi que o padre verdadeiramente insistia em contrariar a opinião que se tornara corrente e geral; uma vez que, com efeito, julgava que o episódio de que tratarei a seguir não devesse ser lançado na conta dos milagres do Cristo, e a mim cabia a tarefa de demonstrar e desfazer aquela superstição à luz da ciência, e por tal forma que não restassem confundidas a lenda e a história.

Aquela conversa travada com o padre José Francisco, de pé em frente ao Hotel Carneiro numa remota madrugada de 1881, foi das horas mais vivas e mais profundas dos meus tempos de moço. Nem se diga que acabamos por cair um nas graças do outro e eu por me render aos seus argumentos, pois que não molestavam *si et in quantum* a minha liberdade de pensamento e, ao mesmo tempo, me ofereciam ocasião para o desfastio dos dias quentes e lerdos e das noites iguais e sem maiores distrações, qual sempre eram na Leopoldina. Entretanto, os meus conhecimentos em matéria de história eram por tal forma primários e magros que foi para mim de fato um décimo terceiro trabalho de Hércules tomar pé de uma literatura tão alongada e por vezes difícil para a minha ilustração de então; a isto acrescentando, que aqui seja dito de passagem, os terríveis embaraços por mim encarados para fazer chegar do Rio de Janeiro os volumes de que carecia, dos quais só escapava lançando mão de encomendar a algum amigo de viagem ou ao meu livreiro de confiança naquela cidade, sendo as obras despachadas à minha custa pelos trilhos da estrada de ferro, que tinham alcançado a Leopoldina já em fins da década de 1870.

E quando afinal acabei por dar acordo, cada vez mais parecia tomar ares de historiador traquejado; e isto por duas razões: primeiro porque não havia um só livro ou conversação que me valesse um dez réis de mel coado se não tratava de cousas da história e da sua escrita; e segundo, e é esta a principal razão, porque não raro ocorreu de negligenciar a minha advocacia para andar assim aos boléus pelos matos inteiramente brutos que cercavam o arraial de Nossa Senhora da Piedade, sempre à cata de quem houvesse testemunhado os fatos que adiante vou narrar ou de quem deles conservasse na lembrança o que lhe contou um pai, um avô, um tio, amigo ou conhecido. Isto não obstante, pela minha parte pelo menos, não me acuso nem me arrependo de ter feito e cumprido o propósito de visitar e ouvir a todos quantos me indicou com inteira imparcialidade o Padre José Francisco e os tantos outros com quem esbarrei no decurso das minhas diligências. Mas se por acaso o leitor julgar o período de treze anos largo em demasia para a história seguinte, tão mirrada em linhas e parágrafos, cumpre aqui observar que foi este o tempo necessário e indeclinável para oferecer-lhe o rosto verdadeiro de Clio, a musa da história, limpando-o das cintilações enganosas, dos espalhafatos dourados e dos atavios fabulosos que, invocada pela ignorância de gente chã e parva, lhe empresta aquela sua irmã bastarda e traiçoeira, a musa petalógica.

Nestes casos de escrever, o ponto está em colocar a primeira letra; do contrário, há de ficar o sujeito com chove não chove, à espera para sempre de alguma comichão que lhe dê força de ânimo maior que o capricho de estar a cozinhar preguiça ou ocupado e entretido com as menores frivolidades sociais. E sou forçado a reconhecer, não era outro o meu destino que ostentar por toda a vida uma cabeça mole e um coração leviano; e assim seria não fora o padre José Francisco pespegar-me na tábua rasa do espírito a pergunta que tirou o prumo das ideias que tinha como lógicas e assentadas; o que, por consequência, deu-me o motivo para esta narração e mudou a estrela e o rumo da minha existência. Se, como dizia o meu finado pai, boi sem candeeiro não guia, cumpre aqui agradecer aquele amigo dileto o ter guiado este boi ora marrão, ora sonso, até fazê-lo merecedor de se reunir àqueles que, se não puxam o carro da história, ao menos assentam no papel os nomes dos legítimos bois carreiros, registram os caminhos percorridos pela nossa Mata mineira (até agora, é preciso acrescentar, menos por estrada franca e bem guardada do que por um rosário de atalhos e veredas cheios de atoleiros), e salvam do mais cabal esquecimento episódios como esse a que venho referindo e do qual tratarei num próximo artigo.

(Continua...)

REMENDA O PANO QUE ELE DURA UM ANO
REMENDA OUTRA VEZ
QUE ELE DURA SEIS MESES
TORNA A REMENDAR
QUE ELE DURA ATÉ ACABAR

Infância

Faz graça, mais uma gracinha só, e você vai ver o que que acontece.

§

Não é porque todo mundo faz que o senhor vai fazer também. Depois machuca e eu é que sou culpada.

§

Não tem mas nem meio mas. Se botar a mão, eu arranco fora. Se abrir a boca, fica sem os dentes.

§

Todo cuidado é pouco. Porque nunca se sabe o que que a outra pessoa tá querendo da gente. E aproveita, porque você não vai ter pai e mãe te pajeando a vida inteira não.

§

Se tornar a pedir alguma coisa, um copo d'água que seja, nunca mais trago você na rua. E ainda por cima, leva um beliscão.

§

Por que que tá querendo saber desses troços? Quem o senhor acha que é?

§

E tenha modos. Só come o que botarem no seu prato. Sem gulodice. E nem pensa em pedir mais. Pouco custa pra aqueles metidos saírem por aí dizendo que a gente não tem comida em casa.

§

Engole esse choro já. O que que você tá pensando da vida? Vai ver assim aprende e não repete isso nunca mais.

§

Se eu tou dizendo que fez merda é porque fez merda. Além do mais, quem mandou se meter onde não foi chamado?

§

Da próxima vez, não tem conversa.

Juventude

Melhor ser tachado de bobo do que ficar batendo boca no meio da rua. Quando for assim, vira as costas e já pra casa!

§

Você acha mesmo que eu vou deixar o senhor ir sem ao menos saber do que se trata? Coisa boa é que não é. Além do mais, o que que você perdeu naquele lugar?

§

Vou avisar uma única vez. Não quero saber de filha minha batendo perna por aí. É um pé lá, outro cá. Tou marcando no relógio. E veja lá com quem você para na rua, que eu não quero ninguém futicando a vida da gente.

§

A pessoa só deve fazer um trem assim quando tiver certeza de que mais na frente não vai se arrepender. Na dúvida, é melhor deixar pra lá.

§

Vai se meter com aquela gente pra quê? Você nem conhece direito.

§

E nunca mais me repita esse disparate. Tem cabimento um troço desses? Seu pai se matando de trabalhar, eu aqui me esfalfando pra fazer tudo a tempo e a hora... E pra quê? Pro senhor ficar vomitando essas besteiras? É no que dá a pessoa ter tudo de mão beijada.

§

Preferível correr do que apanhar. A gente só entra numa briga quando tem certeza absoluta de que, pelo menos, não vai passar vergonha.

§

Não é pra gostar, é pra obedecer. Pelo menos enquanto estiver vivendo às minhas custas.

§

Se acha que vai receber parabéns, tá muito enganado? Não fez mais do que obrigação.

§

Primeiro você escuta; depois você fala.

Madureza

Pessoa que presta não costuma nem pensar nessas coisas. Quanto mais falar. Não é porque a gente vive brigando que vai separar. Minha mãe aguentou muito mais do que isso.

§

Amigo, amigo de verdade, é pai e mãe. Quando muito, irmão e filho. O resto é conhecido.

§

Nunca precisei que me dissesse o que que tava certo, o que que tava errado. Bastava olhar pra mim.

§

Eu sei muito bem do que tou falando. O meu pai disse que era pra não fazer, eu não fiz e nunca senti a menor falta.

§

De uma vez por todas: ficar devendo pros outros é a morte. Ainda mais um favor. Se não tinha como pagar, pra que que foi pedir emprestado?

§

Não é que ele tenha culpa do irmão que tem. Mas é o que eu sempre digo: melhor manter distância, porque essas coisas pegam.

§

A gente não faz essas coisas não é por nada não. É porque não tem por que.

§

Aquele lugar nunca sentiu nem o cheiro do meu sapato. Nem nunca vai sentir.

§

Sempre que vou fazer um negócio, por mais besta que seja, ainda hoje penso cá comigo: será que o meu pai ia gostar? É o hábito.

§

Nesses casos, melhor atravessar a rua. Assim a gente evita qualquer coisa.

Velhice

Esses troços assim a pessoa não diz. Nem em confissão. Não adianta nada mesmo. Melhor esquecer e nunca mais olhar no espelho.

§

A vida inteirinha eu vivi deste mesmo jeitinho. Por que que haveria de mudar logo agora?

§

Fui não. Pensei de não aguentar. Além do mais, eu lá sou besta de deixar alguém, qualquer um que seja, me ver neste estado?

§

O sujeito sabe muito bem que vai se estrepar todo – e no entanto...

§

Se tivesse uns dois tanques de roupa pra lavar e passar todo santo dia, queria ver se ficava nessa vida.

§

A pessoa tem que aprender a ficar sozinha. E dar um jeito de gostar...

§
Agora que ela morreu, posso falar tudo o que ficou engasgado aqui. Mas quede que eu encontro as palavras?
§
Deixa estar que a vida ensina. Nem que seja na hora da morte.
§
A gente não deve dar as costas nem pra anjo da guarda.
§
Preferível dizer logo um não bem redondo. Que é pro sujeito saber que não é não mesmo. E pronto, acabou.

Moral da história:
em Minas, educa-se por negativas.

HISTÓRIA DA CRUZ QUEIMADA
(Continuação)
Antecedentes da história da Cruz Queimada

As primeiras famílias chegadas às terras da Mata mineira. A outra sorte de gente que veio assentar-se nos sertões do Feijão Cru. Apesar das muitas contendas pela posse da terra, a Mata ganha ares civilizados. As horas inteiras que o autor dedicou aos estudos da alta história. E as medidas adotadas para passar da casca à polpa dos acontecimentos. O documento da doação de terras pelo Coronel Domingos de Oliveira Alves.

Desde que o ouro começou a escassear no centro da província das Minas Gerais nos últimos anos do século XVIII, um grande número de famílias assentou de largar mão da moribunda quimera dourada e, de dia em dia, mais e mais esquiva.

Segundo de quatro artigos inéditos encontrados no espólio do antigo jornal O Leopoldinense, assinados por Octávio Tarquínio de Oliveira Machado e datados de dezembro de 1894

Em comitivas que, no mesmo tão extenso quanto penoso estirão, ajuntavam além da parentalha também alguns poucos serventes, o que tinham de pretos escravos e o que sobrara dos animais de serviço e de comer, muitas dessas famílias vieram dar com os costados neste mundo de terras agrestes que tomou o nome de Mata e que fica, como se sabe, na parte oriental de Minas, desde o baixo Paraíba até quase o rio Doce, compreendendo as bacias do Paraibuna, do Cágado, do Angu, do Pirapetinga, do Pomba, do Muriaé, do Preto e mais outros rios ao norte. E cousa digna de nota, também acorreram para aqui uma fartura não menor de homens aventureiros e velhacos, gente da pior classe, baixa e ordinária, cujo único propósito, à exceção de um ou outro trabalhador e ordeiro por índole própria, era de se apropriarem de quanta terra devoluta lhes desse na veneta, para depois venderem com um lucro pronto e talvez imenso as posses que haviam feito sem maiores esforços.

Fato é que a grande uberdade e a largueza da mata ainda não aberta do ribeirão do Feijão Cru e de seus arredores, conquanto estivesse ela ainda em pleno poder dos índios puris, acabaram por atrair importantes famílias em doloroso êxodo, assim como toda a sorte de gente desgarrada e sem ofício certo. E com efeito, não encontrando aquelas e esta nenhuma resistência ou ameaça nos nossos puris, segundo o testemunho dos primeiros entrantes brancos com quem tive ocasião de conversar, os sertões até então proibidos e incultos foram devassados e o mato derrubado para ali se estabelecerem fazendas de cultura e algum gado vacum, e também uns arremedos de povoação, tão acanhados de ordem e de progresso que, embora se possa dizer que naquela altura já não estávamos mais em território dominado pelos aborígines, com muito mais certeza ainda andava lá por longe o tempo de termos aquelas paragens como terras mais ou menos civilizadas. Faltava e faltava muito àquele mundo selvagem e segregado para se tornar o que se tornou graças à cultura do café; carecia mais que tudo da luta renhida e diuturna com as tribulações da lavoura e da criação de animais, bem como precisava do préstimo de figuras insignes e capazes de fazer valerem as leis dos homens mesmo nesses ermos os mais apartados, pois que são estas as forças que em geral conduzem da barbárie à civilização.

Como, no fim de bem pouco tempo, a grande multidão dos mansos índios puris se acabaria quase que por completo de uma epidemia de sarampo, começaram a avultar por toda a parte da Mata roças, estradas, ranchos, povoações, capelas e tudo o mais que veio a emprestar-lhe a disposição e os ares de lugar civilizado. Entretanto, é força registrar, tal não se deu sem a concorrência de um certo número de episódios grotescos e barrulhentos, nos quais famílias que detinham sesmarias confrontavam, às vezes por conta de um meio alqueire de divisa ou menos e à custa de algum sangue derramado, aquelas outras que tão simplesmente aqui vieram abrir ou compraram de outrem suas posses. Com maior frequência ainda e por motivos que tais viram-se também querelas cruentas destas famílias contra aquela espécie de gente a que me referi antes, aventureiros sem eira nem beira, sem ilustração ou sangue que preste, useiros e vezeiros em todo o tipo de tricas, tumultos e ladroeiras. E se esses fatos, por um lado, dão prova do quanto demorou a Mata para vencer aqueles primeiros tempos de atraso e selvajaria, como mostram certos casos em que filhos-família se portaram nas contendas pela posse de terras, senão com cólera ainda pior, com o mesmo pé daqueles aqui chegados sem vínculo ou vintém; por outro lado, foram esses mesmos acontecimentos ocasião para se crismar os homens de bem que haviam de levantar outra vez toda a nossa província da acentuada decadência em que se encontrava desde que estacou ou antes se mostrou mais custosa a cata do ouro numa grande quantidade de minas.

E foi por causa de uma dessas rixas de terra, a mais sabida e notória de quantas aqui tiveram lugar nos primeiros tempos da nossa colonização, que fui eu me meter a historiador. Como já referi, devo ao Padre José Francisco as primeiras notícias mais fundadas e de certa monta a respeito dos acontecimentos a que o povo simples e cristão da Mata deu o nome de "O milagre da Cruz Queimada"; sendo também este dileto amigo quem me favoreceu com uma pequena mas preciosa lista de pessoas que pudessem dar prova ou testemunho acerca de como a cousa se passou de verdade e de fato pelas bandas do que só depois viria a ser o curato de Nossa Senhora da Piedade da freguesia de São Sebastião da Leopoldina. Inimigo de pompas e de espalhafatos, e por tal forma avesso a cousas feitas de última hora, ao principiar a empreitada andeja e trabalhosa de que fui convencido pelo padre José Francisco tratei de pedir a ele que não tornasse públicos, nem sequer ao nosso restrito círculo de amigos, o teor e o fito das minhas pesquisas; precisava antes suprir-me de uma cifra de leituras de que ainda nem fazia conta, assim como alargar o rol das testemunhas, sejam aquelas de vista, sejam as que souberam dos episódios por ouvir dizer de quem os presenciou. E o mais é que, conforme na conta dos meus dias minguavam ou sobravam o tempo e o capital, consumi perto de cinco anos e muitos contos de réis às voltas com todo o gênero de leituras e toda a espécie de gente. De ordinário, nos dias comuns queimava as pestanas debruçado sobre os livros de história e alguns documentos desde a noitinha até alta madrugada, enquanto os sábados e domingos eram dedicados a gastar o meu latim em conversas com uma variadíssima coleção de pessoas, a ver se passava da casca à polpa dos tais acontecimentos que tiveram lugar na Piedade mais ou menos pelos meados do corrente século.

Nesse ponto, como procurava o mais que podia de aproximar-me ou de sempre me amparar em provas fundadas mais do que nas palavras das testemunhas, as quais muitas vezes se me assemelhavam a um jogo de disparates cavilosos e superstições descabidas, o enredo da história só começou a ganhar linhas mais ou menos retas e definidas quando consegui ter vista do documento datado de 23 de agosto de 1844 por meio do qual o Coronel Domingos de Oliveira Alves fez doação de terras de uma sua sesmaria com o propósito de constituir um povoado algumas léguas antes do rio Pardo, a meio caminho entre o então distrito de São Sebastião do Feijão Cru, depois vila e município da Leopoldina, e o vilarejo situado junto às margens do Pomba que se chamou de Santo Antônio do Porto Alegre de Ubá e é hoje denominado simplesmente do Porto de Santo Antônio. No que respeitava ao documento da doação, tratava-se de uma prova preto no branco e sem réplica da informação que já o Padre José Francisco me tinha dado e que não me cansei de ouvir contar como fora o mais escondido e antigo dos segredos por todos quantos me serviram nas primícias desta pesquisa histórica; entre todos eles, o Capitão Ovídio Lima, do distrito de Santana do Pirapetinga, e o Sr. Domingos Henriques de São Nicácio, que vem a ser filho do já falecido e também Capitão Domingos Henriques de Gusmão, um dos primeiros habitadores brancos e dos mais beneméritos de São João Nepomuceno. Com este último me avistei na fazenda que ele possuía pegada àquela cidade, onde deveras fui bem recebido e tratado com toda a distinção, muito talvez por conta das cartas de recomendações de amigos comuns que antecederam a minha visita.

Ora, levando em conta a extrema escassez de tudo quanto havia mister para a incumbência que tomei como minha, e se a isto acrescentar a crassa ignorância e a memória baralhada de quase todos aqueles com quem mantivera entrevista até então, sem a menor dúvida não foi esta conversa com o fazendeiro Sr. Domingos Henriques um completo desperdício de tempo. Tratava-se sim, como já me haviam prevenido, de um homem muito retraído e um pouco esquisito, embora bastante ilustrado e de bom coração, o que fez com que entendesse prontamente o propósito da minha pesquisa, talvez até reconhecendo nela algum préstimo para que restasse guardada pelo menos uma pequena parte da memória da colonização da Mata, na qual o seu pai tinha empenhado muitos anos e ainda mais contos de réis. A hora e um quarto que durou a nossa afável palestra, no que tange ao episódio da Cruz Queimada, pode ser resumida mais ou menos nisto: 1) que o Capitão Domingos Henriques de Gusmão, seu pai, fora amigo, compadre e correligionário do Coronel Domingos de Oliveira Alves; 2) que em ocasiões diversas ouvira da boca do próprio pai que este de fato estava presente quando o Coronel fizera a doação de terras localizadas cerca de pouco mais ou menos cinco léguas da Leopoldina; 3) que a tal doação se deu *sub conditione* de que se constituísse ali um povoado sob o orago de Nossa Senhora da Piedade; 4) que a bem da verdade nada podia dizer sobre o cruzeiro de pau que o Coronel teria mandado erguer, embora para consagrar a terra a gente de então tivessem isto por costume, e muito menos ainda podia acrescentar alguma cousa de substancial a respeito da disputa pela posse daquele lugar, exceto o que já era do meu conhecimento e que corria à boca larga por toda a Mata.

De me encher as medidas foram, não posso deixar de confessar, as cento e muitas vezes em que ouvi a descrição do que se passou na Piedade logo depois da doação das terras. Mas isto foi unicamente porque, não metendo em linha de conta o cariz ora fantástico, ora grotesco, ora sinistro, conforme a bossa da imaginação de cada qual, nada ou quase nada variava no enredo que me contavam as testemunhas. Ora, muitos hão de aqui dar queixa de que notícias desta monta e variedade são como que a meretriz das provas, e que muito mal e erroneamente procederia um historiador que escrevesse unicamente de boca a narração de tal ou qual fato, sem ao menos ter algum documento bem guardado nas mãos. Entretanto, pelos motivos que mais tarde serão esclarecidos, não me pejo de dizer que neste caso não fiz questão do velho adágio latino – *Verba volant, scripta manent* – e que foram esses tantos e quase iguais testemunhos que me dirigiram

Um chão de presas fáceis

a pena ao registrar os episódios como vão contados mais adiante. Bem sei que assim agindo poderia ter posto a perder esses anos todos de trabalho metódico e cuidado, uma vez que, e disto sei mais ainda, cumpre à história procurar a verdade por todos os modos, e que de hábito os homens que têm tino e ilustração para surpreender esta verdade o fazem por escrito. E posso afiançar que nunca sosseguei de buscar paciente e constantemente algum documento que comprovasse os tais acontecimentos; mas incapaz de encontrar qualquer cousa no correr de mais de dez anos, achei por bem dar crédito à voz daquelas tantas testemunhas; primeiro porque julgava o meu dever levar ao termo a escrita desta história; segundo porque as narrações coligidas nas minhas muitas cadernetas não apresentavam nas suas linhas mais gerais quaisquer despropósitos graves ou contradições de relevo, e me sentia capaz de muito bem limpá-las de algum excesso de cores cristãs e do *chiaroscuro* supersticioso que por ventura tivessem. E é isto o que, sem entrar em nenhum preâmbulo, vai o leitor ficar sabendo em ocasião próxima.

(Continua...)

E para que comecemos pelos perigos que podem vir de fora e de mais longe, se este Estado, sem ter minas, foi já tão requestado e perseguido de armas e invasões estrangeiras, que seria se tivesse esses tesouros? Lá traz Cristo, Senhor nosso, a comparação de um campo, que era cultivado somente na superfície da terra, fértil de flores e frutos, porém, sabendo um homem, acaso, que no mesmo campo estava enterrado e escondido um tesouro: Thesauro abscondito in apro (Mt 13, 44) – o que fez com todo o segredo e diligência foi ir logo comprar o campo a todo custo, e deste modo ficou senhor, não do campo por amor do campo, senão do campo por amor do tesouro. De sorte que toda a desgraça do campo em mudar de senhorio, e passar de um dono a outro dono, esteve em ter tesouro dentro em si, e saber-se que o tinha. Contentemo-nos de que nos deem os nossos campos pacificamente o que a agricultura colhe da superfície da terra, e não lhes desejemos tesouros escondidos nas entranhas, que espertem a cobiça alheia, principalmente quando os mesmos campos não estão cercados de tão fortes muros que lhe possam facilmente defender a entrada.

Padre Antônio Vieira,
Sermão da Primeira Oitava de Páscoa
Na Matriz da Cidade de Belém no Grão-Pará: Ano de 1656.
Na ocasião em que chegou a nova de se ter desvanecido a esperança das Minas, que com grandes empenhos se tinham ido descobrir.

HISTÓRIA DA CRUZ QUEIMADA
(Continuação)
Episódios da história da Cruz Queimada (I)

A demarcação das terras de Nossa Senhora da Piedade e a construção do cruzeiro. Como e porque o autor decidiu contar estes episódios conforme a fala das testemunhas. Os manuscritos do padre Raymundo Nonato de Araújo. Dos objetivos e dos meios empregados para a profanação do cruzeiro de Nossa Senhora da Piedade na noite do dia dois de setembro de 1844.

Por obra e graça do Coronel Domingos de Oliveira Alves, como já contei num artigo arterior, em fins de agosto de 1844 N. Senhora da Piedade já se havia tornado proprietária de direito das terras onde depois se ergueu o povoado do mesmo nome. E esta doação seria a prova a mais evidente de quanto eram grandes a devoção e a generosidade do Coronel, e muito mais ainda em tamanho a sua disposição de pôr fim a uma contenda que há muito travava com outro fazendeiro por conta de mais ou menos 33 alqueires na linha

Terceiro de quatro artigos inéditos encontrados no espólio do antigo jornal O Leopoldinense, assinados por Octávio Tarquínio de Oliveira Machado e datados de dezembro de 1894

do sertão de sua sesmaria. Tinha o Coronel como certo que ao consagrar a N. Senhora aquelas terras chegaria ao fim o litígio entre as duas famílias, por tal forma livrando os seus próprios filhos dos grandes perigos a que se sujeitavam no caso de uma refrega mais cruenta, de alguma tocaia ou cousa que o valha. Com isto, não vá agora pensar o leitor que eu quero dizer ou mesmo insinuar que o Coronel Oliveira Alves fosse homem de pouca coragem; muito pelo contrário, segundo me asseverou mais de uma pessoa que o conheceu de perto, era de chamar às armas a própria família e a sua escravaria para fazer cumprir as leis do Império e as Sagradas Escrituras; e como não se podia adivinhar quando se o tinha pelos pés ou pelas mãos, muito metido a valente ou a gaiato padeceu debaixo do relho dele. No entretanto, naquele tempo a Mata não tinha Guarda Nacional que pudesse apartar a guerra que se anunciava e o Coronel achou por bem angariar para si as simpatias da igreja e dos muitos católicos que habitavam pelas bandas do futuro arraial, antes que tivesse que levar à cova algum filho ou parente próximo.

Assim pois, e neste ponto estão de acordo todos os com quem conversei, o Coronel ordenou ao feitor da fazenda de ajuntar os escravos de que precisasse e sem mais demora fossem fincar os marcos nas terras doadas a N. Senhora da Piedade e erguer uma cruz na clareira pegada ao açude, que era a maneira dele de publicar à vista de todos e bem alto a sua alma devota e generosa. No fim de dia e meio, dois, estava o terreno mais ou menos demarcado e a cruz assentada por inteiro num alto arenoso; e o que a tal respeito me contaram e deram como verdade é que de ponta a ponta o madeiro devia regular aí pelos cinco metros, afora outros dois que meteram na terra dentro. Findo o serviço já de tardinha, voltaram todos para a sede da fazenda trazendo consigo as ferramentas de trabalho e o que sobrara da matalotagem; e enquanto foi o feitor haver-se com o Coronel para dar notícia do encargo, os pretos caçaram jeito de enganar o estômago com alguma qualquer cousinha que estava mais à mão e de estirar o corpo esfalfado pelo chão da senzala, que no dia seguinte cedinho era o eito.

Foi este o trecho da história para o qual mais pessoas encontrei que mo contassem de *visu*, entre elas o próprio feitor Sr. Neca Venâncio e os escravos hoje libertos ou falecidos Ernestino do Vira-Saia, Chico Batuquinho, Onofre da Ceição, Clarindo e Bento Moirão, cujos nomes eu os registro aqui para que se tenha em conta que não descuidei de ouvir primeiro e muito principalmente aqueles que tomaram parte na demarcação da posse de N. Senhora da Piedade e na construção do cruzeiro. Devo mesmo dizer que se a esta minha regra deu-se alguma exceção foi devido ao acaso da mudança de uma ou outra testemunha para lugar incerto e não sabido ou antes e sobretudo à circunstância da morte de muitas delas. De qualquer modo é esta também a parte da história menos dada a variações e aquela que mais os moradores da nossa Mata sabem e repetem, por assim dizer, de cor e salteada; e se aqui e acolá esbarramos num e noutro exagero lírico ou religioso, devemos colocá-lo na conta do espírito cristãmente inventivo do povo mineiro.

Fora disto, o que mais me recordo e muito perfeitamente, como se fosse hoje, é da conversa que tive ocasião de manter com o pardo Tião Cambá, um pobre-diabo já velho e cego de uma vista, que diziam ter lutado na guerra do Paraguai, mas que mesmo liberto para não morrer à míngua tratou de buscar abrigo nas terras donde anos antes saíra voluntário, apenas para na prática e uma outra vez se tornar escravo. Este homem, segundo me contou o próprio feitor, foi o incumbido de escolher e tirar da mata bruta junto com mais três pretos as duas árvores de que se fez a célebre cruz; e se a isto acrescentar que apesar da idade Tião Cambá, além de muito conversado, gozava de uma memória prodigiosa, pode-se compreender porque não quero deixar de aqui transcrever ao menos um breve trecho das notas que tomei do testemunho dele, o que faço mantendo a forma peculiar da fala desse povo miúdo e privado de qualquer ilustração:

Ah sinhô, daquela raça de pau não sei o que diga. Apanhado assim sem mais, ao acaso do serviço, no sortido do mato, não reparei fosse ao diferente dos demais, que eu não sou mateiro e não ponho nome de lenho nem adivinho lá na lei das matas. Cá comigo, mato é o igualzinho do mesmo repisado. E tenho pra mim que era árvore que nem as outras dessas tantas que há. Apanhei justo aquela porque mais à mão, no jeito de cruz, e não deu quase trabalho nenhum, foi só machado, facão e mais nada. Loguinho fiz e aprontei o que me mandaram mais uns pretos, por causa que não precisou de muito engenho e braço não. Coisa pouca e pra poucos, modo de marcar o terreno só, até definitiva obra. Agora, o que dizem aí, boca em boca, não desconheço nem desmereço, apenas não faço invento do que foi da minha alçada e sei ao certo a verdade. Tem quem diga e garanta que é a tal madeira de nome tapinhoã. Eu por mim não divulgo e menos ainda discordo. Digo sei não. Por causa que do jeito que a cruz ficou preta-carvão, pode ser que engana.

Estas palavras simples e chãs de um homem duas vezes desgraçado pelo cancro da escravidão e que veio a morrer exatamente às vésperas do dia da abolição, não devem ser tomadas como um meu ardil retórico, genuflexões de estilo à moda popular e sentimental com o único objetivo de fazer o leitor curvar-se a uma história contada assim da boca de outros e não presenciada; o que com certeza parecerá a espíritos polidos pelo rigor da ciência ou a corações retos e positivos uma coisa bem desenxabida e quiçá mesmo profundamente ordinária. Contudo, ainda que comezinhas e agrestes, são elas palavras reais e exatas nas menores coisas, conforme pude comprovar cerca de três anos atrás quando, mercê do viés voluntarioso e aturado de meu caráter que até então desconhecia, logrei ter em minhas mãos os manuscritos do Padre Raymundo Nonato de Araújo, antigo pároco da Piedade.

Sem referir as peripécias que me permitiram chegar a este documento – porque não cumpre ao narrador mostrar os intestinos do seu ofício, mas dar a ver os atores em ação no palco da história –, apenas direi tratar-se da melhor e da mais cabal prova de todos os fatos que atrás alinhei. Por ora, não posso mais que me comprometer a fazer publicar breve um artigo dando conta do inteiro teor destes manuscritos, por tal forma preciosos que desde já se impõem como pedra angular da nossa história. E não apenas devido ao caso de a sua escrita imparcial, desassombrada e minuciosa quanto a datas, lugares e pessoas vir acertar e firmar as informações em grosso que cumulei ao longo desses anos, mas também porque o autor, como todos sabem, tomou parte naqueles episódios, e como todos sabem ainda, foi um homem muito respeitado e mesmo venerado por toda a gente da Piedade, desde as pessoas da boa sociedade até o povo dito miúdo e os pretos escravos.

Ora, bastou-me a simples leitura de umas poucas páginas destes manuscritos para que não restasse da minha parte a menor dúvida quanto ao caráter probo, virtuoso e muitíssimo ilustrado do padre Raymundo Nonato, assim como acerca do seu formidável empenho de registrar *in totum* e sem quaisquer fumaças de sermão ou ladinha os acontecimentos de toda uma vida itinerante e aventurosa entre curatos e freguesias das províncias de Minas, do Rio de Janeiro e do Espírito Santo; e tudo isto, dados os devidos descontos de estilo e de gênio, escrito à maneira de um Walter Scott. Daí que o parágrafo adiante, no qual conto como e porque se deu a profanação da tal cruz, não seja mais que uma brevíssima resenha da narração que encontramos nos manuscritos, conforme a ouviu e consignou aquele pároco da boca dos próprios autores do sacrilégio, muito provavelmente em confissão, o que explicaria o motivo por que foram ali omitidos os nomes dos mesmos.

Devia ser por volta das 10 horas da noite do dia dois de setembro de 1844 quando o fazendeiro que disputava as terras de N. Senhora da Piedade com o Coronel Oliveira Alves tomou da senzala perto de dez dos seus pretos mais fortes para um serviço de muita urgência e segredo. Munidos de enxadas e machados, os escravos seguiram por picada que havia nos matos pegados à fazenda, acompanhando em obrigado silêncio e passo muito apressado o fazendeiro e dois outros homens brancos que seguiam a cavalo armados de espingarda e revólver, até que cerca de mais ou menos meia légua adiante encontraram a pequena clareira onde poucos dias atrás fora erguida a cruz que dava a N. Senhora da Piedade a posse daqueles alqueires de mata. De cima do seu animal, "com ares do imperador Diocleciano quando mandou decapitar São Pancrácio" (a expressão é do padre Raymundo Nonato), o fazendeiro ordenou que os pretos tratassem logo de arrancar aquele insulto em forma de madeiro do alto no qual se encontrava fincado. Apesar da boa hora e meia por que cavoucaram com suas enxadas muitos e muitos palmos do terreno arenoso ao pé da cruz, foram baldados os mil esforços dos pobres escravos que não conseguiram tombá-la sequer uns poucos centímetros, ao que o fazendeiro entendeu e determinou que fosse derrubada à força de machadadas. Entretanto, mal tocavam a madeira e as lâminas dos machados pareciam perder o fio, restando cegas de todo ou com dentes de se jogar fora, por tal forma que não foi possível mais do que arranhar ou antes amassar o lenho, embora a bruta disposição que os escravos mostravam sob o ameaço do chicote dos brancos. Decorridos mais três quartos de hora naquela labuta inútil e inglória, a cruz continuava como dantes uma augusta e impassível afronta à autoridade do fazendeiro sobre o terreno que tinha como seu, ao passo que ele mesmo de minuto em minuto ficava cada vez mais repassado de ódio e de birra. Na opinião do padre Raymundo, é certo que o fazendeiro não contava com a enorme resistência do madeiro e isto deve ter-lhe causado alguma estranheza, mas eram maiores nele a indignação e a cólera ao ponto de não cuidar do quanto havia de absurdo e insano naquela sua atitude. E o mais é que, dominado por estes baixos sentimentos e sem ter em conta as consequências, o fazendeiro embirrou em querer a qualquer custo pôr um fim naquilo e deu ordens aos escravos para ajuntar ao pé da cruz toda a lenha que encontrassem nos arredores da clareira e atear fogo sem a menor piedade, o que se fez em muito pouco tempo.

Quando as labaredas alcançaram uma certa altura, o fazendeiro e sua sinistra comitiva trataram de encontrar o rumo de casa, desaparecendo dentro da mesma picada por onde haviam chegado.

(Continua...)

CINCO NOTÍCIAS CURTAS

I

– O Coronel podia ao menos rezar um padre-nosso...
– Pra quê? A minha presença já não é recomendação bastante?

II

Em casa de minha mãe dona Leonor, os serviçais sempre puderam comer de um tudo. Até biscoitos. Dos quebrados, que não ficavam bem nos potes. E levá-los à mesa não tinha mesmo o menor cabimento.

III

Morreu menino ainda. Mas não passa um dia sem alguém me jogar na cara o quanto ele era melhor que eu. Em tudo.

IV

De que serve aquela inteligência toda se não sabe refogar uma taioba, e muito menos preparar um chá de cavalinha?

V

Aqui não tem dessas grandezas não. Aqui, você não passa do filho do Geraldo Sapateiro. O caçula ainda por cima.

HISTÓRIA DA CRUZ QUEIMADA
(Continuação)
Episódios da história da Cruz Queimada (II)

O incêndio da cruz e o que negrinho Preá encontrou junto dela na manhã do dia seguinte. O mistério em torno dos nomes dos profanadores do cruzeiro de Nossa Senhora da Piedade. O padre Raymundo Nonato parece pôr fim à rixa entre os fazendeiros. De repente, a história emperra. Nas palavras de um ex-escravo, o quase desfecho. Comentários e observações de um mouro.

Quarto de quatro artigos inéditos encontrados no espólio do antigo jornal O Leopoldinense, assinados por Octávio Tarquínio de Oliveira Machado e datados de dezembro de 1894

O meu desejo de dar conta da linha dos acontecimentos sem fazer nenhuma quebra na história alongou aquele artigo anterior para além das conveniências do estilo, o que me obrigou a encerrá-lo sem contar que pela noite adiante até a madrugada o fogo ardeu alto e sem descanso na clareira onde se encontrava a cruz de N. Senhora da Piedade, conforme os testemunhos ouvidos pelo padre Raymundo Nonato e os quais constam dos seus manuscritos. Também neles o autor dá como certo, porque ouviu da boca de ambos os envolvidos, que na manhã do dia seguinte um negrinho que armava suas arapucas pelas bandas da tal clareira, a ver se apanhava algum sanhaço, juriti ou rolinha para lhe matar a fome, foi atraído para aquele lugar pelos sinais de fumaça; e lá chegando o molecote estranhou encontrar um negro ajoelhado aos pés da cruz, as mãos postas de quem suplica, mas firme e mudo como uma estátua de pedra. Não sem o maior dos cuidados, o negrinho aproximou-se a fim de que pudesse averiguar se o sujeito apenas estava no propósito de colocar a reza em dia ou se tinha necessidade de algum socorro já que não dava de vida o menor sinal. Foi aí justamente que o escravo saiu como que arrancado do transe em que se havia metido por causa do que lhe sucedeu, e que, após conseguir dar melhor contas de si, narrou ao negrinho meio aos trambolhões e o negrinho para desencargo de consciência achou por bem ir ter com o padre Raymundo Nonato a contar o que ouvira. Dois dias depois, mandado chamar pelo cura, o tal preto confirmou toda a história, acrescentando minúcias que muito impressionaram o autor dos manuscritos a que tenho referido, ao ponto dele registrar quase inteiro o testemunho do pobre-diabo.

E o que sucedeu ao escravo foi que, sendo ele de propriedade do fazendeiro em litígio com o Coronel Oliveira Alves e tendo participado da profanação do cruzeiro de N. Senhora da Piedade, viu-se obrigado a voltar ao lugar daquele crime infamante para catar de volta uma enxada esquecida na noite anterior. Qual não foi o assombro dele ao deparar com um resto de fogo lambendo a cruz, conquanto ela mesma continuasse lá mais ou menos como dantes, porque o incêndio de uma noite inteira deu como resultado apenas enegrecer a madeira e nada além disto. Mas bastou (e esta é a hora do leitor arregalar muito bem os olhos) o pobre e pasmado escravo se aproximar do incólume cruzeiro para ver o fogo baixar muito de pronto e se acabar de vez; ao que ele enterrou os joelhos na terra, juntou as mãos acima da cabeça e conservou a alma num tal estado de penitência que só despertou quando da chegada do molecote. "Com as devidas deduções do quanto a culpa pode adicionar aos olhos de um negro ignorante" – assim escreveu o padre Raymundo Nonato –, "para desar e pena daqueles que cometeram tão grande sacrilégio, não me resta dúvida de que a história se deu assim mesmo conforme sob juramento ma contou o escravo, convertido por sua condição e junto com os demais num Simão Cirineu *à rebours*. Cumpre-me agora chamar às falas os outros menores e maiores pecadores, distribuir as altas e duras penitências e pôr termo à contenda entre os dois fazendeiros antes que rebente uma verdadeira guerra nesses sertões..."

Posso dar como certo que não foram perdidos os passos do padre Raymundo Nonato e que as suas afamadas virtudes se mostraram mais do que suficientes para dar cabo da rixa entre os fazendeiros; e as melhores provas deste meu asserto são que até hoje não só nunca ninguém me deu qualquer notícia de alguma guerra grande ou pequena naquele torrão, assim como também que as terras continuam na posse de N. Senhora da Piedade.

Ao leitor, há de estar causando alguma estranheza ou incômodo dois fatos, dos quais o primeiro é saber se da parte do padre Raymundo Nonato o episódio da Cruz Queimada foi ou não considerado um milagre; porém o que é certo, e o que pode bem ser ninguém acredite, é que os manuscritos não colocam o acontecido na conta das cousas sagradas, talvez porque não quisesse o sábio cura atiçar a pólvora daquelas circunstâncias com o fogo da fé e mais talvez ainda porque fosse ele não muito dado aos assuntos da metafísica. Quanto ao segundo fato, este é decerto o que ainda me causa maior constrangimento e angústia. Trata-se de, apesar dos meus maiores esforços durante esses tantos anos, não poder dar aos meus leitores os nomes dos sujeitos que profanaram o cruzeiro de N. Senhora da Piedade nem sequer ao menos o apelido de algum dos pretos obrigados a participar daquele tão execrando ato. Com efeito, por uma ou talvez muitas circunstâncias, pode-se muito bem dizer, tão incompreensíveis quanto misteriosas não houve uma só pessoa que pudesse dar notícia certa e precisa a respeito de qualquer dos sacrílegos; não sei se por algum grande medo, se pelo extremado pudor que caracteriza os mineiros ou por que outra qualidade de motivo os nomes e os paradeiros desses foram apagados da memória da nossa boa gente da Mata. Diante de uma tal lacuna, tudo quanto posso oferecer ao leitor são as explicações mais ou menos jocosas que o finado jornalista Antônio Carlos Furtado encontrou para tão cabal esquecimento: ou o fazendeiro, a sua família e toda a escravaria, cheios do mais santo horror, se meteram para sempre dentro dessas matas no intuito de purgar o horrendo pecado ou foram fulminados todos eles por um raio vindo das alturas do céu ou arranjaram um jeito pouco civilizado de tapar a boca do povo ou, o que é muito mais provável, a gente da Mata resolveu que o melhor fosse não correr o perigo de guardar ou pronunciar os nomes do Diabo e dos seus correligionários.

O que é certo é que durante todo o tempo que durou esta pesquisa, o bom demônio da obstinação nunca um só momento de mim se apartou; e ainda quando dava acordo do malogro ou do inteiro absurdo de consumir tantos anos e tanto capital na demanda dos nomes dos tais sacrílegos, porquanto quem se afoga a tudo se agarra, buscava socorro e repastava o ânimo nos manuscritos do padre Raymundo Nonato. Porque neles, além do vivo dos acontecimentos, constava um nome, o único e derradeiro nome que tinha o condão de me encher de esperança – Preá de Ana Nagô. Era e é este o nome que o cura registrou como sendo o do molecote que surpreendeu o malfadado escravo de joelhos e mãos postas aos pés da cruz queimada; e dele por notícia digna da maior confiança pude ficar sabendo que cresceu como negro de classe e trabalhou de reprodutor um grande número de anos, alugado pelo dono para enxertar as pretas de muitos fazendeiros no Meia Pataca, em S. José d'Além Paraíba, no Pomba, no Porto Novo do Cunha, no Ubá, no Angu (hoje Angustura), em S. João Nepomuceno, e mesmo no Juiz de Fora e em Barbacena. Mas ainda soube também que, aparecendo a abolição, o dito Preá de Ana Nagô passou por alguns apuros com a polícia por causa de sua insistência em continuar enxertando até mulheres brancas; e tal seria o motivo por que desde então sumiu-se e nunca mais foi visto na Piedade nem na Leopoldina.

Assim emperrou a história; e por tal forma que, sendo impossível acrescentar o menor detalhe que fosse à narração do padre Raymundo Nonato, assentei que o que havia de melhor a fazer era publicar na imprensa os seus manuscritos, dando-lhes um preâmbulo em que confessasse a minha completa inaptidão como historiador. Qual não foi a minha mais extremada alegria quando ao puro acaso topei com um pardo mascate cujo nome não vai aqui consignado a pedido seu, e que me afiançou ter-se avistado há cousa de cinco dias com um ex-escravo que também atendia pelo apelido de Preá, dando como paradeiro dele o Mar de Espanha. Em demanda do sujeito que supunha eu fosse o mesmo Preá de Ana Nagô e do qual pretendia poder tirar algumas informações seguras e proveitosas sobre os mistérios que cercavam o objeto de minhas pesquisas, tratei logo de atravessar montado em um cavalo as doze léguas que separam a Leopoldina da cidade do Mar de Espanha. E assim foi que sem maiores dificuldades aos 27 dias de abril de 1892 o encontrei trabalhando na capina de um cafezal e era mesmo ele o indigitado Preá de Ana Nagô, conforme me confessou não sem primeiro tentar uma ou outra negaça e depois usar de alguma esquivança, decerto por conservar ainda um resto do medo de cair nas mãos da polícia. Tinha ele nessa ocasião sessenta anos feitos, mas representava ter menos idade graças talvez à melhor vida que os senhores davam aos escravos destinados à reprodução ou por ser o tal Preá em quase tudo um perfeito tipo da raça resultante do cruzamento de negro-mina com preta nagô; e esta foi a explicação que me deu o próprio para louvar o apurado estado de sua saúde.

As horas inteiras que ficamos a conversar eu e o dito Preá de Ana Nagô à sombra de uma mangueira foram da minha parte com toda a certeza das mais instrutivas quanto aos modos de ser, de proceder e de pensar dessa gente que, se se livrara da chaga da escravidão, ainda era e ia continuando a ser pobre e muito segregada de todos. Ninguém dirá no entretanto que lhe faltasse a mais completa e cuidada alegria de viver, como deu provas este Preá de que falo, enquanto contava às gargalhadas as suas tribulações e as de seus colegas de cativeiro, no registro das quais, diga-se de passagem, gastei muita tinta e algumas tantas penas, embora não caiba aqui contar dela senão o que importa ao fito deste artigo. Então, para não cansar ainda mais os meus leitores e menos ainda ludibriá-los com falsas promessas, unicamente direi que no testemunho do Preá de Ana Nagô não pude achar qualquer elemento que me permitisse descobrir os nomes e os paradeiros dos profanadores da cruz de N. Senhora da Piedade. Neste ponto, pode bem ser que o leitor reduza a zero a minha pretensão de que os meus artigos tenham alguma valia como registro da história da Mata mineira, afinal de contas neles abundam tão numerosas lacunas e tão graves afrontas aos ditames a que deve obediência mesmo o mais calouro dos historiadores que o melhor seria talvez referi-los como desse gênero que denominam escritos de circunstância ou variedades.

Com toda a verdade o digo, da minha parte não será grande o pesar se depois de tanto lazarar para escrever esta "História da Cruz Queimada" for ela julgada cousa inútil, uma vez que a ocasião de escrevê-la e de por tanto tempo procurar debalde esclarecer o mistério em torno daqueles que profanaram o cruzeiro de N. Senhora da Piedade me deu ensejo de ver em mim levantar-se um outro valor mais alto. E isto porque, como nenhum outro, o testemunho do Preá de Ana Nagô produziu no meu estado de espírito um efeito que muito mal ou de forma alguma o leitor poderá avaliar, ainda que, servindo-me das convenientes reticências, aqui transcreva um breve trecho das suas palavras:

Nesse chão de meu Deus, doutor, tem o branco e tem o preto. Mas e o mundo de colorido que os olhos da gente repara na parte do meio deles? Por causa de que que ninguém demora nessas coisas? É medo de ver o verdadeiro, doutor. Ou então, por conta que o mais fácil acomoda a gente no mesmo do comum, desobriga de pensar. Eu comigo me acerto mais é no batuque. Deus que perdoe! Sou mesmo desses católicos de quando em vez, quase no desmazelo. Entanto tenho batismo e crisma. Até sei latim de missa, assim de ouvir decorado – Ora pro nobis, Agnus Dei, Dominus vobiscum, Pater noster... Coisinha de nada, uminha ou outra, conforme o pé da memória. Agora, digo ao doutor, de santo nenhum não abro questão de dúvida. Se é no batuque, bato o tambor de acordo; na missa, quando calhou ou teve precisão, já me aconteceu de esfolar os joelhos até às chagas.

Pra mim, Deus não tem casa, essa ou aquela. Não é assim, tá em tudo quanto é lugar na parte do meio entre o preto e o branco? De modo que o doutor pergunta e eu fico ressabiado do que responda a respeito. Um acontecido tão velho de rugas, de quando eu era menino pequeno e não tinha cabeça ainda pros comos e porquês todos desse mundo. Menino, o doutor sabe, menino vê mais coisas demais e fica no seu nada entender. Muita vez demora uma vida inteira pra colocar tino no porquê de uma borboleta vir pousar justinho no ombro da gente, que dirá então esses troços de Deus conosco na terra. O que vi com os olhos foi mesmo isto que o doutor já sabe, e de mais não dei conta nem pro padre. Medo de passar por mentiroso ou ser tido como doido da cabeça. Agora, desde então nunca que me largou de lembrar o cheiro de flor e a quentura que me veio até à medula dos ossos naquela manhã. Manhã tão de antigamente e o cheiro ainda me dá sufocação e o calor ainda me bota no propósito de entrar na água de rio... O mais não tenho presente. Nem da cara daquele preto pasmado no pé da cruz me ocorre lembrar. Por obra de coisa maior que eu, a memória inteira e por último que ficou foi daquele cheiro de flor e daquela quentura que queima sem doer um nada. E isto basta pro meu siso. A borboleta pousou no meu ombro e ficou. Pra sempre.

Eis aí o testemunho feito em uma linguagem tão simplória mas com uma voz, um ar e uns gestos por tal forma ingênuos e sinceros que me representou estar diante da pessoa daquele menino de muito antigamente às voltas com suas arapucas. E havia na fala do pequeno Preá uma tal unção e, ao mesmo tempo, um não sei quê de verdade que, não tenho pejo de contar, no fim destas palavras me caiu o coração aos pés e acompanhei com as minhas as lágrimas dele. Sei bem que de mouro assim como eu nunca se fez um bom cristão, mas aquele Preá da idade de sessenta anos mudado de repente e da maneira a mais completa em menino outra vez, e isto unicamente pela lembrança de alguma coisa que o próprio chamava "Deus conosco", me fez arriar as bagagens da ciência e me pôr de novo no caminho solitário e tortuoso de Nosso Senhor Jesus Cristo.

FIM

A EMPAREDADA DO SOBRADO DAS SETE JANELAS

Os antigos é que contavam.

O dono daquele sobrado vizinho da Estação de Trem era o Major Almeida Alves, um homem cheio de esquisitices. Acreditava em espírito. Não parava em encruzilhada por nada neste mundo. Nem pra socorrer um parente nas últimas. Tanto na fazenda quanto na rua, tinha sempre à mão uma ou outra benzedeira pra algum de seus achaques e necessidades que tais. Nunca pronunciou a palavra morte nem o nome do Coisa. Não gostava de piada. Quem se atreveu a um chiste na frente dele, no mínimo levou uma baita esculhambação. Isto com muita sorte. Só vestia branco. Sempre e sempre. Imaculado. Mesmo em velório. Mas ai de quem fazia menção desses seus caprichos. Ai daquele que ousava caçoar das suas venetas. Ninguém podia nem comentar. Tinha medo dos mortos. Quanto aos vivos, tratava todo mundo igual. De cima pra baixo. Quando não debaixo de relho. Afinal, era o Major Almeida Alves. E se ele matou (ou mandou matar, nunca ninguém ficou sabendo) o Coronel Temístocles, considera o que não era capaz de fazer com um sujeito qualquer.

Mesmo assim, à boca pequena, o povo comentava o despropósito daquelas crendices. E a mais extravagante de todas era a cisma do Major com o número sete. Mais que predileção, uma ideia fixa, beirando doença da cabeça. A mulher dele não era boa pra parir. Mesmo assim, lhe deu seis filhas. A cada vez, piorava a saúde da infeliz. A cada vez, a parteira prevenia: "De uma próxima, Major, arrisca não salvar nem a mãe nem a criança." Mas ele fazia questão do número. Pouco importava se filho homem ou filha mulher. Não escondia de ninguém que melhor ainda se fosse vezes dois,

Causo contado por seu Antônio Pequeno, de Volta Grande

Um chão de presas fáceis

267

três ou mais – 14, 21... O todo sendo exato, tava de bom tamanho. Dona Otília, cada dia mais ruinhega, ficava desconsolada. Então, o Major se contentava com sete. O negócio era fechar a conta. Aí ele podia sossegar. Foram dez partos ao todo. E mais umas cinco ou seis crianças que a coitada botou fora antes do tempo. Dona Otília bem que se esforçava. Guardava repouso, fazia promessa, as simpatias todas que lhe ensinavam. Mesmo católica, de bom grado aturava as benzedeiras que o Major mandava buscar na distância que fosse. Até que, no derradeiro parto, a vida da pobre ficou por um fio. Perdeu a criança, perdeu o útero e quase o sangue todo do corpo. Por via das dúvidas, chegou a ganhar a extrema-unção. Precisou trazer até um doutor de Leopoldina. Dona Otília salvou foi por milagre. Coisa de Deus mesmo. Nunca mais ficou boa de todo. Pouco mais que um traste dentro de casa. Ruim da cabeça, das pernas, do coração, dos rins, do estômago, do intestino.

Pensa que o Major se deu por vencido? Que nada. Tratou foi de emprenhar a filha de um colono dele. Quase uma criança! O pai da menina não podia fazer mais do que acatar os motivos do patrão. O Major tinha porque tinha de fechar a tal conta. E ainda carregou a moça pra dentro de casa. A pobre passou lá bem um par de anos. Primeiro, como ama de leite. Porque a certidão da criança saiu mesmo foi no nome do Major e da dona Otília. Depois que a menina desmamou, a coitada virou cozinheira ou coisa que o valha. Mas com a dona Otília naquele estado lastimável, continuou também na outra serventia. A maior desfaçatez! Ao menos até o patrão enjoar dela. Daí, caçou o caminho da zona... E não é que o povo daquele tempo comenta até hoje que a tranqueira fez fama e ganhou dinheiro à beça!

Agora, justiça seja feita! O Major nunca admitiu qualquer distinção entre as seis filhas mais velhas e a caçula. Tem até quem diga que tinha um fraco por ela... Veja só a ironia da coisa. Pois não foi justo a sétima filha, a única que tinha alguma graça, faltava muito pouco pra dizer beleza, pois não foi justo a rapa do tacho a dar aquela má nota? O nome dela de verdade era Maria Rita, mas as irmãs mais a dona Otília e o Major começaram a chamar de Ritinha, Ritinha pra cá, Ritinha pra lá, ficou Ritinha mesmo. Quem conhece, quem pelo menos já ouviu falar da história, conhece como Ritinha. Desde que eu me entendo por gente, o povo conta que a única ocasião em que o Major chamou a filha de Maria Rita foi aos berros. E quase que teve um troço ruim. Motivo ele tinha de sobra. Tem pai por aí que já endoidou de vez por muito menos que isso. Imagina pegar uma filha, menina ainda, criada com tanto zelo, debaixo de tanto mimo, aula de piano, férias em Caxambu e essas coisas todas de gente rica, imagina só pegar a doidivanas naquela situação. De quatro, feito uma vaca, bem no meio do pomar da própria casa, com um fulano qualquer enganchado no traseiro da destrambelhada. Ainda mais em se tratando de um sujeitinho sem eira nem beira. Pelo menos é o que dizem. Um moleque novo que trabalhava na fazenda do Major e, vez por outra, vinha fazer algum serviço na rua. Sem nem pestanejar, ali mesmo o Major mandou capar o desinfeliz e largar nos fundos do terreiro. O corpo do miserável ficou por lá um tempão, empesteando meio mundo, até que os bichos deram cabo dele. Não sobrou nem o primeiro nome do estrupício. Porque tava pra existir homem com culhão bastante pra mencionar uma coisa destas, ainda que fosse entre quatro paredes.

Quanto à Ritinha, nela o Major não chegou a relar um dedo sequer. Fazer o que se o sangue da outra falou mais alto? Saiu à mãe a excomungada. E não adiantava tentar tapar o sol com a peneira. Ainda que ninguém tivesse o desplante de falar a respeito, a cidade inteirinha sabia daquela vergonheira toda. O Major podia ter mandado a desmiolada pra Barbacena ou enfiado na zona, que era o lugar dela. Mas ele não ia dar àquela gente o gostinho de ver uma filha sua no hospício ou fazendo a vida na Beira-Linha...

De forma que trancou a perdida num quarto fechado, sem direito sequer a uma nesga de sol. E baixou ordem pra dona Otília e pras filhas mais velhas: nenhuma que se atreva a dar um trapo velho pra destrambelhada; banho dentro do quarto e só quando a catinga começar a azedar a casa; e nada de cortar as unhas nem escovar os cabelos da descarada. Fez de bicho, agora é bicho. Pra sempre. Daí, o Major se enfurnou de vez nas suas esquisitices e na roça. Nunca mais pôs os pés em Volta Grande. Casou quatro das seis filhas. Cerimônia simples, sem festa, pra uns poucos gatos-pingados na capela da fazenda. Foi enterrado por lá mesmo. Como do seu agrado, exatos sete anos depois de dona Otília.

Acabou o café, acabou o trem, acabou o mundo. Volta Grande saiu do mapa. Das filhas casadas do Major, depois que enterraram o pai e dividiram a herança, nunca mais ninguém deu notícia. Já tou beirando os cinquenta e nunca ouvi nem dizer que algum dia elas mandaram um telegrama que seja pras três solteironas do sobrado. Porque, de toda a pompa e circunstância da família Almeida Alves, o que sobrou mesmo foi só aquele caco velho, caindo aos pedaços. E periga desabar de vez com qualquer chuvinha mais forte. Na época do café, era o maior da cidade, o mais bem cuidado, o mais chique. A mobília todinha de madeira de lei, louça importada, prataria, pintura nas paredes, lustre de cristal, tudo de primeira, tudo trem que só tinha ali ou no Rio de Janeiro. Às vezes, nem lá, porque muita coisa o Major mandou comprar no estrangeiro. Um chiquê que só vendo! E construído conforme as cismas do Major. Todinho caiado por dentro e por fora, num branco tão branco que os antigos diziam que, dependendo de onde batia o sol, chegava a arder a vista. Tem gente que exagera a coisa e conta na maior desfaçatez que um tal professor Evilásio ficou com o olho enviesado por causa de, menino ainda, ficar horas plantado na frente do sobrado, muito besta demais com a beleza do troço. Há quem diga que o coitado ainda deu uma baita sorte, porque pelo menos um outro desprevenido chegou a ficar cego de verdade! Sabe como é, esse povo inventa muito...

Agora, a cisma do Major com o número sete não é nenhuma invenção não. Começava pelo jardim. Ainda hoje dá pra ver direitinho. São sete canteiros muito bem ajeitados, onde o Major mandou plantar pés de arruda, de comigo-ninguém-pode, de pimenta, alecrim, manjericão, espada-de-são-jorge e guiné. Cada planta no seu canteiro. Tudo pra proteger a casa contra o olho grande das pessoas. Passando o jardim, pro sujeito alcançar a varanda da frente, tinha que subir dois lances de escada, sete degraus cada um. A mesma coisa na varanda dos fundos. No segundo andar do sobrado, de qualquer banda que se olha, sete janelas de fora a fora. Hoje tá tudo em pandarecos. Dá até dó! Já o andar de baixo até que resistiu bem. Mesmo meio capengas, estão lá as sete janelas que ficam de cada lado mais as seis da fachada e dos fundos. Quando algum engraçadinho reparava que tava faltando janela pra dar sete, consta que o Major dizia que tinha as portas da rua e do quintal pra fechar a conta. Porque, palavras do Major Almeida Alves, porta é que nem janela, com a diferença que a gente não tem como debruçar. Dentro da casa, eram 21 cômodos ao todo, contando o quarto onde a descabeçada da Ritinha passou mais de uns trinta anos. Ainda bem que a desinfeliz morreu antes das duas irmãs solteironas que ficaram aí pra tomar conta dela, senão não sei como é que ia ser...

Pra dizer a verdade, eu não cheguei bem a pegar o tempo em que as três filhas do Major ainda moravam no sobrado. Lembro só do enterro da última. Também, por causa dos troços que o povo contava, ninguém nem arriscava pisar na calçada do sobrado. A molecada, então, quando tinha que passar por ali, chegava a atravessar pro outro lado da rua. A gente era muito besta naquela época... Agora, quando o povo fala, algum fundo de verdade tem. Porque as três solteironas viveram ali trancadas uma vida inteira.

Um chão de presas fáceis

Parece que tomaram a vergonha do Major pra elas. Foram ficando velhas e aí é que nem punham mais os pés pra fora do sobrado. As janelas sempre fechadas, um silêncio de cemitério. Só de noite é que o pessoal comentava que tinha uns barulhos esquisitos... E ainda tem. Isto eu posso falar porque já ouvi. Mais de uma vez. Você passa lá por volta das dez, onze horas da noite e dá pra escutar direitinho. Primeiro, assim bem onde era o quarto em que a Ritinha ficava trancada, parece que tem alguém arranhando a janela, a porta, sei lá. E os antigos contam, porque tem gente que teve ocasião de ver, que nunca mais cortaram as unhas da Ritinha, que nem o Major mandou. Então, o estrupício ficou com as unhas pior que bicho. Além do mais, se espichar bem os ouvidos, é capaz de escutar um choro bem fininho, choro de moço novo, coisa assim de arrepiar os cabelos. E prestando um pouquinho mais de atenção, parece que o diabo do choro tá vindo lá dos fundos do terreiro, do lugar exatinho onde caparam o estrupício do moleque que perdeu a Ritinha. Seja lá como for, a mim esses troços não causam espécie, que eu tenho cá minhas práticas.

CRIANÇA ACHA TUDO EM NADA, ADULTO NÃO ACHA NADA EM TUDO

Julinha senta na mesa da copa. A mãe embala a louça e os talheres na cozinha. Ciosa da tarefa de que está prestes, Julinha dispõe as suas doze canetas hidrocor diante do bloco de papel almaço que foi buscar no desarranjo de caixas que o escritório do pai se tornou. Julinha especula o horizonte da janela da copa com ares de moça, apesar de seus pouco mais de oito anos.

Rua de São Bento, 21, Pirapetinga, início do trecho mineiro da BR-393, antiga Rio-Bahia

Na varanda da frente, o pai aguarda a chegada do caminhão de mudanças. Julinha enfileira as canetinhas numa ordem que só ela compreende. Depois, conta as linhas da folha de papel almaço. A mãe passa pela copa a caminho do quarto do casal e indaga *Você viu onde é que o seu pai se meteu?* Julinha não responde, tão entretida em perscrutar a incipiente memória. *O seu pai desaparece justo na hora que a gente mais precisa dele*, reclama a mãe enquanto arrasta uma mala em direção à sala de visitas. Julinha toma da primeira canetinha, vermelha. *Você não precisava fazer isso*, pondera o pai na porta da sala. *Se você atendesse quando a gente chama, não precisava mesmo*, a mãe retruca. *Desculpa, eu não ouvi. Estava aqui vendo se a merda do caminhão aparece*, explica o pai. Julinha numera de um a doze as primeiras linhas do anverso da folha de papel almaço. *Depois dá um jeito na coluna e a gente tem que parar no hospital por conta da sua teimosia*, o pai considera. *E você acha que ficar plantado aí feito um dois-de-paus vai fazer o caminhão chegar mais rápido?*, a mãe de volta. Julinha capricha na letra, com cuidados de quem menos escreve do que desenha. De uma linha para outra, pequena pausa, nova canetinha e uma quase secreta alegria. Julinha inspeciona as perninhas dos ás, os pingos dos is e cada curvinha de cada letra. Julinha é uma menina das mais caprichosas! A mãe e o pai atravessam a copa repetidas vezes, carregando malas e caixas dos quartos para a sala. Quando o pai diz *As mais pesadas você pode deixar que eu levo*, a mãe responde *Esta sua mania de querer fazer tudo sozinho é que me mata* e o pai desvia *Já não está aqui quem falou*. Nada perturba Julinha, esquecida na sua tarefa sem tempo. No entanto, antes do caminhão e como a mãe lhe pergunta o que está aprontando, Julinha proclama *Presta atenção, mãe! Como a senhora falou, eu escrevi nesta folha aqui as coisas que de jeito maneira a gente pode esquecer de levar na mudança*. E desfia a lista:

Um chão de presas fáceis

1. O coleirinho-de-argola que o Luís Carlos ficou de pegar para mim e nunca mais que traz.
2. O travesseiro que eu uso quando durmo na casa da Tiana.
3. Uma muda de taioba.
4. O chapéu do seu Pequeno.
5. A lagartixa que mora no quartinho lá de fora.
6. O prego que fica atrás da porta do meu quarto para dependurar a camisola.
7. A sombrinha que faz debaixo do pé de laranja-pera.
8. O muro que dá para a casa dos Ruback.
9. A maria-sem-vergonha roxinha do jardim da dona Odete.
10. O pé de cajá-manga do quintal ou uma daquelas árvores grandes da Praça da Igreja de Santana.
11. A prainha do lado da Ponte Velha, onde tem batizado de crente.
12. Seu Paulo Pacheco. E também o Durvalino, a Bastiana Trinta e o doidinho do Sudário.

E esse caminhão que não chega.

A [Zona da] Mata vale, porém, a pena de estudá-la quem a conheceu no afogo do crescimento, na esperança das suas manchas verdes. Hoje, quem a olha, de passagem pela rodovia, repara indiferente nos seus costumes e aspectos. Importa pouco o desmazelo da gente nas estradas, as crianças às portas dos casebres, o solitário caiçara. Cresce o plaino na perspectiva da sobretarde, com o agreste do rio de águas barrentas. A Mata ora se transforma. A estrada de asfalto, com seus postos de gasolina, motéis e tráfego de caminhões, transfigura a paisagem provinciana. O rádio-de-pilha modifica a linguagem. A região austera, pura e dominadora, em breve morrerá.

Paulo Mercadante,
Os sertões do leste. Estudo de uma região: a Mata Mineira (1973)

OS ÚLTIMOS SERÃO DESCLASSIFICADOS

Sinceramente que eu não sei de onde é que você tira essas suas ideias. Uma pessoa feito você ficar andando pra cima e pra baixo com um sujeito daqueles já é um despautério, um negócio que não me entra na cabeça de jeito nenhum. E pra piorar a coisa mais ainda, além de juntar com o estrupício, ainda saem os dois por aí, Rio-Bahia afora, que nem dois doidos... E essa maluquice toda pra quê? Pra ficar de conversa fiada com essa gente ignorante, sem eira nem beira, gente que não sabe nem juntar duas palavras, mas se acha no direito de ficar falando mal de deus e todo mundo. Isto, meu neto, não tem o menor cabimento. Ao invés de procurar as coisas boas, porque aqui a gente tem muita coisa boa – mas não, vocês ficam dando trela pra esse povo desqualificado, falando tudo errado, reclamando da vida... Quando é que alguém vai se interessar por uma coisa dessas? Umas histórias sem pé nem cabeça, uma gente feia, analfabeta, esses lugares sem a menor condição, essas beiras de estrada, quem é que quer saber disto hoje em dia?

Dona Loudes, Além Paraíba

Foi por isto que eu mandei te chamar aqui. Uma pessoa preparada como você, meu filho, criada com tanto mimo, estudou nos melhores colégios, até no estrangeiro – e agora vai emprestar o seu nome, o nome do seu avô, o nome da nossa família, pra um negócio desses? Venhamos e convenhamos, tudo na vida tem um limite. Quando vieram me contar, eu pensei cá comigo: Não, o meu neto é um professor de faculdade, mora em cidade grande, um menino que estudou no estrangeiro, sempre tratado a pão de ló... Não, de jeito nenhum que o meu neto, justo o meu neto, ia ficar andando atrás desse tipo de gente, dando ouvidos pra essa cambada. Daí, ligo pra sua mãe, aquela lá parece que vive no mundo da lua, ela vira pra mim e *Que isso, dona Lourdes, deixa o menino. Tá só se divertindo com os amigos deles!* Quantos anos ela acha que você tem? Se divertir é uma coisa. Todo mundo precisa de um pouquinho de diversão de vez em quando. Porque, ficar só trabalhando, acaba que a pessoa adoece. Agora, misturar com essa gente aí, ficar pra cima e pra baixo da Rio-Bahia, dormindo sabe-se lá onde, comendo sabe-se lá o que...

Vou te dizer uma coisa, com pureza d'alma, neto meu de verdade, sangue do meu sangue, não se contenta em ser o segundo ou terceiro não. Neto meu tem que ser o primeiro. Sempre. E nunca que vai deixar esse povinho ficar passando na frente dele. É o mínimo que eu espero do senhor... Veja bem, quando você cismou porque cismou de fazer a tal da faculdade de História, eu falei alguma coisa? Não, eu apoiei. Seu avô, coitado, que Deus o tenha, aquilo foi o mesmo que a morte pra ele. Porque um rapaz inteligente feito você tinha tudo pra ser um médico, um advogado, um engenheiro... Um dentista que fosse e tava de bom tamanho! Seu avô nunca se conformou. Agora, eu, eu nunca abri a boca pra falar um isso, ajudei o quanto pude e um pouco mais, mesmo sem nunca entender como é que uma pessoa que podia muito bem se tornar um doutor vai e escolhe justo virar professor. Tá certo que é uma profissão digna como qualquer outra, eu até falava pro seu avô... Mas você podia ter escolhido uma coisinha melhor, meu filho. Condição pra isto nunca faltou.

Então, Humberto, se não dá pra contar com o seu bom senso, eu vou pedir um favor: não misture o nome da nossa família com o dessa gente. Já basta ter que aguentar esse povinho de nariz em pé em tudo quanto é lugar que eu vou. Porque agora eles deram de frequentar os mesmos lugares que eu. De forma que, pessoa feito a gente, com lustro, nesta cidade, já não tem mais vez. Isto aqui virou um verdadeiro inferno. E ninguém toma nenhuma providência.

E daí vem o dizerem que todo o que passou a serra de Amantiqueira aí deixou dependurada ou sepultada a consciência.

André João Antonil,
Cultura e opulência do Brasil (1711)

ÀQUELES QUE
A COMPAIXÃO
OU O ACASO
TROUXER AO
PÉ DESTA CRUZ, OS FAMILIARES DE
MURILO PEREIRA DA SILVA
SUPLICAM QUE REZEM UM PADRE-NOSSO
EM INTENÇÃO
DA ALMA DO
ESTIMADO
E SAUDOSO
FILHO, IRMÃO,
SOBRINHO,
MARIDO E PAI,
MORTO EM
TRÁGICO
ACIDENTE
NO DIA 16 DE
SETEMBRO DO
ANO DE 2011.

Grafado sobre uma placa de madeira, Rio-Bahia, margem direita, km 790, altura de Além Paraíba

ADORO A ESTRADA,
MAS SOU ÁRVORE DE QUINTAL

– É pra sair na televisão?
– Não, senhor. É filme. Pra passar no cinema.
– Cinema? Tempão que eu não vou no cinema. Mas televisão eu vejo. Mais moço eu ia muito no cinema, mas hoje em dia ficou difícil de ler as letrinhas. Por causa das vistas. A idade, sabe como é.

Entrevista com seu Paulo Matias, vulgo Paulo Preto, chapa de caminhão

– Vai ser um filme brasileiro, falado em português, sem letrinha...
– Ah, bem. Mas diz que filme brasileiro só tem palavrão, sem-vergonhice e pancadaria?
– E o senhor acha que é assim mesmo?
– O pessoal é que diz. Eu não acho nem deixo de achar nada.
– Garanto pro senhor que o nosso filme não vai ter nada disso.
– E quede o povo que faz o filme junto com vocês?
– Somos só nós dois mesmo.
– Só vocês dois? E como é que conta a história com duas pessoas só?
– Não, a gente não conta nenhuma história não. A gente pede pras pessoas contarem as histórias delas e filma.
– E isso dá filme de cinema?
– Dá. A gente chama de documentário.
– Documentário... Então, não tem assim polícia e bandido, tiro de revólver, beijo na boca, essas coisas não?
– Ter até tem, mas só com as pessoas contando.
– É, pra mim isso é novidade. E não fica meio sem graça não?
– O senhor não gosta de ouvir os outros contando história?
– Aí depende. Se não for coisa muito cheia de mentirada nem sem-vergonhice e o sujeito sabe contar direitinho, até que eu gosto.
– Então, o senhor vai gostar do nosso filme. Porque não tem mentirada nenhuma e muito menos sem-vergonhice nas histórias que contaram pra gente.

Fernando Fiorese

– Melhor assim, né, meus filhos?
– E então, o senhor não quer contar a sua história pra gente?
– Tem história não. Quer dizer, história todo mundo tem, mas a minha é muito das sem graça.
– Tenho certeza absoluta que não é. Por exemplo, há quanto tempo que o senhor vive aqui na beira da Rio-Bahia?
– A vida inteira, uai! Tirando uma vez que eu fui visitar uns parentes junto com a minha mãe lá no Espírito Santo, nunca que saí daqui. Ah, teve uma outra vez, essas coisas de quando a gente é moço e fica assim iludido com o que os outros falam, daí eu cismei de pegar uma carona e fui parar lá no Rio de Janeiro. Mas foi um tempinho de nada. Porque eu penso assim, se for pra passar necessidade, melhor passar necessidade na terra da gente. Eu não nasci pra aquele Rio de Janeiro não.
– E o senhor trabalha de quê?
– É o que aparecer, meu filho. A pessoa quando precisa não enjeita serviço não. É pra lavar um caminhão, eu vou lá e lavo. É pra descarregar, eu vou lá e descarrego. Sujeito fica escolhendo muito, acaba é passando fome. Eu já tou com quase sessenta anos, mas enquanto tiver dois braços e duas pernas...
– E o que que o senhor acha de viver aqui na beira da Rio-Bahia?
– Tem o lado bom, porque a pessoa tá sempre conhecendo gente nova, sabendo das notícias. E ganhando um dinheirinho, né. Agora, tem um lado ruim também. Porque a gente vê muita desgraça, muita morte besta, muita safadeza.
– Mas, no final das contas, o senhor gosta?
– Dizer uma coisa pra vocês: desde que eu me entendo por gente, a Rio-Bahia é assim feito um rio quando dá enchente braba. A pessoa não vai rezar pro rio secar, porque todo mundo precisa de água pra beber, pra regar as plantas, e por aí vai. Agora, rio, quando dá enchente, é só tralha, só coisa ruim que vem na correnteza.

TUDO TEM UM FIM, EXCETO A BANANA QUE TEM DOIS

Impresso em São Paulo, SP, em agosto de 2015,
com miolo em off-white 80 g/m²,
nas oficinas da Graphium.
Composto em Minion Pro, corpo 11 pt.

Não encontrando este título nas livrarias,
solicite-o diretamente à editora.

Escrituras Editora e Distribuidora de Livros Ltda.
Rua Maestro Callia, 123 – Vila Mariana – São Paulo, SP – 04012-100
Tel.: (11) 5904-4499 / Fax: (11) 5904-4495
escrituras@escrituras.com.br
imprensa@escrituras.com.br
vendas@escrituras.com.br
www.escrituras.com.br